遇见，良辰美景

QINGKONG WEINUAN

晴空微暖 著

内蒙古出版集团
远方出版社

图书在版编目（CIP）数据

遇见，良辰美景 / 晴空微暖著 . —呼和浩特 : 远方出版社，2016.7

（紫水晶情感小说系列）

ISBN 978-7-5555-0732-1

Ⅰ . ①遇… Ⅱ . ①晴… Ⅲ . ①长篇小说–中国–当代
Ⅳ . ① I247.5

中国版本图书馆 CIP 数据核字（2016）第 150297 号

遇见，良辰美景

作　　者	晴空微暖
责任编辑	蔺　洁
出版发行	内蒙古出版集团　远方出版社
社　　址	呼和浩特市乌兰察布东路 666 号　邮编 010010
电　　话	（0471）2236471 总编室　2236460 发行部
经　　销	新华书店
印　　刷	三河市华东印刷有限公司
开　　本	650mm × 940mm　1/16
字　　数	180 千
印　　张	15.5
版　　次	2016 年 7 月第 1 版
印　　次	2021 年 1 月第 2 次印刷
标准书号	ISBN 978-7-5555-0732-1
定　　价	29.80 元

如发现印装质量问题，请与出版社联系调换

目录

第一章　男人是祸水

像往常一样，许美景跑完步回来，摘下耳机，把手机放在玄关的白色鞋柜上，墙上的钟表指针正好指向八点钟。

许美景打开收音机，里面传出女主持人优美的声音。许美景转身去阳台拿换洗的衣服准备洗澡，却因女主持人的话而停在了浴室门口，侧头望着茶几上的收音机。

“本周六二十五号是许美景小姐二十六周岁的生日，一位对她仰慕已久的男士为她点了一首顾良辰的新曲《爱的就是你》，并祝愿许美景小姐生日快乐，貌美如花。”

收音机里传来好听的歌声，男性的声音深情而充满磁性，与他在她耳边说话的声音是一样的。

许美景微微一笑，甩着头进了浴室，盯着镜子里的自己，仔细地看了看，不禁哑然失笑。

望着镜子里的人，许美景微微侧头，她长得不是很漂亮，充其量称得上是清秀，再稍微好一些，就是皮肤比较白，除此再无其他。

娱乐圈那么多美艳的女星，与他合作过的漂亮女人数不胜数，他怎么就不动心，不对她产生厌烦呢？

许美景想不通，直到歌声停止，许美景才意识到自己发呆太久了，甩了甩长发，踏进了浴室。

洗好澡出来，收音机里还继续唱着顾良辰的其他歌曲，还是那么优美动听，许美景跟着哼了起来，坐在镜子前化了个淡妆。

八点四十分，一切收拾妥当，许美景关掉收音机，拿起挎包和手机，下楼往公司走去。

她住的地方距离公司只有十分钟的路程，她所有的时间都掐得很准，不会刻意早到，更不会迟到，把握最精准的度，才是最恰当的。

路过公交站牌的时候，听到一个女孩子兴奋的尖叫声，许美景侧目看过去，就见到公交车站台的巨大海报上是一个帅气的男人的脸，是顾良辰。

过分放大的俊颜近看并不是多么帅气，却能十分清晰地看到那男人的长睫毛，这让许美景特别嫉妒，觉得老天爷太不公平了，一个男人为什么要那么长的睫毛？这让她们这些默默无闻又不出色的女人怎么活呢？

许美景瞥了一眼身边围着的那群女孩子，都是穿着校服的中学生，她们站在海报前花痴地盯着顾良辰，声音雀跃的在讨论自己喜欢的男星。

“顾良辰很帅啊，声音好好听啊，每天都要听他的歌我才能睡得着呢。”一个齐耳短发的女生望着海报眯着眼睛，一副兴奋的模样。

许美景差点就笑出声了，顾良辰要是知道自己的歌曲被拿来催眠，肯定要气得吐血了吧？

“啊啊啊，他这个周六要来开演唱会，天哪，我拜托我表哥的基友的女朋友才帮我买到一张站票，也不知道能不能看到顾良辰呢。”另一个女孩子又兴奋又有些惋惜地吼着。

“还有啊还有啊，他的电影也快上映了，他饰演一个高富帅啊！天哪，我一定要去电影院捧场。”

“哎，我看预告了，男主角为了自己老婆牺牲很大啊。就是不知道他到底结婚了没有，都快三十了呢，一直对外说没结婚，可我不相信，听说他现实中也是高富帅，还有个青梅竹马呢。”

“是啊是啊，但是就连那些狗仔都找不到那个青梅竹马是谁呢。”

一群女学生七嘴八舌地八卦起来了，说到自己喜欢的明星，那话题根本就是停不下来的节奏。

许美景淡淡一笑，青梅竹马吗？她瞥了一眼那巨幅海报，上面的男人依旧那么帅气迷人，五官俊逸的脸上挂着招牌式的明星笑容，没有过分的热情，也没有很冷淡，这个度把握得很好，不愧是当红的巨星。

但许美景看了却有点反感，说实话，她不喜欢顾良辰这样的笑容，显得稍微有些虚假，不知为何其他人看来却觉得很帅。

瞥了一眼海报上的宣传，许美景顿时有些无语。这个名不见经传的二线城市成为他全球巡回演唱会的第一站，是不是显得太草率了？

别人也许不知道是怎么回事，但她非常清楚，也知道顾良辰是怎么想的，只是这样真的好吗？

一旁的中学生突然安静下来，扫了一眼站在海报前的许美景，眼神鄙夷极了。

“现在的欧吉桑也很爱追星哦。”

“你不知道吗？人家整天在跳《小苹果》呢！现在中国大妈可是很与时俱进的。”

几个女孩子冷嘲热讽，嘻嘻哈哈地笑着。

被人嘲笑了，许美景并不在乎，但心里毕竟还有点不爽，她还没到二十六岁，就变成了中学生眼里的欧吉桑和大妈。许美景轻叹一声，她果然是老了，跟不上潮流了。

手机滴的一声传来短信的声音，许美景打开短信，是银行发来的消息，她的银行卡里又有一笔一百万的资金入账，又显示了余额还有多少，并提醒许美景注意查收。

许美景淡淡一笑，这样的短信她已经习以为常了，内心没有一丝的涟漪。她想要的，其实不是这些，只是某人不懂而已。

删掉短信，许美景才发现距离九点只有五分钟时间了，吓得她一路狂奔而去，她在海报上浪费太多的时间了，果然男色误人啊。

冲到写字楼，正是上班高峰期，电梯里都挤满了人。许美景比较瘦弱，冒险挤了进去，电梯没有发出警报声，许美景暗自松了一口气。

如果电梯叫了，那才尴尬呢，正想着，电梯乌拉拉地发出了警报声，许美景抬头，就见面前挡着一座肉墙，纹丝不动。

电梯关不了，上不去，里面的人着急了，嚷着下去一个人，难道要害得大家都迟到吗？

整个电梯里男男女女十来个人，却没人愿意踏出去，许美景挤开前面那堵肉墙冲出了电梯，她冲出电梯的那一刻，电梯门居然奇迹般地关上了，她看到了一电梯人的嘲笑的面孔。

许美景气得抓狂，绕到货梯那边，显示在三十楼。时间还剩不到两分钟，公司在十二楼，她要等电梯的话是不可能了，许美景深吸一口气，直接爬楼梯了。

在打卡机时间显示八点五十九分的时候打卡成功，许美景开心地笑了起来。好在她每天早晚都有跑步的习惯，要不然十二楼非得跑死她不可。

“干吗那么赶？不是还有三次吗？又不扣工资。”行政洗杯子经过许美景身边，笑道。

“迟到了总归不好嘛。”许美景吐了吐舌头，有些不好意思。

她并不是在意被扣工资，她觉得上班的话就要遵守规章制度，不抱着侥幸心理，踏踏实实，勤勤恳恳，不迟到不早退。

其实许美景就是这种乖乖的学生，也许学习成绩并不是很出色，但规规矩矩的，不捣蛋也不拔尖，如果按照优秀、中等和差来区分的话，可能就是中等了。

许美景最喜欢做中等的人，越低调越好，不引人注意，不夺人视线，也不让人厌恶。不过很多人应该不喜欢许美景这种性格，不是很出彩，也不是很讨厌，可有可无似的。尽管许美景如此低调，但也不可避免地遇到了所谓的办公室里的钩心斗角。

这种事情在职场中很常见，若没有钩心斗角，可能都不能称之为职场了。

许美景没什么特色，刚进公司的时候，别人都叫不上来她的名字。一般名字里有个“美”字，就让人觉得很恶俗，尤其是许美景的长相不是特别出众，也不能让人眼前一亮，叫美景，真心让人喜欢不起来。

许美景的名字，不知被同事取笑调侃多少回了，许美景虽然极力反抗，却架不住众多人的围攻，最后只好作罢，安慰自己只是个名字而已。

许美景之所以被人嫉妒，并不为别的，只因她在工作上表现得太出色、太勤奋了，业绩好，工资自然就高，又获得集团的嘉奖，发了证书和奖金，请了部门同事吃饭，给大家买了礼物，而同样进公司的其他人却成绩平平，她们自然对许美景喜欢不起来。不过许美景依旧做自己的事情，她喜欢小说，喜欢和作者打交道，所以才选择了这样的工作。

许美景回到自己的座位上，照例打开电脑，接了热水烫了瓷杯子，把瓷杯子里的水倒进一个白色的塑料杯子里，拿着塑料杯子和一块方形毛巾去了洗手间，没一会儿就回来了，塑料杯子里装了冷水，这是用来浇花的，毛巾也沾湿了，是用来擦桌子的。

许美景喜欢有条不紊地做事，什么和什么都分得特别清楚，从来不乱，就像喝水杯子是用来喝水的，泡茶杯子是用来泡茶的，从来不会混在一起。

有人开玩笑说她是一个懂得生活的人，当然也有人嘲讽她是穷讲究。不管怎样，她还是按照自己的喜好来做事，别人说的话和做的事并不会影响到她的生活。

许美景泡了花茶坐下，同事李琳琳就抓了一大把喜糖过来，放在许美景的桌子上，笑嘻嘻地说道："美景，我的喜糖哟。"

李琳琳刚结婚度完蜜月回来，整个人看上去美丽动人，脸上还挂着初为新娘的娇羞和幸福的笑容。

"谢谢，恭喜琳琳。"许美景恭喜李琳琳，剥了一颗糖放进嘴里，甜丝丝的，扬眉笑着，很满足的样子，"好甜。"

"甜吧？那你也早点结婚嘛。"李琳琳笑着，眨眨眼，往独立办公室里扬了扬下巴，故意大声说道，"女人嘛，早点结婚，早点生孩子，这样身材也容易恢复，等你三十五六再结婚生娃，那可就不行了，标准的高龄产妇啊。生孩子有危险，美景你可得早点啊，别怪我没提醒你。"

李琳琳今年才二十四岁，比许美景还小两岁，都已经结婚了。在李琳琳看来，许美景应该现在就结婚，不过她说这些话并不是针对美景的，而是她们的总编，一个已经三四十岁还没结婚的女人，和李琳琳有过几次矛盾，也算是积怨已久了。

许美景扯了下李琳琳的衣服，让她别乱说，自己则淡淡一笑，“还早呢，先玩儿几年再说。”

“早什么啊？还玩儿什么啊？你都快二十七了，也差不多了。女人最美好的年华也就这几年了，你现在不抓紧，等你三十岁了，人老珠黄了，再去相亲，那男人都没啥好货色了。”李琳琳不赞同许美景的话，摇摇头，离开的时候还不忘叮嘱许美景，“你抓紧啊。”

说完，她就继续给其他人发喜糖去了，办公室里陆续响起李琳琳的笑声，特别爽朗。整个办公室，许美景也就能和李琳琳好好玩耍了，其他人也都是面和心不合，应付而已。

当然许美景以前是没这种想法的，不过经历多了，也就看淡了，都说同事之间没有纯粹的友情，想来也是，立场不同，各自为利，怎么能在一起好好玩耍呢？

李琳琳是美工，许美景帮作者做封面，三番两次去找李琳琳，一来二去也就熟悉了，常常中午一起去吃午饭，关系自然也就比较亲近一些。

李琳琳的话让许美景失笑，摇摇头，拿出手机打开微信，点了顾良辰的头像，里面还有昨晚的聊天记录。盯着顾良辰的头像良久，犹豫了一下，许美景还是放下手机，开始工作。

“哎哎哎，这周六顾良辰来咱们这里开演唱会啊！”坐在许美景对面的女孩子黄诗意大喊一声，兴奋不已，“我要去抢门票，抢门票！”

其他人都凑到黄诗意电脑前盯着抢票，讨论着顾良辰的八卦。

不知是条件反射还是女人特有的敏感，只要一听到“顾良辰”三个字，许美景就下意识的心跳加快，耳朵也竖起来，想知道别人都在说一些什么八卦。

顾良辰从来不和她说的事情，例如和哪个女明星合作的细节，都能从别人的嘴里打听出来，而且更为详细，许美景听得津津有味，有时候还会去贴吧找一些细节图，看完了，就不得不感慨有才的人太多了。

前台小妞喊许美景过来拿快递，许美景不敢怠慢，屁颠屁颠跑过去拿快递，要是晚了，可是要被骂的。

前台小妞是总经理的侄女，即将毕业的大学生，骄傲得不行，几乎把全公司的女性都得罪了。除了总编大人、财务和行政，像她们这些小编辑都没办法入前台小妞的眼，不过技术帝们却得到她格外地青睐，快递都亲自给他们送到办公桌前，女孩子们却要自己去拿，赤裸裸的不公平啊，所以女孩子们都懒得搭理她。

许美景拆开快递大信封，里面是一张顾良辰周六演唱会的门票。许美景愣了一下，以前这些门票都是寄到小区的，怎么这次寄到公司来了？许美景只觉得大事不妙了。

许美景还没来得及把门票塞回去，就被眼尖的黄诗意看到了，立刻冲上去，夺下门票，兴奋地尖叫起来。

“我去，顾良辰演唱会的门票，还是VIP区，许美景，你好有钱啊。”黄诗意大喊着，羡慕不已。她这么一喊，把整个部门的女同事全都招了过来，大家围在一起传递门票看着，黄诗意侧目问许美景，“你周六去看吗？”

“去啊，为什么不去？”许美景反问，伸手把演唱会门票拿了过来，塞进了快递信封里。看不到门票，其他人都不屑的“切”

了一声，回到座位上忙自己的事情去了，只有黄诗意还在许美景面前转悠。

说实话，许美景不是很喜欢黄诗意，也许是性格不同，而且做事风格也不一样，通俗一点，可能还是三观不同，所以导致了许美景对黄诗意喜欢不起来了。

这个姑娘过于招摇，又太自以为是，许美景买了一个Gucci，她发现后，一直说着酸不拉几的话，认为许美景的工资不高，为什么能买得起 Gucci？那质问的语气像是许美景花了她的钱一样。许美景被烦得不行，也为了避免不必要的麻烦，就说是山寨货。黄诗意立刻就释然了，嚷着说她也觉得是山寨货，只是不好意思说，没想到还真的是山寨货。

但凡以后黄诗意发现许美景身上多了名牌的包或者是衣服、鞋子，她都十分淡然了，用着嘲讽的语气说又是山寨，为什么这么喜欢名牌，真是太虚荣了，要买就买正版的，买什么山寨等等。

许美景能不能买得起正版？自然是买得起的。就算她不买，顾良辰也会送给她，什么限量版的包包、香水、奢侈品，别人没有，许美景却有各种大牌子的限量版，虽然她不是很喜欢这些，但顾良辰隔三岔五就会送给她。

许美景异常低调，这些东西都摆在家里，她很少用，就算用包的话，也是大众品牌的包包，两三百块钱，在她工资的承受范围内，衣服、鞋子也是，都是自己买的。

不过为了不伤顾良辰的心，他在的时候，她就会穿戴顾良辰送给她的衣物，满足一下他幼小的心灵。

她和顾良辰提过好几次，不要给她买这些东西，她用不到，但偏偏顾良辰执拗得不行，说女人就应该花男人的钱，再说了，他又不是挣不到钱，为什么不花呢？

就像她现在的账户，隔三岔五就有现金汇入，这些都是顾良辰的收入，直接就转账到她的账户了。不过许美景依旧花自己的钱，她的工资足够她日常开销了，主要她没有房租压力，也就乐得轻松了。

顾良辰的钱太多了，她数学原本就不好，后面几个零，她得掰着手指头个十百千万这样数，不过说实话，她也不敢花这些钱，生怕会出什么事。

银行的理财顾问经常打电话给她，建议她买什么理财产品，到最后害得她办了各家的银行卡，把钱分别存起来。结果，她就从接一家银行的理财电话变成接四五家的了，甚至还有短信轰炸，通常手机会被打到没电。这让她觉得很没安全感，信息都暴露出去了，甚至还担心哪天被人给谋财害命了。

而顾良辰经常因为她不花这些钱而受伤，常常委屈得不行，甚至埋怨她，最后就开始纠结她到底爱不爱他，要不然为什么连他的钱都不花。

爱一个人是否和金钱挂钩？许美景想不通这个世界难题，前辈都没论证，她一个后生晚辈就不发表言论了。

许美景脑子里想着一些乱七八糟的东西，盯着后台的数据发呆，压根就没注意到在一旁转悠了老半天的黄诗意。黄诗意直接被无视了，心里很不爽，不满地嚷着，“周六不是你生日吗？你应该跟你朋友庆祝生日的，哪有时间去看演唱会呢？”

黄诗意的意思很简单，你去庆祝生日吧，别去看演唱会了，把演唱会的门票送给我。

天底下怎么会有这么好的事情呢？再说了，VIP 区的位置是最佳位置，市价好几千呢，黄牛票都炒到上万了，她能平白无故送给黄诗意吗？更何况这是顾良辰特意给她留的。

许美景微微笑了起来，略显得意道：“就因为周六是我生日，所以我朋友凑钱给我买了一张顾良辰演唱会的门票。”

“不是吧？”黄诗意非常夸张地叫道，一脸鄙夷地打量着许美景，嗷嗷地叫了起来，“你叫许美景，人家叫顾良辰，良辰美景，你还真以为你们会良辰美景在一起呢？”

那语气比打翻醋坛子还要酸，不过许美景没有生气，依旧淡定地笑着，其实她特别想告诉黄诗意，她的名字还是顾良辰起的呢，就良辰美景在一起怎么了？

“哈哈，许美景你到现在都没找男朋友，不会真的喜欢顾良辰吧？”另一个同事梁芮芮突然大笑，她向来和黄诗意两个人形影不离，两个人一起针对许美景，暗中给她穿小鞋。她现在看许美景有这么好的票，心里自然不爽，便凑上前，劝解许美景，“生日嘛，就要好好庆祝一下，你就别去看了，把票让给诗意得了。”

“是啊是啊。”黄诗意使劲地点头，眼巴巴地看着 VIP 的门票，眼馋得不行，恨不得把票抢下来。不过她还是有所顾忌，毕竟这里是办公室，太张扬了也不好。

许美景瞧了两人一眼，扬了扬手里的票，笑了起来，温和地说道：“给你可以啊，你给我现金折算吧，这票也不是很贵，VIP 区域的，还是很好的位置，三千八百八十元，给你折后价，三千五如何？”

这价格已经很便宜了，黄牛票炒得绝对比这个价格的三倍还高。黄诗意有些心动，咽了一口口水，无奈自己是典型的月光族，不交房租的时候，工资全部用来买衣服、鞋子和包包，哪里还有余钱呢？等发工资还要半个月呢。黄诗意不甘心地瞪了一眼许美景，又眼馋地盯着那票看了好一会儿，不吱声了，灰溜溜地回自己座位上了。

原本已经没啥事了，梁芮芮却不爽起来，看似义愤填膺地冲着许美景喊了起来，“许美景你真过分啊，你朋友送你的票你拿来卖，你怎么好意思的？”

瞧瞧这话说得，那可真是太有意思了，许美景要笑掉大牙了。

许美景反问梁芮芮，“那你觉得我应该怎么做才好意思？”

梁芮芮被许美景这么一问，愣了一下，不知在想什么，白了一眼许美景，嘀嘀咕咕的不知说了些什么。许美景并不在意，收好门票专注工作了。

她和黄诗意、梁芮芮是一起进公司的，三年时间说长不长，说短不短，许美景已经从当初的责编通过考核成为主编了，而黄诗意、梁芮芮却还是责编。三个人以前关系很不错，还曾一起逛街、看电影，但后来不知是因许美景升主编产生隔阂了，还是怎么了，总之三个人再也恢复不到以前那种和谐的关系了。

她向来与人交好，第一次到公司的时候，给每个人都带了礼物，虽然不是很贵重，却也是许美景的一番心意。一开始都是诚心做朋友的，我对你好，你对我好，大家都好，但现在的状态就是许美景掏心掏肺地对别人好，别人不领情就算了，还到处排挤许美景。

许美景虽然不会和她们吵闹，但已经收回自己的心了，不再交心，就保持着泛泛之交好了，以前她还把票给过黄诗意，现在呢？许美景摇头。掏出手机，翻看到顾良辰的照片，心里甜丝丝的，满满的幸福感涌上心头，周六是她的生日，而顾良辰又把全球演唱会的第一站选在她们这座城市桐城，用心可想而知。

越想，许美景的心情就越好，甚至不由自主地哼起顾良辰的歌来。她对于自己小女孩的心态哑然失笑。

登陆工作 QQ，上线后许美景按照惯例进了作者群，就看到好多人在讨论关于顾良辰演唱会的事情。小姑娘们都很雀跃，兴奋地表示辛苦攒了一个月的稿费就是为了能够去看顾良辰的演唱会，大家要组团来桐城。

顾良辰有这么多铁杆粉丝，许美景是由衷地替他开心，有粉丝就证明有市场、有身价。她也为他的工作而开心，这是他喜欢的工作，她一向都很支持和尊重他的选择。

有作者看到许美景的 QQ 头像亮了，立刻喊着许美景的编辑名字，每个编辑都有自己的编辑名，许美景喜欢吃饺子，她的编辑名字就叫饺子。

“大家去看演唱会千万别忘记更新咯，断更的话，我可是要找大家算账的哦。”

许美景含笑发出这段话，话的后面放了一排滴血菜刀的表情，大家七嘴八舌的和许美景讨价还价，甚至还有人公然贿赂许美景，表示看完演唱会后请许美景吃饭。

网站的大本营就在桐城，好多作者来桐城旅游的时候，也会来公司看看，参观一下传说中的编辑都是怎么工作的。

许美景知道演唱会后顾良辰肯定会和她约会的，这是惯例。顾良辰休息的时间都给了她，她自然不能放人家鸽子，就委婉地拒绝了作者的好意，让大家好好玩，周末不走的话，她可以请大家吃饭。和作者寒暄一阵后，许美景就进入到工作状态中。

中午吃饭的时候，许美景的妈妈林宜洋打电话来了，一阵寒暄后，老太太有些不耐烦了，直奔主题。

“说重点说重点，过两天就是你生日了，你想想你都二十七了，良辰都三十了，你们还不考虑要孩子？趁我还年轻，身体还硬朗能给你们带孩子，也不会影响你工作，所以趁着年轻抓紧生个孩子。而且现在生孩子身材也容易恢复，等三十岁再生，就是高龄产妇了，到时候有你哭的。你们俩都是独生子女，还可以生二胎，现在生一个，过三年，三十岁，正好生二胎，一点儿都不耽误，这样良辰也不会整天往外跑，和别的女人亲亲热热的。你不着急，我都替你着急，我说女儿啊，你长点心吧。”

老太太打开话匣子就停不下来了，这些话许美景都能背下来，无非就是生孩子的问题，许美景早就和父母交底了，孩子她会生的，但现在不是最好的时机，至于什么时候生，这需要她和顾良辰一起来确定。

但老太太不行啊，隔三岔五打个电话来洗脑，并且告诉她，谁家的闺女又生孩子了，生二胎啦，比你小的都当妈了等等。

许美景以前几乎一天往家里打一个电话，但后来被催生了，她就不敢打电话了，生怕听到老妈念叨这些。她不打，不代表老太太不会打给她，许美景逃也逃不了，哭笑不得地道：“妈，你打电话给我就为了跟我说这个？再说了，我周岁才二十六，严格地来说还没到二十七岁。”

“我管你是二十六还是二十七，你妈妈我二十六岁的时候，你都已经会走路了。现在良辰是大明星，那娱乐圈的姑娘，比你漂亮的多了去了，身材比你好的也多了去了，就算顾良辰是柳下惠，可也架不住投怀送抱的姑娘啊。你别犯傻，可得抓紧点，万一有哪个女人母凭子贵上位了，你就等着哭吧。”

“妈，好像爸在叫你，你先忙，我吃饭了，下午还要上班。”许美景连忙转移话题，要挂电话。老太太在那边吼了起来，“许美景你跟谁学的？你爸今天不在家，我在你婆婆家。”

许美景更头疼了，两个老太太凑到一起，她要哭了好吗？为了避免事态进一步扩大，许美景赶紧投降，讨好老太太，“等顾良辰这次回来，我会和他好好谈谈的，你别担心啦，替我跟婆婆问声好，我要吃饭去上班了，拜拜。”不等老太太反应过来，许美景就立刻把电话挂了，松了一口气，失笑地摇摇头，孩子啊……

许美景下意识地摸了摸平坦的小腹，如果这里孕育了她和良辰两个人的孩子，那会是怎样的情况呢？是男孩还是女孩？长得像她还是像顾良辰呢？又或者是集合两个人的优点？也很有可能不太会长，遗传到两个人的缺点了。

要是像顾良辰的话，那是再好不过了，不管男孩还是女孩，想必都是很漂亮的，但如果长得像她，可能就悲剧了许多，毕竟她只是路人一枚，说得好听一些，就是清秀，实则是没任何特点。她有时候都不明白顾良辰到底喜欢她什么，刚毕业就扯着她结婚了。

像她这个年纪不结婚的，自然就会被催婚了，而她现在面临的是生孩子的问题，其实像她和顾良辰的条件，完全可以养孩子了，经济条件是没任何问题的。

在老家，她和顾良辰一人一套别墅租出去了，而在桐城这边，顾良辰为了方便她上班，在公司的附近给她买了一套小公寓，写的是她的名字。他们俩还有共同的婚房，他们就结婚的时候住过一段时间，后来顾良辰出去工作，而她又在桐城，婚房也就空下来了，平常也就父母去打扫一下，住一段时间。

房子是不愁的，经济条件也没问题，就算她不上班，顾良辰挣的钱都够他们无忧无虑地生活一辈子的，可为什么就是不想要孩子呢？

许美景问自己，怕麻烦？还是压根就不想生？她怕吵怕闹，怕被人打扰，不喜欢喧嚣的环境，只想安安静静地写点东西，做自己喜欢做的事情。如果有孩子的话，一哭二闹三打滚，在不会说话之前，她完全不知道那小脑袋瓜在想什么，光靠猜测，那是很困难的事情，许美景觉得自己肯定没那个耐心。

而且现在自己还很年轻，她还想再玩儿两年，做自己喜欢的事情，三十岁再生孩子，也不迟吧？到时候辞职了，专心带孩子，起码等孩子上学了，她再工作，不工作也没关系，可以在家写小说。虽然顾良辰有很多钱，但作为新时代的女性，她还是要有一定的经济基础。

许美景脑子里想着一些乱七八糟的事情，她知道自己的想法有些自私了，但说实话，如果可以的话，她真的想丁克，但在别人看来，这种想法太极端，太天方夜谭了。

好多人不生孩子是因为压力大，别人觉得你这么有钱，怎么也不生孩子呢？许美景不知道，也不去想，越想只会越头疼，这种事情，还是等顾良辰回来再说吧，不出意外的话，他今天应该就要回来了。

被挂了电话的林宜洋瞪着电话良久，对一旁凑过来的顾妈妈夏青无奈地摊了摊手，埋怨道："你瞧瞧，才说不上两句就挂电话了，现在的年轻人啊，想法太奇怪了，哪里像我们那会儿，该结婚结婚，该生孩子就生孩子。现在这俩娃，还玩儿什么隐婚，隐什么婚啊，隐到最后就没婚了。"

夏青安慰林宜洋，笑道："孩子们的事情，我们也搞不懂，也掺和不了。美景说是为了良辰好，我今儿也打电话给良辰了，试探了他的意思，他倒是还算好说话，可能也是顾及自己的年龄了。只是他这个工作，我说了多少次了，他就是不肯放手。”

两家人都不同意顾良辰当明星，好端端的生意不做，跑去做什么明星呢？他们家祖祖辈辈都没出来过一个明星，这小两口，一个比一个倔强，气得两家的爸爸都不想搭理顾良辰，每次回家必定会吵架，像发生世界大战。

听夏青这么说，林宜洋稍微宽心了一些，但想想心里还是不舒服，禁不住唠叨起来，“那就成，良辰一向乖巧，就是美景那个死脾气，可真是被惯坏了。不过说实话，我可不建议他们都跟其他明星学，都四十多岁了还不结婚生孩子，你说说……”

林宜洋无奈地摇头，两个人向餐厅走去。两个爸爸正在餐厅包饺子，他们今天吃韭菜鸡蛋馅儿的饺子。

下午没什么特别的事情，许美景就帮作者看看文章，修改一下作品，基本上都是琐碎的事情，还算比较惬意，当然得除去黄诗意叽叽喳喳的吵闹声了。在办公室里，一向活泼的就是她了，其实许美景也做过自我检讨，为什么她就不能像黄诗意那样健谈，和别人有话题聊呢？可以聊得很嗨，所有的人都以她为中心。

但许美景知道自己做不到，也不喜欢这样，每个人的性格不同，她还是喜欢低调一些，好朋友当然也有，只是不喜欢太过于张扬的人。有时候她很不明白，为什么有些人在背后说某人的坏话后，转脸还能和人家喜笑颜开的。

许美景一直不懂，职场对于她来说，或许太深，又或许是她太天真。

第二章　偷偷摸摸的夫妻

下班后许美景打完卡和李琳琳一起离开办公室，黄诗意跟在身后，一直喊许美景的名字。

“什么事？”许美景转头看黄诗意。

“票你就送给我呗。”黄诗意眨巴着眼睛，做出卖萌的样子。

许美景笑了笑，不想被黄诗意继续纠缠，只好回答她，“也行，我晚上回去问问我朋友，看能不能帮你也弄到一张。”

“哦耶。”黄诗意大笑着，拉着梁芮芮快步离开。

李琳琳对黄诗意很不满，更对许美景的做法表示反对，干吗一直这样纵容她？她以为全世界皆是她妈呢，人人都得宠着她、惯着她。

许美景摇摇头不再说什么，离开大厦后就和李琳琳分手了。她转身去隔壁的超市买东西，今天顾良辰回来的话，她还得准备晚饭。顾良辰一向吃饭不准时，胃都搞坏了，她的厨艺还算不错。当然，如果和顾良辰比起来，那就差远了。

逛了一圈超市，买了不少东西，许美景有些懊悔今天没开车出来，这么多东西提回去非累死她不可，还有一桶五升的食用油呢。走回去只需要十五分钟，但如果打车，还要绕路，花的钱就很多了，而且现在是下班高峰期，肯定会堵车。思考再三，许美景最终大包小包地提着步行回去了。

许美景是走一会儿歇一会儿，纵使她每天锻炼身体，也架不住这么多东西啊，许美景怨念不已，终于到了小区，刷了卡进去。值班的保安许美景认识，叫李然，是许美景的老乡，时间一长，自然就熟悉起来了。

李然见许美景一个人提着这么多东西，立刻推着小推车过来，主动帮许美景推车，送她上楼，许美景连连推辞说不用，无奈李然太热情，也表示这是自己的工作，让许美景不要客气。

“怎么就你一个人呢？你室友呢？”

李然观察许美景很久了，发现她一直一个人独来独往，好像是自己独居。他曾经借机问过许美景。许美景说她有一个室友，不过经常出差，并不常在家。但在李然看来，这个室友可能是不存在的。

不过今天看她买这么多东西，他又觉得可能是两个人，要不然不可能买这么多东西的。但说实话，李然还是比较担心的，觉得一个女孩子独住，比较危险。虽然小区治安很好，外人是进不来的，但小区内有没有不良居心的人就不好说了。

“你最好换个室友，能和你一起上下班的，要不然太不安全了。”李然叮嘱许美景。说话间，两个人就到了十六楼。

许美景掏钥匙时才发现钥匙不在包里，顿时就囧了，她怎么进去呢？李然正准备通知物业过来开锁的时候，发现房间里有动静，瞄了一眼许美景。

“你室友在家？”

许美景愣了一下，想到顾良辰应该回来了，立刻点头，同时让李然先离开。

李然很负责，执意要看到许美景的室友再走，生怕会遇到入室抢劫犯，要是真遇到了，许美景一个人怎么对付？

许美景都快哭了，他们这楼一共二十八层，她在中间这层，请问小偷怎么能进来？

许美景正要说话，防盗门从里面打开了，只穿着沙滩裤，裸着上半身露出六块腹肌，头发还在滴水的顾良辰站在门口，探着脑袋疑惑地看了看许美景以及穿着保安制服的李然。

李然瞪大眼睛，好半天才反应过来，“许小姐，这就是你的室友？”

许美景居然跟一个男的合租，这个男的还没穿上衣，李然深受打击，不过这个男人看着好眼熟啊。李然想仔细地看看，谁知许美景推着顾良辰进去了，对李然道谢，把东西都提进屋，和李然说声抱歉就关门了。

听到关门声，李然才反应过来，只觉得心碎了，一片片落下来，这个男人肯定不是她室友，肯定是她男朋友，许美景居然谈男朋友了，还同居，李然捂着胸口，十分受伤地离开了。

屋里灯光通明，客厅里传出电视的声音，许美景在玄关处换好鞋子，提着东西进了厨房，顾良辰一直双手抱胸看着她，眼里有隐隐的怒气。

许美景放好东西出来，随手拿了一条干毛巾，让顾良辰过来，要帮他擦头发。

“头发也不擦干净，感冒了怎么办？”

顾良辰一言不发，许美景抬头去看他，就迎上了男人深邃的眸子，深情而专注，许美景心跳忽地加速。顾良辰微微眯眼，手一推，就让许美景的后背贴着墙壁了，大手托起她的双手举过头顶，固定在墙壁上，顾良辰健壮的身躯就直接贴上去了。

许美景的心跳顿时就乱了节奏，眼睛也不敢看向顾良辰，害羞地四处乱瞟，大脑完全处于死机状态，做不出任何反应。顾良辰那男性的灼热气息扑面而来，直接吻住她微张的红唇，动作猛烈而急促，灵舌霸道地长驱直入，如入无人之境，大手也肆无忌惮地四处点火，在她姣美柔嫩的身躯上游走。

男人的粗喘息，女人的低吟声，汇聚成一首优美的旋律，小女人的脸色绯红，双眼迷离，嫩藕般的胳膊无力地挂在顾良辰的身上。顾良辰急不可耐地想要横冲直撞，许美景忽地咬了一口顾良辰的肩膀，低声提醒顾良辰。

“套……做防护措施……”

顾良辰苦恼，这个小女人，都这个时候了还不忘这件事，不过还好，他已经提前做好准备了。顾良辰从沙滩裤的裤兜里拿出来一个，撕开，却交到了许美景的手里。许美景疑惑地看着顾良辰，不明白他这是什么意思。

“帮我。”顾良辰亲吻许美景的脖子，在她耳边低吟，许美景脸一红，手一抖，那东西差点从她手里掉出去，她微囧，她什么时候做过这样的事情呢？

见许美景苦恼，顾良辰也不再为难她，接过她手里的东西，替她完成没进行下去的事情。这个时候顾良辰还不忘调戏许美景，笑道：“好好学着。”

许美景捂着脸不再看，顾良辰看了一眼许美景，手上的动作加速，直接掐住小女人的细腰，猛地冲了进去，许美景捶着顾良辰的后背嚷着要回房间。

这到底有多么着急，居然在玄关就……许美景不愿再想下去，脸色绯红，像熟透的虾子一样。以后她怎么在玄关换鞋啊，太让人难为情了。许美景脑子里想着一些乱七八糟的东西，但最后也都随着男人的动作变成了糨糊，什么也想不起来了。

一番激战后，许美景累得连一根手指头都不愿意动，懒懒地躺在床上喘着粗气。而顾良辰一副意犹未尽的模样，大手还在眷恋地游离着，性感的薄唇亲吻着许美景平坦且有腹肌的小腹。

“老婆，你太厉害了，居然还练出了腹肌，你每次都给我惊喜啊。”

“别动，让我躺一会儿。”许美景懒懒地说着，扯过空调被把自己盖起来，之前去超市扫荡回来已经耗去她大半的精力，这一番战斗，彻底把她给榨了。

瞧了一眼许美景，顾良辰心疼不已，握住许美景的手，和她十指相扣，柔声道：“都跟你说了别那么辛苦了，你总是不听我的话。”

明明是个瘦弱的小姑娘，却如此倔强，顾良辰既心疼又有些生气，别人家的老婆都乖乖巧巧的在家等着自己的老公回来，他家的倒好，比他这个大明星还要忙。

见许美景不再说话，顾良辰知道她睡着了，亲了一下她的额头，给她盖好被子，自己则套上平角裤去厨房做饭了。小女人这么辛苦，他只好自己动手，丰衣足食了。

许美景睡了一个很满足的觉，等她醒来的时候，已经是晚上十点了，还闻到了饭菜的香味，扬唇笑了起来，随手拿起一件衣服就套上了。

顾良辰正在餐厅里布置温馨而浪漫的烛光晚餐，鲜花、美酒、牛排，还有美男，这是一幅多么令人热血澎湃的画面啊。许美景靠在餐厅的门边，笑眯眯地望着忙碌的顾良辰，眼睛微微湿润。不管他有多忙，只要一回来，肯定就围绕着她转，洗衣做饭，标准的家庭主夫，却从来没有任何的怨言。

许美景时常在想，她上辈子一定是拯救了银河系，所以认识了顾良辰这么好的男人。从她出生，这个男人就一直陪在她身边。他虽然只大她三岁，却操碎了心，从她咿呀学语，到蹒跚学步，到处都有顾良辰的身影。她开始上学了，他就故意留级和她在一个班级，甚至是同桌。许美景想了想，她的学生生涯，同桌除了顾良辰，好像就没别人了，不禁哑然失笑。

顾良辰听到动静，扭头看过来，随即就吹了一个口哨，眉眼带笑，“很漂亮。”

许美景这才注意到自己的衣服，是一件浅紫色的吊带裙，无言地笑了起来，不用说她也知道，这一定又是顾良辰送她的礼物，牌子她就不用去看了，仅是穿在身上的舒适度，她就知道价格不菲了。

顾良辰洗手擦干净，解下超人围裙，来到许美景身边，伸出手来，做了一个非常绅士的动作。

“请，顾太太。”

许美景忍住笑意，把自己的手放在顾良辰那宽厚且结实的掌心内，掌心的温度直戳她的内心，让她的心跳有些慌乱，许美景不禁感慨，男色误人啊，男色误人啊。她一回家就被这男人吃干抹净了，一点儿抵抗力都没有，现在又被这样浪漫的一幕打动，都这么多年了，她还是这么没出息，许美景有些鄙视自己。

顾良辰很绅士地帮许美景拉开椅子，待她入座后，他才坐回自己的座位，举起高脚杯，磁性的声音便倾洒而出，像好听的大提琴的声音一样。

“顾太太，提前祝你生日快乐。”

“谢谢。”许美景扬眉笑着，和顾良辰碰了一下高脚杯，微微抿唇喝了一口红酒。其实她不是很喜欢红酒，尤其是顾良辰从国外带回来的这些，太醇正了，反而显得不是很好喝，她觉得自己还是比较适合国内的假红酒，至少喝起来比较像饮料。

夫妻二人享受着浪漫的烛光晚餐，彼此相望，会心一笑。认识二十多年了，真心是对彼此太熟悉了，一颦一笑，微微皱眉，都能猜测出来对方的心思，熟悉到就好像是一个人一样。许美景觉得这个世界上大概再也不会有像顾良辰这么理解她、懂她、疼爱她的人了。

“对了，今天我妈给我打电话，又说了要孩子的事情。”许美景颇有些无奈，可怜兮兮地望着顾良辰，“念叨了我很久，我就把你搬出来了，说等你回来和你商量一下，她才罢休，只有你比较管用，我有时候都在想，你才是她的孩子。”

“胡说什么？岳母那是关心你，今天我妈也给我打电话了，我强烈怀疑这俩老太太是串通好的。”

“那你跟我妈和婆婆说吧，就说你暂时不想要，再奋斗几年好不好？”许美景眼巴巴地望着顾良辰，母亲比较喜欢顾良辰，觉得他懂事，只要他站出来说话，母亲肯定就不会再为难她了，要不然三天两头念叨，她都要疯了。

顾良辰停下切牛排的动作，放下刀叉，十分认真地看着许美景，斟酌着自己的用词，轻声道：“其实，我觉得有个孩子也是不错的，我不在家的时候，孩子也可以陪陪你。”

许美景微愣，她没想到顾良辰会这么说，他这个意思是暂时不会退出娱乐圈了？哪怕有了孩子他还要继续现在的工作？娱乐圈的工作那么辛苦，他整天这里飞，那里去的，不是录制节目，就是在拍戏，要么就在练歌，一年三百六十五天，他真正陪在她身边的时间加起来都不到一个月，有了孩子，而他不在身边，那和单亲家庭的孩子有什么区别呢？

许美景不想和顾良辰说这么多，他好不容易回来一趟，她不想因为这些问题和顾良辰吵架，吵架是没有任何用的，只会把两个人的感情吵没了，还是寻找最佳的解决问题的办法才是比较实际的，她觉得现在生孩子不是很好的时机。

她不是不生，就算要生的话，她也希望顾良辰陪在她身边，和她一起参与孩子的成长，从孕育到出生，她都希望顾良辰能参与进来，他是孩子的父亲，是不可或缺的角色，她也希望孩子生长在父母关爱的家庭里，而不是现在这样。

许美景微微笑了起来，撒娇道："好嘛，孩子肯定是要生的，只不过不是现在这个时候，再等等好不好？"

顾良辰点头，他一向都尊重许美景的意见，她说再等等就再等等，也不着急，也许哪天意外就怀上了呢，顾良辰窃喜。许美景狐疑地盯着他看了看，总觉得顾良辰好像在谋划什么似的。

"顾良辰，你是不是干坏事了？"

"哪有。"顾良辰立刻撇清关系，表现得很委屈的样子，"老婆大人你不要冤枉我啊，像我这么老实本分的人，怎么会干坏事呢？"

许美景撇撇嘴，这个家伙，总会装无辜，在别人面前就装出一副高冷、生人勿近的模样。在她面前，就彻彻底底的是个二货，幼稚无比、耍赖撒泼、颠倒是非，总之是不按常理出牌。有时候她都觉得顾良辰绝对是有精神分裂症，要不然不可能这么变化自如。

但许美景也庆幸顾良辰在她面前是这样的，不是有句话说男人只有在心爱的女人面前才表现出来幼稚，像个孩子一样吗？

饭后，许美景主动要收拾餐桌，顾良辰哪里舍得让她干活，握着她的手，心疼道："老婆大人你去休息吧，我来做，手变粗了，我可是会心疼的。"

"你不在的时候我照样做饭洗碗啊。"许美景埋怨了一句，不过还是比较感动顾良辰的贴心。

顾良辰嘴巴特别甜，很会哄人开心，亲了亲许美景的额头，笑道："很快就不会让你这么辛苦了，以后我天天陪着你看日出日落，云卷云舒，面朝大海，春暖花开，好不好？"

许美景扑哧一声被逗乐了，无奈地摇摇头去客厅看电视了，顾良辰则在厨房忙碌，洗完碗收拾完厨房后，又洗了水果端进客厅。许美景正在看古装电视剧，是一款火爆游戏改编的，顾良辰在里面担任男主，白衣似仙，长发飘飘，尤其是在柔光下，更显得美得不可方物。

用美来形容男人，实在是有些不合适，但除了这个字，许美景不知还有什么合适的字眼可以用了，怪不得顾良辰现在人气又爆棚了。说实话，她每晚都在追这部电视剧，她可不是为了看剧情和提高顾良辰的收视率，而是看他和哪个女演员暧昧了，牵手戏有多少，吻戏又有多少，床戏又有多少，还包括他脱了几次衣服，露了多少次肌肉。

好多女粉丝天天评论顾良辰是穿衣显瘦，脱衣有肉的好身材。说实话，许美景还是很开心的，至少这个男人只有她能拥有，但一想到他和别的女人在戏里卿卿我我，在床上滚来滚去，和女演员有亲密接触，她心里就火得不得了。但她又没有办法，他的工作就是这样，好在顾良辰答应她，尽量不和女演员有直接的身体接触。

顾良辰把水果盘小心翼翼地放在茶几上，也不敢说话，很狗腿地剥了颗红提往许美景的嘴里送去。许美景有点怪癖，很喜欢吃红提，但一定要剥皮，否则她就不吃了。现在正是讨好许美景的时候，顾良辰能不大献殷勤吗?

顾良辰瞥了一眼电视机，看到里面的画面，心里暗叫糟糕，他记得这一幕是男女主角久别重逢，接着就抱一起亲吻了。完蛋了，要是许美景看到这一幕，肯定是要气得火山爆发的。

顾良辰正要寻找对策的时候，广告恰如其分地出现了，见许美景懊恼的样子，他心里松了一口气，连忙把电视机关掉，把遥控器放到自己的身边，凑到许美景面前撒娇，试图转移许美景的注意力。

“老婆，我们都这么久没见了，你就不要看电视了，你就看看我好不好？难道你都不想我吗？”

顾良辰说着，还继续给许美景剥红提，许美景享受着女王般的待遇，心里却挂念着还没看到的剧情，她想下面肯定有亲密的戏，要不然顾良辰不会这么紧张，还把电视机给关了。

关掉没关系啊，反正还有网络视频连载，夜里十二点之后就开始更新了，她照样还是能看到的，她瞥了一眼顾良辰那怨夫的样子，不禁笑道：“天天看你啊，电视、海报，到处都有，地铁上还都是你的广告代言呢。再说了，你有那么多女粉丝，哪里轮得到我想你呢？”

许美景揶揄，语气充满酸意，继续哼道：“下至三岁小孩，上至八十岁老太太，可都被你迷得神魂颠倒的，你知道吗？咱们小区跳广场舞的歌曲都是你唱的，哈哈，笑死我了。”

顾良辰微囧，只好自我安慰，自我催眠，“那说明我的歌比较火吧，受大家欢迎。你看《小苹果》，还有凤凰传奇，人家都冲出中国，走向世界了。”

“我看好你哟。”许美景捂嘴笑着，“有这么多疯狂的女粉丝，你也应该开心才是。”

“弱水三千，我只取一瓢饮，老婆，我对你的真心是天地可表，日月可鉴。”

许美景立刻纠正他，“是天地可鉴，日月可表。可见你是一点儿诚意都没有啊，这都可以说错。”

顾良辰立刻无赖地解释道：“我如果不说错的话，怎么彰显你有文化呢，我的主编大人？”

许美景微恼，起身上前坐在顾良辰结实有力的大腿上，不满地挠着他的腋下，咯吱他。顾良辰的弱点就是怕痒，这会儿被许美景攻击了，很没形象地哈哈大笑起来，笑得上气不接下气，眼泪都飙出来了，连连向许美景求饶，表示以后再也不敢了。

许美景也挠累了，就瘫在顾良辰的身上喘着粗气休息，顾良辰温柔地擦去她额头上的汗，小吊带裙的吊带也掉了下来，露出白嫩的肩膀。顾良辰眼神一亮，大手撑在许美景的细腰上，微微俯下头，细细地亲吻着许美景纤细白嫩的脖子。傍晚的那一次，真心是无法满足他，如果不是考虑到许美景的身体，他想要的会更多。

许美景的注意力都在电视身上，想着广告时间应该结束了，她趁机把遥控器捞过来，打开电视，正好听到电视机里男人的声音，某某剧场好戏精彩进行中。许美景推开在她身上作乱的男人，转过身去看电视，正好就看到男女主角相拥在一起，互诉衷肠，深情相望，继而就热情地亲吻起来了。

顾良辰紧紧地拥抱着女主，急切而霸道，就像今天傍晚一样。许美景脸色微沉，黑如包公，顾良辰见大事不妙，立刻解释，“老婆，那是借位，借位……”

说到最后顾良辰也说不下去了，事实摆在眼前，而且还是多角度拍摄的，细节都可以看得很清楚。许美景心里闪过一丝难受，虽然知道是拍戏，并不是动真格的，但一想到热切亲吻自己的男人还亲过别的女人，许美景心里能舒服吗？

“老婆，小柯可以作证的。”顾良辰见许美景神情不对，立刻把证人拉出来，以表自己对许美景的忠心。

小柯是顾良辰的表弟，对娱乐圈非常有兴趣，一心想进娱乐圈。在顾良辰成为明星后，近水楼台先得月，成为顾良辰的助理，那绝对是贴心地服务，敬业精神十分可敬。鞍前马后，照顾得无微不至，而且最重要的是小柯是许美景的卧底，顾良辰跟哪个女明星吃饭了，拍MV了，哪个女明星又对顾良辰暗送秋波了，小柯都事无巨细地向许美景汇报。

起初许美景吃醋吃得厉害，恨不得不让顾良辰当明星，顾良辰休息回来的时候，许美景就想把他圈在家里不让他走。她不喜欢他跟别的女人太亲密，自己纠结了好久，甚至去看心理医生，最后只好坦然接受，自我催眠。这是顾良辰的工作，如果她不信任顾良辰，就干脆在顾良辰身边做助理好了，可是那样亲眼看到他和别的女人眉来眼去，她估计更恼火吧？

她也想那些明星夫妻，演电视的时候也有很多这样的情况，他们是怎么处理的呢？许美景匿名去网上发帖子咨询，大部分的回复就是逢场作戏，何必较真。好吧，她的确是较真了，有一段时间她就不去看电视，也不关心顾良辰又和哪个女明星拍戏了。时间一久，也就不是那么在乎了，毕竟是工作，除非不当明星了。不过现在再看，还是会吃醋，只不过现在也就只是闹闹情绪罢了。

“暂时相信你，要是下次再让我看到，别怪我不客气。”

许美景挥了挥拳头，哼了一声，表现出一副凶狠的模样。

顾良辰捧着许美景的脸亲了一下，笑得异常灿烂，向许美景保证绝对不会再发生这样的事情了。

望着顾良辰这帅气的笑容，许美景吃醋了，霸道地说道：“不许你对别人这么笑，你是我一个人的。”

“那是，老婆，我必须是你的呀，我的全身上下，包括每个细胞都是你的。演唱会专门在桐城这边开唱，他们在做准备工作，我第一时间就溜回来看你了。”

许美景哼了一声，觉得顾良辰只会说好听的话，还什么每个细胞都是她的，她要他的细胞干什么？许美景看了一眼顾良辰，突然想起什么，立刻奔到阳台，见窗帘被拉开，顿时无语了，唰唰唰，把窗帘都拉上了，紧张兮兮地问顾良辰，“你没拉窗帘啊？下午我们在玄关那边……万一被狗仔拍到了怎么办？你回来的时候没被人看到吧？完了完了，李然送我回来的时候还看到你了，天呐。”

许美景扶额，焦躁地走来走去，现在的狗仔无孔不入，没有他们不知道的事情，也没有他们拍不到的东西，那么多明星隐私都被曝光了，万一她和顾良辰的关系被曝光怎么办？这对他们俩都有影响啊，还有双方父母。光是女粉丝的口水就能淹死她，到时候说不准她还会被人家人肉，还会有人跟踪她、曝光她，一想到这些鸡飞狗跳的事情，许美景就不寒而栗。

顾良辰把许美景拥入怀中，亲吻着她因紧张而变得通红的小脸，柔声道：“傻丫头，小柯送我回来的，肯定不会有事的，再说了，窗帘是我刚刚起来的时候拉开的，下午的时候绝对是拉上的，你不要担心，真的没事。”

“你确定？”

顾良辰使劲地点头，“我确定一定以及肯定，你不想被曝光，我自然要保护好你啊，小柯可是深谙此道，他是绝对不会让我们俩曝光的，放心吧。”

得到顾良辰的保证，许美景才放心一些，轻叹一声，并警告顾良辰，“以后绝对不能再在客厅胡来了。”

她可不想成为某某门的女主角，那样的话，干脆让她去死好了。

顾良辰闷声笑了起来，轻啄许美景的红唇，安慰她，“老婆大人请放心，小的知错就改。”

“德行，我洗澡去了。”许美景拿上睡衣、毛巾往洗手间走去，顾良辰亦步亦趋地跟着，许美景回头看他，“你干吗？”

“洗澡啊。”顾良辰无辜地回答。

“你下午不是刚洗过吗？”

“是洗过了，后来不是做了一下运动嘛，加上做饭、洗碗，天气热，很容易出汗的。”

“那你等我洗完了再洗。”她可不想和这个臭男人一起洗澡，谁知道他会做出什么事情来。

顾良辰嘿嘿笑着，厚颜无耻地拥着许美景往洗手间走去，笑道：“两个人一起洗，节约时间不说，还节约水呢，走走走，你帮我搓背，我帮你搓背。”

许美景十分无语，他还真会掰扯理由，还节约水，真会胡扯。

顾良辰就套了一件浴袍，速度很快地就脱了，里面什么也没穿，健壮的身材，超性感的六块腹肌，还有诱人的人鱼线，许美景想到了言情小说里对霸道总裁的描写，下意识地吞咽了一下口水。

这一切可都被顾良辰看在眼里，打开花洒，拖着许美景进了按摩浴缸，哼哼起来，“老婆，好冷啊，快点洗澡吧，为夫快要冻死了。”

许美景小脸微红，半推半就也就顺从了顾良辰，一番折腾下来，许美景又被累得七死八活的，脑子里想着今晚没时间上线处理事情了，现在她一根手指头都不想动了。顾良辰意犹未尽，给许美景擦完身体后，抱着她去卧室继续开战。

窗外月朗星稀，屋内火热激情。

生物钟很准时的许美景在五点钟就醒来了，看一旁熟睡得像孩子一样的男人，不禁莞尔，低头亲了一下他的俊脸，起床洗漱完换衣服出去运动了。

早晨的空气异常清新，伴随着鸟语花香，许美景一如既往地进行晨跑，不过今天她要早点回去，去菜场买新鲜的蔬菜给顾良辰做饭。他那么辛苦，明天就要开演唱会了，准备工作肯定很辛苦，她也是很心疼他的。

许美景买了新鲜的鱼和蔬菜回来后，就看到了下夜班的李然，许美景想到昨天傍晚的事情，立刻追上李然，想让他帮她保守秘密。

“昨天我回去查了很多资料，我才发现那人是顾良辰啊！他居然是你男朋友，我说怎么那么眼熟呢，不过许小姐你放心，我不是大嘴巴的人，肯定不会说出去的。不过我和你说啊，这些明星都不是什么好人，就会玩弄别人的感情，你可千万别陷进去啊。”

李然替许美景担心，提醒她要小心一点。

许美景扑哧一声笑了出来，无奈道：“我都和他结婚好几年了，我们是毕婚族，从小一起长大的，他也算是你老乡了。”

李然瞪大眼，一句话也说不出来。他们俩不仅结婚了，还是青梅竹马，那他岂不是一点儿机会都没有了吗？李然觉得自己的心更疼了，不过还是向许美景保证会帮她保守秘密的。

虽然不能追求她，但如果能替她做一些事情，他也是很开心的，更何况是保守秘密这样的事情呢。

“谢谢你。”许美景会心一笑，心里的大石头才放下，提着菜回家去做早饭了。

听到洗手间传来哗啦啦的水声，许美景知道顾良辰已经醒了，这个时候应该在洗澡，一个大男人一天照三顿饭的洗澡，让身为女人的她情何以堪呢？许美景摇摇头，提着菜去厨房做饭了。

正在洗澡的顾良辰知道许美景回来了，火速地洗了一个战斗澡，随便擦了擦，套上浴袍，健步如飞地往厨房跑去，在看到那道忙碌的纤弱背影时，顾良辰扬唇笑了起来，心里暖暖的。蹑手蹑脚地上前，从后面拥住了许美景，把她揽入怀中，温柔地亲吻着她的发顶。

许美景笑了起来，转过身来面对着顾良辰，见他头发还在滴水，就皱眉了，不满地哼着。

“头发也不擦干净，要感冒了呢！每次都是这样，你以为你是铁打的呢？”

昨天也是这样，今天还是，尤其还是一大早。她就不明白了，昨天洗完头了，今天又洗头，也不怕发质给洗坏了，许美景无奈极了。

“老婆大人真关心我。”顾良辰俏皮一笑，随便摸了摸头发，不甚在意，“现在是夏天，天气热，没关系的。”

“好吧。”许美景无话可说，继续忙碌。顾良辰像树袋熊一样抱着许美景不肯松手，许美景做什么都不方便，就让顾良辰松手，哪儿凉快哪儿待着去。

顾良辰都要哭了，委屈地看着许美景，像个孩子一样嘟囔着，“老婆，你难道都不想我吗？我都这么久没看到你了，可想你了。一日不见如隔三秋，一会儿不见你，我都觉得过了一个世纪似的。”

许美景翻了一个白眼，对顾良辰的甜言蜜语早就有免疫力了，伸手探了一下顾良辰的额头，嘀咕着，“你是穿越了，还是没睡醒啊？昨晚这些话不是都说过了吗？还是你以为那是你在别的女人那边过夜，和别人说的话呢？”

顾良辰十分受伤，一副西子捧心状，无辜道：“我一睁眼看你不在我身边，你都不知道我有多担心你，连觉都不敢睡了，马上起来找你，看你东西都在，运动鞋不见了，估计你出去跑起步了。”

许美景心里微酸，其实她很想问顾良辰，她生病的时候，郁闷伤心的时候，被同事排挤想找人诉说的时候，他在哪里呢？每次打电话都是偷偷摸摸的，也没时间好好聊几句，通常问候一声就挂了电话。他很忙很忙她知道，通常他忙完都凌晨了，而她那时候却在睡觉。

有时候她觉得自己特委屈，觉得有老公和没有老公没任何区别，她任何时候都是一个人，一个人吃饭，一个人逛街，一个人买东西，一个人看电视，连看电影都是一个人，连说话的人都没有。她很怀念他们的学生时代，那时候顾良辰几乎二十四小时黏在她身边，她感觉自己都变得生活不能自理了，全部都是顾良辰来张罗的。但现在呢？以前不会做饭的她现在也能做出几道像样的菜了。

她一直在想，婚姻到底给了她什么？看着自己的老公和别的女人卿卿我我，却还要自我安慰这是逢场作戏，一年也见不到几次面，就算她想要孩子，这样的情况下能有孩子吗？

许美景觉得自己又陷入莫名的情绪中，不知是不是年龄大的缘故，总是想着这些无病呻吟的事情，想来也怪自己，当初顾良辰要公开他们的婚姻，是她要求隐婚的。顾良辰顺着她了，现在她又叽叽歪歪的了，不是矫情是什么？

第三章 男色误人

顾良辰见许美景又在发呆，立刻问道："老婆大人，你这是怎么了？"

"哦哦，没事，我在想鱼要怎么弄。"许美景望着洗菜池里的鱼发呆。

"你别弄了，快去洗澡吧，一会儿还要上班，做饭的事情就交给我好了。"顾良辰柔声说着，亲了一下许美景的额头，把她往外赶。

大厨主动来帮忙，许美景求之不得，这样也让她省事了，不过她也很自觉地在一旁打下手。顾良辰却把她赶出去让她抓紧去洗澡，他一个人能搞得定。

许美景只好听从大厨的吩咐去洗澡了，再出来的时候，香气直接扑鼻而来，许美景深深地嗅了一下，感觉肚子已经开始咕咕叫了。

靠着门框，望着忙碌的身影，看帅哥做饭，果然也是一种享受啊，许美景不禁感慨道："要是你天天在家做饭给我吃多好呀。"

"很快的，到时候你赶都赶不走我了。"顾良辰笑着，把鱼汤倒在瓷碗里，端到餐桌上，笑着，"我整天在家做饭，你在外面做女强人吗？”

许美景扬眉，不置可否，“有何不可？”

顾良辰刮了一下她的鼻梁，低头亲了一下她沐浴后俏红的脸蛋，嗅了嗅她的芳香，笑道：“我可舍不得，我现在努力挣钱，辛苦几年，让你和孩子这辈子都衣食无忧。”

说着，拉着许美景坐下吃饭，三菜一汤，色香味俱全，让许美景食欲大振。

对于顾良辰的话，她的确也很感动，想来他这么辛苦也是为了她。以前他那么黏她，一会儿见不到她就到处找，现在工作忙，他也尽量抽时间回来陪陪她，甚至只有几个小时的时间，他都顾不得休息，要把时间留给她。

其实想想，顾良辰除了忙一点，对她还是一如既往的好，所有的收入都直接交给她了，给她买房子、买车子、买奢侈品，眼都不眨一下，而对他自己呢？从来没在自己身上花过一分钱，不过他也不用花钱，光是广告代言，商家赞助的衣物他都用不过来了。

这样也挺好的，既省钱也会挣钱，居家旅行必备之良品啊，她还有什么不满意的呢？她不是一直崇尚独立、自主、自由吗？现在顾良辰偶尔回来一次，并不打扰她，让她有自由的空间和时间了，她还有什么好埋怨的呢？

许美景给自己做了心理建设后，就舒服多了，安心地吃起饭来。顾良辰很狗腿的鞍前马后地伺候她，许美景乐得享受，不过还是摆出小女人的模样来，有些傲娇，但见顾良辰这么贴心地照顾她，女人的虚荣心又得到了大大地满足。

若是顾良辰的女粉丝知道他这么伺候一个女人，而这个女人还不待见顾良辰的话，估计都要闹翻天了，她有可能会被人家攻击的。现在许美景又庆幸他们是隐婚了，这就省去了很多不必要的事情，否则肯定会烦死她的。

伺候许美景吃完早饭，顾良辰就嚷着要送她去上班，一想到会发生的一些事情，许美景还是委婉地拒绝了。她倒是希望顾良辰在家好好休息，毕竟马上就要开演唱会了，这可是很辛苦的事情。

再说了，去公司也不过步行十几分钟就到了，又不是距离远，开车的话还安全一些，现在是上班高峰期，走在路上很容易被人发现的，许美景好说歹说，才说服顾良辰在家待着。

不过顾良辰有些不满，硬拉着许美景在门口亲了半天以作补偿。许美景胆战心惊的，生怕会被别人发现，亲完后赶紧把顾良辰往房间塞去，作势就要关掉大门。

“我就这么见不得人吗？”顾良辰探出脑袋来，十分委屈且哀怨地看着许美景，那一张帅脸实在让许美景无法说出狠心的话来。她果然是颜控，彻底栽在顾良辰的手上了，也别想着要翻身了。

“那你就送到楼下好不好？”许美景只得妥协，但也只是退一小步，她可不能让顾良辰得寸进尺，那样纠纠缠缠的她就别上班了。

得到赦令，顾良辰立刻换鞋、拿钥匙，拉着许美景进了电梯，许美景盯着笑得很猖狂的顾良辰表示很无语，连帽子装备都没准备，就这么出来了，希望不要遇到别人，许美景心里嘀咕着。

电梯滴的一声响了，电梯门打开，许美景立刻推顾良辰，让他面朝里，背对着电梯门，不让他露脸。顾良辰觉得自己像做贼一样，明明是名正言顺的老公，却被这样遮遮掩掩地无情对待，顾良辰觉得心都碎了。

而许美景站在另外一个角落里，表情比较淡漠，似乎想要表现出和顾良辰不熟的模样来。进电梯的是个女孩子，戴着耳机听歌，进来的时候板鞋的鞋带开了，蹲下来系鞋带，往上抬头的时候看到了顾良辰，突然尖叫一声。

那声音十分刺耳，许美景只觉得完了，要出事了，她瞥眼过去，就见女孩子兴奋地拉着顾良辰的胳膊，叫道："你是顾良辰是不是？你是顾良辰是不是？"

"我不是，你认错人了。"顾良辰苦恼不已，希望许美景能帮他一下，谁知一楼一到，许美景直接冲出去了，连看都不看他一眼，这让顾良辰彻底疯了，速度要不要这么快？用得着这样撇清关系吗？他们好歹是夫妻啊。

许美景冲出去的时候，正好看到小柯往他们这栋楼里走来，立刻扯住小柯的手，着急道："你哥在里面被一个女孩子缠住了，你快去救他。"

说完，许美景就急匆匆地走了，小柯一溜烟冲了进去，就见到那个女孩子挂在顾良辰的身上不愿意下来，嘴里还一直嚷嚷着。

"你一定就是顾良辰，你都要来开演唱会了，我就知道是你，对了，我还听你的歌呢，你来听听。"

女孩子一边说一边拿着耳机往顾良辰的耳朵里塞去，顾良辰很恼怒，但也不能发脾气，只得柔声哄着。小柯上前扒开那个女孩子，笑眯眯地道："这位小姐，谢谢你喜欢和支持良辰，这是送你的签名专辑，希望你一如既往地支持良辰。"

小柯从背包里拿出顾良辰的专辑递给女孩子，拉着顾良辰就往外跑，女孩子紧追不放，扯着他的衣服，哀求道："我们合个影吧，你不知道我喜欢你好多年了，这次为了看你的演唱会，我把积蓄都拿来买票了，结果还被黄牛坑了，我都没钱了。”

女孩子哭得很伤心，顾良辰也是无语了，这好歹也算是他的铁粉了，人家都可怜到这个程度了，总不能见死不救不管吧？顾良辰示意小柯给那女孩子一张票，小柯只好又掏了一张票给那个女孩子。

“虽然位置一般，但也算是比较好的票，希望你一如既往地支持良辰，他现在要去彩排了，希望在演唱会上见到你哦。”

给了演唱会的门票还得满足人家拍照的要求，女孩子拿着票呵呵笑了起来，趁着顾良辰没注意的时候偷偷亲了一下顾良辰的脸颊，顾良辰和小柯都呆住了。

顾良辰更是震惊不已，他这是被吃豆腐的节奏吗？小柯见大事不妙，立刻拉着顾良辰往外跑去，再不走，还不知道要发生什么事呢。

小柯是特地来接顾良辰去彩排的，没想到就遇到了这一幕。小柯无奈地摇摇头，把顾良辰塞进保姆车里。发动车子出发了，刚出小区的门口就看到路口等红绿灯的许美景，小柯停下车子和许美景打招呼。

许美景往里面探头看了看，就看到顾良辰铁青的脸，知道他可能因为她刚才对他弃之不顾的事情生气，现在时间紧迫，许美景也不好去哄顾良辰，就交代小柯好好照顾并安抚他。

“行，我知道了，嫂子再见。”绿灯亮，小柯和许美景说再见，发动车子离开。许美景望着保姆车无奈地摇摇头，遇到粉丝这种事情，让她怎么处理呢？

小柯通过后视镜看了一眼闭目养神的顾良辰，轻声道：“哥，干吗生气呢？其实嫂子也是很关心你的，刚才还让我快去救你呢。”

不提这个事情还好，一提顾良辰就一肚子怒火，他可是她老公啊，看到他被别的女人缠着，她不但不帮忙解围，居然还一溜烟跑了，这是他的老婆吗？

“那你让嫂子怎么办？她上前帮忙，你们俩的关系势必会被别人知道，那样对你的事业也是很有影响的，你就体谅一下嫂子吧。”

“拜托，被吃豆腐的人是我啊！”顾良辰委屈得不行，使劲地擦了擦被亲过的地方，人生如此悲剧，在自家门口都被吃豆腐了，现在身为男人也很不安全啊。

“昨晚看个电视，我和女主角接吻，那只是演戏，她都吃醋吃得不行，差点要暴怒了，我哄了半天才哄好。现在呢？我被一个女人缠着，你看到了吧？都挂在我身上了！她居然跑了！”

越说顾良辰越气愤，他一向都很洁身自爱，哪怕是拍亲吻戏，他都要求导演，能借位的时候最好借位，实在不行，就让替身上。他不想许美景因此不开心，也不想让她心里觉得不舒服。他知道她在这方面稍微有些洁癖，可现在呢？

许美景的冷漠让他心里很不舒服，他总有一种感觉许美景不喜欢他。从他们认识到现在结婚，一直都是他处于主动，是热情的一方，许美景却很冷淡，反应也一般，甚至结婚都是被他强行拖到民政局的。

这些年她又要求隐婚保密，他们俩甚至不能在公开场合出现，想像普通的情侣约会都不行，他给她的钱，买的奢侈品，她都很少用，他不明白这是为什么。

他也知道她在职场不开心，他不止一次建议她离职，既然不开心就不要做了，又不缺她那份钱，一个月六七千的工资少得可怜不说，每天忙得要死，还被人排挤，这么辛苦干吗呢？

顾良辰实在是不太明白，想来想去，也只想到了一个可能，许美景不太喜欢他，否则就不会急于和他撇清关系，和他划分得这么清楚，顾良辰轻叹一声，实在是不知该拿许美景怎么办了。

小柯并不知道顾良辰想这么多事情，只以为他是因为许美景吃醋和今早的事情不开心，便给顾良辰提出建议。

“实在不行你就把电视机搬走啊，嫂子那么忙，哪有时间看电视。”

“没有电视机还有电脑呢。她做什么的你不知道？整个网站都是娘子军，大家七嘴八舌的，就算她不看电视也会知道，烦躁。”顾良辰不耐烦地抓着头发，心里一阵阵无名的火气。

“哥，你不是打算在演唱会上公开你们的关系吗？”

“就你嫂子的脾气，我要是不经她同意公开关系，她非杀了我不可。”顾良辰无奈地摇摇头，轻叹一声，“实在不行，我再干两年就退休，回家做家庭主夫，相妻教子，让她做女强人去。”

“哥，你别说气话啊，你现在事业当红，不能和嫂子赌气就说这样的话，到时候你就得想念自由的生活了。这样吧，咱们先探探嫂子的意思，如果她没意见，演唱会你就公开你们的关系，如果她有想法，咱们就暂时搁浅嘛，这又没什么，你们还年轻呢，非要公开吗？”

小柯提出建议，顺便也安抚一下顾良辰。他觉得许美景不是那种无理取闹的人，要是真公开了，也不至于闹到杀人离婚的地步，虽然生活会受到一些影响，但大家肯定对他们的态度都是祝福的。

“也不是一定要公开，只是现在我爸妈和她爸妈进行双面夹击，现在就让我们生孩子，我看你嫂子的态度是不想生，还想再奋斗两年。小柯，我真是不明白，她就那么喜欢那份工作？女人多的地方是非就多，她也没心思跟人家斗，做这份工作就能实现自我价值？”

“嫂子的想法我不知道，但你不是说要支持她嘛，那就继续支持啊，就像你喜欢唱歌、演戏，虽然不是科班出身，但嫂子从来没说过丧气话，一直在支持你吧？嫂子喜欢做这个工作，你就继续支持嘛，她也会有累的一天，互相体谅一下。”

到了体育场，小柯停了车子，下来给顾良辰开车门，顺手拍了拍他的肩膀，轻声安慰他，同时叮嘱他要微笑，外面都是等待的记者。

顾良辰现在可没心情装出满面笑容的样子，戴上车里小柯准备好的黑超，直接下车走人，对媒体记者的采访，粉丝们的兴奋尖叫都直接无视了，在工作人员的保护下面无表情地进了体育场。

许美景到了办公室，不免又被黄诗意一番嘲讽，因为许美景今天看上去特美，满面桃花的模样，而且显得春风得意，用小说里的描写就好像是被男人狠狠地爱了一番似的。

黄诗意语气嘲讽地问许美景晚上是不是去夜店了，要不然单身的她今天怎么会这么风情娇美。

许美景不想和黄诗意有太多的纠缠，懒懒回答她，“是啊，夜店可好玩了，帅哥超多，下回也带你去玩儿吧。”

黄诗意连忙摆手，装出一副很惊悚的模样，夸张地叫道：“哎呀，我可不去，好女孩不去那种地方的。”刚说完突然想起什么来，声音就软了下来，嘿嘿笑着，“当然，我们的美景并不是坏女孩子，是好女孩呢，你肯定是和我开玩笑的。”

这番话让许美景很恼火，什么叫我们美景？大家很熟吗？而且她用这种语气说话，应该是有事要求她吧？

许美景不动声色地开了电脑，扬唇笑着，自嘲道："我可不是什么好女孩啊。"

黄诗意脸一白，尴尬地笑着，但为了演唱会门票的事情，也只得厚着脸皮主动讨好许美景，连连表示自己的歉意，"美景，我这真是开玩笑的，咱们之间难道连玩笑都开不起了吗？而且我并不是说你的呀，别生气了好不好？"

黄诗意这番哀求，许美景也不好直接撕破脸皮，毕竟都在一个办公室，而且还相处了这么久。许美景正准备说话的时候，总编大人从外面进来，淡淡地瞟了一眼两人，面无表情地进了办公室，黄诗意立刻放开抓住许美景的手，回到自己的座位上。

许美景也不再说话，有条不紊地进行日常工作，黄诗意纠结了，在办公桌下踢了踢许美景的脚，给她示意发了QQ消息，许美景这才看到，点开消息，就见黄诗意问她要不要进去和总编说一声。

许美景拧眉，觉得奇怪，便发消息问黄诗意要说什么。她向来是没事从来不去找总编的，只要自己把事情做好就成了，而且总编也是有很多事情要忙的，哪有时间和她们闲扯？

黄诗意就说了她们刚才在办公室打闹的事情，总归不好，总编会想多，觉得她们只顾着玩，不好好工作。

许美景觉得是黄诗意想多了，觉得她是不是有点太敏感了，这样的问题都能想到。而且她们刚才根本不算打闹，只能算聊天而已，若是说严重的话，就是声音大了一些，平常在办公室聊天不也是这样吗？难道在办公室也不能聊天了？

黄诗意见许美景不为所动，就自己进总编办公室去了。许美景并没有跟着进去，她觉得这完全是没必要的。她正忙着呢，李琳琳发QQ消息过来了，问她黄诗意怎么去总编办公室了，难道被总编叫进去训话了？

许美景懒得打字，直接把自己和黄诗意的聊天记录截图给李琳琳了，李琳琳发了一把滴血砍刀给许美景。

李琳琳：你傻呀？现在就进去。

许美景：为什么？

李琳琳：你们俩要是谁都不进去，一点事儿都没有，也没关系，那个女人也不会放在心上的。但黄诗意进去了，你没进去，她为了撇清关系，什么事做不出来？谁知道她会说一些乱七八糟的什么话？到时候别往你身上泼脏水就好了。

许美景：没这么复杂吧？再说了，我现在进去不合适吧？这不显得我心虚吗？我现在进去也晚了啊。

李琳琳：傻妞，你就等着她给你穿小鞋吧。

李琳琳随即发了一个无奈的表情，对许美景的单纯天真也是彻底无语了，她这个丫头能在公司存活到现在，也算是个奇迹了。

李琳琳：你帮黄诗意弄到票了吗？看她刚才那狗腿模样，真想给她两巴掌。

许美景：还没呢，朋友手机关机了，发了QQ消息也没回，我在等他消息。

许美景自然不能说没弄，只好委婉一些回答，她已经和朋友联系了，现在不是她问题，是她朋友的问题，所以就算最后没弄到票，黄诗意也不能怪她。

李琳琳：别给她弄了，瞧她那样子，你就吃力不讨好吧。

许美景：算了，能弄到就弄吧，昨天我也答应人家了。

许美景正和李琳琳聊着天，黄诗意从总编办公室出来了，满面笑容，心情不错的样子，看来现在没什么事了，不像刚才那一副担心的表情。

李琳琳的消息又发来了：你就等着被穿小鞋吧，我干活去了。

许美景无奈地笑了，好吧，如果黄诗意这样赤裸裸地给她小鞋穿，那她也是无可奈何了，谁叫人家聪明，比她想得周到呢。

黄诗意坐下后，扬眉问许美景，“美景，票你帮我问了吗？”

许美景把和李琳琳说的话重复发了一遍给黄诗意，黄诗意又担心又纠结，缠着许美景一定要她帮忙，毕竟马上就演唱会了。李琳琳在不远处嗤了一声，对黄诗意狗腿的模样很是不屑，前脚进去告人家的状，现在就若无其事，还缠着人家要票，真够不要脸的。

梁芮芮打卡进来了，她和黄诗意合租，但每次都来得比黄诗意晚，听到她们的对话，立刻就阴阳怪气地哼了起来。

“是啊，美景，你答应人家的事情可不能反悔啊，你知道吗？昨晚黄诗意知道自己能去看演唱会了，激动的一夜没睡，所以早早地就来上班了，你这要是没弄到票，估计她今晚伤心的又要一夜不睡了。”

两面夹攻让许美景应付不来，李琳琳要过来帮忙，许美景给她使眼色让她不要过来，省得把事情闹得不开心，她可不想一大早就在办公室吵起来，更何况黄诗意刚才还去了一趟总编办公室。不管是不是告状，在办公室吵闹总是不好的，也不是她的性格能做出来的事情。

“我又没说不给她弄，我再联系一下我朋友好不好？”许美景无奈极了，只得妥协，不过她估计也没什么好位置了。

当着两个女孩子的面，许美景也不好直接给顾良辰打电话，这个时候他可能在彩排呢，也不方便接电话。许美景便给小柯打电话，很委婉地询问他现在还有没有票，她的同事想要一张票。

“要不然问问你哥，他总该知道吧？”

“好好好，那你等等。”小柯自己也不敢做主，趁着顾良辰休息的时候告诉他这件事。

顾良辰原本就不太开心，现在许美景电话又打到小柯手机上了，心里更是不爽了，别人的事情她都放在心上，只有他的事情她漠不关心。

更何况她和那些同事关系又不是很好，干吗还帮她们弄票，这不是自寻烦恼吗？

“哥，嫂子上班，总不能一点儿人缘都不要呀，就算关系不好，面子也得过得去是不是？好歹是抬头不见低头见，你不能让嫂子太为难啊。”

小柯一向都是两个人之间沟通的桥梁，他自然是不希望两个人吵架，当时姑姑还一直叮嘱他千万要维护好他们夫妻的感情，更何况他也不希望顾良辰带着情绪工作。

刚才从保姆车上下来，全程黑脸，不知那些娱乐记者又要怎么报道了，不搭理记者也没关系，居然连粉丝也直接无视了，顾良辰很少有这样的态度，演唱会就在眼前了，他可不能如此耍性子啊。

小柯又是一番劝，顾良辰才同意给看台票，其实他们手里还有一些位置比较好的票，一般都是用来送朋友的，看台票也是有的，搞活动或者赠送粉丝。现在要给许美景的同事，顾良辰自然不会给好位置的。

许美景接到小柯的电话，得到的信息是有看台票，问许美景要不要。许美景便询问黄诗意，黄诗意纠结得不行，看台票压根就看不到顾良辰，连歌都听不清，看的都是人头，还要花一百块钱，黄诗意纠结得不想去。

一旁的梁芮芮碰了一下黄诗意的胳膊，附在她耳边低语几句，许美景听不到她们在说什么。说完后，黄诗意就确定要那张票了，梁芮芮也要了一张。她们俩决定好了，先拿上票，到时候再混进去凑到前面，那时候现场那么混乱，谁还管谁呢？

再说了许美景还在 VIP 区呢，带一两个人应该也没问题。两个人打定主意就要了票，并希望能快点快递过来，毕竟演唱会就在眼前了。两个人各自拿了一百块钱给许美景，在这方面，她们还算比较主动。

许美景有些担心顾良辰，便低声问小柯，“你哥不会还在生气吧？你帮我劝劝呗，让他别生气了。”

“嫂子你放心，没事的，老哥跟谁生气也不能和你生气啊，我先挂了，这边彩排呢。”

许美景在办公室里，也不好多说什么，就挂了电话，一抬头就看到对面黄诗意和梁芮芮打量的眼神，一直盯着她看，让她心里很不舒服，又有些担心，莫非她们听到什么了？就算听到也不可能猜出她和顾良辰的关系啊。

她和小柯说话都是直接称呼“你哥”的，连顾良辰半个字都没提，她们肯定是不知道的，是她想多了。许美景自我安慰，低头工作。

“美景，你那个朋友莫非是你男朋友？”梁芮芮突然问道，“要不然好端端的你问人家哥哥干吗呢？你肯定和那个男孩子在谈恋爱，是不是？他是做什么的？哪来这么多钱给你买 VIP 的票？周六演唱会该不会是他要陪你过生日吧？他在桐城吗？”

一堆问题问得许美景哑口无言了，这让她怎么回答？

“只是一个认识很多年的朋友而已，你想太多了，怎么会有人喜欢我呢。”

黄诗意捂嘴笑了起来，点点头表示赞成许美景的话，“梁芮芮，人家只是普通的朋友，美景都说了，你就别乱问了。人家不是男朋友，是男朋友的话，应该要努力讨好我们，帮我们搞到 VIP 的票，而不只是看台票。”

李琳琳实在是听不下去了，扬声道：“VIP 的票是有，关键你买得起吗？”

李琳琳一说话，这边黄诗意就不吱声了，戴着耳机低头忙去了，而梁芮芮突然大喊一声，拍了一下大腿，喊道：“天哪，我们组的业绩又降了。”

许美景充耳不闻，盯着后台数据看自己组的业绩又上了一个高度，心里别提多开心了，但她一向低调，也不愿意在公开场合谈论这件事。

她的业绩每个月都遥遥领先，但她从来不声张，她甚至有种感觉，太高调了就是炫耀。业绩好大家自然看在眼里，你再宣传一遍，完全没必要。若是下个月业绩下降了，不是第一了，别人就该嘲笑你“叫你得瑟，业绩下降了吧”。

许美景觉得自己太低调了，不过她向来是低调的人，你想让她高调她也高调不起来啊。而且这种事情也没什么好炫耀的，所谓风水轮流转，谁都有倒霉的一天。她已经不受待见了，就不要再那么嚣张招人烦了，她本也不是嚣张的人。

对面传来梁芮芮和黄诗意聊天的声音，大概意思就是业绩下降了，工资要被扣了，作者不努力码字和更新等等。这些对话每天早晨都要上演一遍，许美景已经有免疫力了，专心做自己的事情。

突然，李琳琳大喊一声，奔到许美景的面前，一脸惊恐地望着许美景，“你是顾良辰的女朋友？”

许美景一惊，心想难道是被曝光出来了？但又觉得不太可能，就算她保密工作没做好，顾良辰和小柯也应该是做得密不透风的，绝对不可能曝光出来的，除非有另外一种可能。

许美景好笑地看向李琳琳，无奈道：“你觉得我哪里像顾良辰的女朋友？”

“是啊，李琳琳你有没有搞错？她怎么可能是顾良辰的女朋友？你也魔怔了？你以为他们俩真的是良辰美景呢？”黄诗意冷笑一声。

“真的啊，你被扒皮了，就在良辰贴吧里，你快去看看。”李琳琳指着电脑，许美景惊讶不已，来不及多想，立刻打开良辰的贴吧，隔壁友情链接一个叫良辰美景的贴吧。

当然，这个美景绝对不是她，而是顾良辰和一个女明星合作的一部青春偶像剧就叫良辰美景，在戏里两个人很般配。粉丝们就幻想他们在一起，还给他们建立了这样的贴吧。每天都发布他们俩的动向，幻想他们是真的在一起，有的细节强大到美景真的以为他们才是一对。

良辰贴吧里有一个置顶标红的大标题，而且还特别显眼，瞎子都可以看得见了。

“顾良辰的秘密女友曝光，大家戳这里（多图）”。

许美景点开一看就震惊了，傻到一句话都说不出来了，里面全部都是对比图，从她和顾良辰穿的情侣装到出现在顾良辰的每场演唱会上，所有她的身影都被拍下来了，就这么赤裸裸地摆在这里。

两个人虽然不在一起，但有很多情侣装，顾良辰会穿，她也会穿，时间上虽然没有吻合，但若放在一起，不得不让人相信，他们俩就是一对。太明显了这个，许美景心里倒抽一口冷气，觉得事情有些不太对劲。

她如此低调，平凡得比普通人还普通人，就说穿情侣装，很多顾良辰的粉丝也会跟着偶像买一样的衣服，现场演唱会更别说了，好多人都穿着同样的衣服呢，这有什么好奇怪的？怎么会有人注意到她，还特意扒皮？

许美景仔细地看了看，她穿情侣装的这些照片，貌似都是顾良辰回来和她在一起时候的照片，都是侧面，从角度上来分析，这和顾良辰脱不了关系。许美景心里一下就明白是怎么回事了，如果她猜得没错的话，这件事可能就是顾良辰一手策划的，估计是想探探她的意思。

真是无聊，这种手段未免太幼稚了，万一真的被粉丝人肉出来，那她就别想过平静的日子了。也不知顾良辰哪根筋不对，居然想出这种办法来，真是让人很费解。

还好下面的评论大多都是不相信，认为只是巧合而已，不过是喜欢顾良辰的粉丝的个人行为。也许这个人就是想搏出位，所以才这么做的，顾良辰怎么会喜欢这样的女孩子呢？

大家直呼不可能。幸好粉丝不相信，要不然还不知道会发生什么事情呢。

更过分的是对比照片下面还备注了一句话，“这个女孩子是谁并不清楚，也看不到正脸，但看到她和顾良辰这么多的交集，很难相信她和顾良辰没关系”。

这句话误导性也太大了吧？许美景轻叹一声，顾良辰这是要逼着她公开他们的关系啊！这样做是不是太不尊重她了？

黄诗意也趴在电脑上看，虽然侧面看不出来是谁，但她们这些和许美景共事这么多年的人还是很清楚的，这侧面分明就是许美景嘛。还有那些情侣装，她们也见许美景穿过。

不过是爱慕虚荣的女孩子喜欢自己的偶像而已，她能是顾良辰的女朋友？那太阳要从西边出来了，不过真的好嫉妒她居然能参加顾良辰的每场演唱会，而且还都是最佳的 VIP 位置，真心让人嫉妒，不知她那朋友到底是何方神圣。

黄诗意和梁芮芮对看一眼，会心一笑，梁芮芮笑道："美景，这照片里面很多衣服，你貌似穿过，但是嘛，我相信肯定不是你，虽然你那么喜欢顾良辰，但我相信这只是巧合而已。你别放在心上，我们会帮你澄清的，绝对不会让你被绯闻缠身的。"

许美景觉得好笑，她们什么时候这么好心了？还帮她澄清？用得着澄清吗？人家又没指名道姓地说是她许美景，澄清什么？别愈描愈黑了，到时候引起不必要的麻烦。若是她被人肉了，那她和顾良辰的关系就彻底曝光了，她可不太相信她们。

"算了，人家又没说是我，没必要澄清。"许美景挥挥手，把贴吧页面关掉，她会联系顾良辰确认这件事。

"为什么？"黄诗意和梁芮芮都表示不解，她们还想趁此机会把许美景的信息曝光呢，到时候让她连工作都没得做。

"清者自清，这没什么好说的，我自己都不知道这是怎么回事，澄清有意思吗？再说了，网上那么多人，就是有一百张嘴也说不清，而且喜欢顾良辰的人多了去了，和我有什么关系？我只不过是喜欢他，买了几件他的同款式的衣服而已。"

许美景淡淡地说着，一旁的李琳琳也立刻帮腔，哼道："是啊是啊，无聊的人多了去了，谁知道是哪个贱渣往上面放照片陷害我们美景呢？这些衣服我也有啊，那是不是说明我和顾良辰也是男女朋友关系呢？无聊透顶，应该去找技术帝黑了他们的贴吧，让他们胡说八道。”

许美景摇摇头，对这件事并不放在心上，她现在可以断定这是顾良辰干的，她要问清楚他这么做到底是要干什么，难道只是想曝光他们的关系吗？

黄诗意和梁芮芮觉得她们俩说的是对的，如果坚持要帮许美景澄清的话，说不准还会适得其反，不过想看许美景出糗好像就没机会了，不过黄诗意却注意到了一件事。

“许美景，就算那人不是你，不过我们都很好奇，你哪儿来的钱买演唱会的门票，而且都是 VIP 票，这票可不便宜。”

穿山寨的许美景会舍得买 VIP 票？而且每场必去，不管是在哪个城市，她们觉得这一点太可疑了，就算是追求她的男人送的，也不至于这么大手比吧？

许美景很无语，无奈道：“都说是我朋友送的了，他愿意送，和我有什么关系？”

梁芮芮咯咯地笑了起来，推了一把黄诗意，阴阳怪气地笑道：“都说了人家有追求者，你真是咸吃萝卜淡操心，工作啦小妞儿。”

黄诗意哼了一声，也不再说话，戴上耳机开始听歌看动漫和电影，这是她每天必须要做的事情，别人一早过来都要统计数据、排推荐，黄诗意却很逍遥，什么都不管，反正她的主编大人不会管她，她也就乐得逍遥了。

第四章　阴魂不散的男人

许美景虽然在工作，但心里还惦记着贴吧的事情，她趁着去洗手间的时候给顾良辰发了一个微信，不过他没回。许美景又给小柯打了一个电话，对这件事小柯也是支支吾吾的，许美景有些愤怒，看来这件事还真是顾良辰所为。

“你告诉你哥必须处理好这件事，要不然我生气了后果会很严重的。”许美景很不爽，要挂电话，不给顾良辰点厉害瞧瞧，他都无法无天了。

电话那边的小柯好生劝着许美景，“我知道，嫂子你放心，我绝对会好好和我哥沟通的，你千万别生气啊。”

许美景也不愿意在洗手间耽误太久，挂了电话就回去了，忙碌了一阵子又上贴吧看了一圈，发现那爆料的帖子没了，这心里的大石头才放下来，对顾良辰的幼稚做法很无奈，看来她需要找个时间和他好好沟通一下了。

下班时间到了，办公室的人都走光了，就剩下许美景一个人了，她还在埋头给作者看文章，一边看文章一边做出批注，完全忘记已经下班了。

“嗨，美女。”门口突然出现一个男人的声音，显得有些浮夸。

许美景头都没抬，低声开口，“不好意思，我不办信用卡，不做各种问卷调查，我现在很忙，谢谢。”

没有人回答，室内很安静，许美景以为那个搞推销的走了，也没在意，继续低头工作。突然，眼前出现了一朵玫瑰花，许美景愣了一下，耳边又响起那个声音，“嗨，美女。”

许美景暴怒，这人怎么就说不通呢？抬头，就看到顾良辰笑吟吟的帅气的脸，许美景又无语又担心，四处张望，“你怎么来了？”

“我来接你下班啊。”顾良辰笑着，把玫瑰花放在许美景的桌子上。

“你也不怕被人发现。”许美景紧张不已，慌忙跑去关起办公室的大门。

顾良辰觉得好笑，无奈地摇摇头道：“你们办公室的门是玻璃门，关上又如何？如果有人，还不是一样被人看到吗？”

许美景扬起拳头向顾良辰举了举，哼道：“再乱说我打你啊。”早晨已经被人发现了，现在又来这么一出，还真是不担心自己会被认出来，她都怀疑他怎么进的电梯，进出的人那么多，居然没人认出他来。

“你看看我戴着帽子，又穿得如此普通，谁会在意呢？”顾良辰摘下鸭舌帽，作势要亲许美景，却被许美景挡开，一脸不爽地盯着他。

“贴吧的事情是不是和你有关系？”

“什么贴吧的事情？”顾良辰无辜地看着许美景。

“老实交代，别以为你买了鲜花过来接我下班就能遮掩过去。”许美景并不打算就此作罢，幸好帖子被删了，要不然会出什么事，她就不知道了。

顾良辰无奈了，好吧，他的老婆果然明察秋毫，什么都瞒不过她，顾良辰只好老实交代了。和许美景猜测的一样，顾良辰这么做就是想探探她的意思。上午小柯和许美景通完电话就告诉了他，还劝了他半天。

他自己也琢磨了一番，他这么做还不是在乎许美景吗？现在许美景生气了，不开心了，难道他就开心了？恶性循环没有一点意思，所以他彩排完换了衣服就亲自过来接许美景下班，并打算请她吃饭作为补偿。

交代完后，顾良辰可怜兮兮地望着许美景，见许美景脸色始终没缓和，便卖乖道："老婆大人，我错了，你大人有大量，宰相肚子里能撑船，你就原谅我，别跟我一般见识了，好不好？而且我已经让小柯把那帖子删了，你就别生气了。"

"原谅你也可以，但以后能不能不要做这么冒险的事情？我不是不同意公开，只是现在时机不成熟，你是当红巨星，一举一动都备受关注，你也知道我只是想平淡一些，等到你哪天隐退了，咱们再公开也不迟，好不好？"

许美景柔声道，她也妥协了。她自己也反省了一下，毕竟一个巴掌拍不响，顾良辰这么做也是情有可原的，她不能一直苛责他，她自己也有一定的责任。

"嗯，老婆说什么就是什么。"顾良辰温柔地笑着，伸手把许美景散落下来的发丝撩到耳后，望着她红扑扑的侧脸，心里温暖了一些，再也不想那些事情了。只要这个小女人在他身边不就好了吗？他还要求那么多干什么？

"老婆，什么时候下班，我们去吃饭好不好？"顾良辰一直卖乖，十分讨好许美景。

许美景立刻垮下俏脸，轻声哄着顾良辰，"还得再等一会儿，我把这个处理完，可以吗？"

“当然没问题。”顾良辰笑着，亲了亲许美景的俏脸。许美景这次没有躲开，顾良辰坐在许美景旁边的空办公室桌子上，就这么歪着脑袋看许美景工作。

许美景投入工作时候的状态非常吸引人，眼神专注，灵活修长的手指在键盘上飞快地敲着，时而皱眉咬唇，时而歪头抿唇笑着，时而思考，整个状态都是那么美好，让顾良辰无法移开视线，入迷地盯着许美景，嘴角弯弯，露出宠溺的笑容。

一直在和作者说文章的事情，许美景偶尔抬头，看到顾良辰一副痴痴傻傻的模样，轻笑起来，伸手弹了一下顾良辰的额头，娇嗔，“傻子。”

“老婆真漂亮。”顾良辰讨好地开口，其实这样也是很好的，见她如此认真工作，几乎达到忘我的状态就知道她很喜欢这份工作。现在他们还年轻，还都不到三十岁，那就往后再拖两年好了，父母那边他来搞定就好了。

许美景哼了一声，“就会说好听的。”

话是这么说，俏丽的脸蛋上却闪着羞涩。都老夫老妻了还说这样的话，她心里还是甜蜜蜜的，哪个女孩子不爱听好听的话呢？

两个人正闹着，就听到门外滴的一声，有人按指纹锁进来了，许美景心里大叫不好，立刻把鸭舌帽给顾良辰戴上，火速转身，就见公司的苏总过来了，怪异地看了一眼许美景，又看了看一旁戴着帽子的顾良辰。

“苏总好。”许美景乖巧地向苏总问好，站在顾良辰面前，把顾良辰挡住，希望近视眼的老板大人没有看到顾良辰。

“还没走？”苏总微微挑眉，瞟了一眼许美景的电脑，见她是开着后台，也没说什么，把视线又移了过来，盯着顾良辰看。

许美景呵呵笑着，连忙解释，“嗯嗯，被作者抓住了，有点忙，一会儿忙完了就走了。”

苏总的办公室和她们编辑办公室不在一起，苏总是搞技术的，和另外做游戏的一群技术帝在一个办公室，所以他经常下班的时候就到这边的办公室看看。

“男朋友来接你了？”

既然被发现了，许美景也不好掩饰，便让开了身影，让顾良辰出来，有些羞赧，“嗯，准备一起去吃晚饭的，我有点忙，就让他先等等我。”

顾良辰微笑着和苏总打招呼，上前要和苏总握手。人家苏总是谁，压根不理顾良辰，直接转脸走人，临走之前往天花板看了看还开着的中央空调，轻声开口，“早点回去吧。”

许美景心领神会，抠门老板心疼电费了，立刻关电脑收拾东西准备走人，作者文章的事情她也处理好了，可以直接去吃饭了。许美景收拾好东西催顾良辰离开，才发现顾良辰依旧保持伸出一只手的状态，许美景笑了起来，碰了他一下。

“还不走，你还想跟他握手啊。”

“你们老板，好高贵冷艳啊。”顾良辰笑着。

“他一直都是这样，人家一年赚好几个亿，才不屑跟你握手呢。”许美景瘪瘪嘴，拉着顾良辰离开办公室，把墙壁上的开关都关掉，“你在外面等我，我锁门。”

顾良辰应了一声，在门外乖乖等着许美景。

“去哪里吃饭？”锁好门，许美景和顾良辰一起等电梯，讨论晚上吃什么。许美景觉得人生最痛苦的三件事就是早晨吃什么，中午吃什么，还有晚上吃什么。

“听小柯说新开了一家法国餐厅，我们去试试？”顾良辰殷殷地望着许美景，眼里都是期待。

许美景也不好扫他的兴，而且两个人好久没在一起吃饭了，不过还是有些担心会被粉丝或者狗仔发现。早晨在自家小区里都能被人发现，要是出去吃饭，估计会被更多人看到吧。而且这两天他的演唱会就要开了，好多外地的人都赶过来了，还是低调一些比较好。

“那让小柯先安排一下。”许美景低声开口，交代顾良辰。

顾良辰嗯了一声，伸手牵住许美景的手，十指相握，两个人相视而笑，甜甜蜜蜜，上午的不开心也都一扫而空。

小柯给顾良辰打电话，告诉他新开的法国餐厅人气火爆，根本订不到位子，连包间都没有，只有大堂的餐位，如果他不怕被曝光的话，可以去那边吃饭，他先预定了一个位子，靠窗的，还算比较隐蔽。

顾良辰看着许美景，征求许美景的意见。

许美景看顾良辰，约会吧，人多的地方不方便约会，如果不去约会的话，顾良辰心里不舒服，毕竟他忙得不行，两个人是夫妻，很久都见不到面，她不能只为自己着想，也得为顾良辰着想不是吗？

“如果你不怕被曝光，那就去吧。”许美景豁出去了，盯着顾良辰看。

顾良辰仔细地想了想，他是想约会来着，像普通的情侣一样，但依照现在这个情况，似乎不太可能，而且许美景刚才也说了，希望在合适的时机曝光，而不是现在。

斟酌一番，顾良辰只好选择了回家吃饭，他得尊重许美景。顾良辰拉着许美景上了电梯，直达地下停车场，一路无人，直接上车开车回家，许美景终于知道他上来怎么没人发现了。

“我们去哪里？”许美景盯着专注开车的顾良辰。

“回家呀，回家也一样可以吃烛光晚餐的，昨晚咱们不是在家吃过一次了吗？”

许美景有些惊讶地想了想，便开口问顾良辰，“为什么不出去吃饭呢？”

“回家方便，也安全一些。”顾良辰冲着许美景温柔地笑着，伸手摸了摸许美景的头发，动作温柔且宠溺。许美景一直盯着顾良辰看，见他如此坚持，也就作罢了。

往后的这两天两个人都很忙碌，顾良辰忙着彩排，一些商家得知他来桐城了，都蹲点拦着他出席各种活动，每天都忙得精疲力竭。

回来的时候许美景已经睡着了，不过厨房里还留着菜饭，这让顾良辰很感动，心里是满满的暖意，也有些明白那些白天上班，晚上愿意回家的男人了。家是港湾，是归宿，顾良辰觉得若是有个孩子的话，那就更完美了。

见床上的小女人睡得那么香甜，白天忙碌的疲惫也都一扫而空了。他这么辛苦地工作不就是希望许美景不用那么辛苦，好好享受人生吗？

顾良辰无奈地笑了，洗漱完毕换了睡衣上床搂着许美景睡觉。感觉到有温暖的身躯靠过来，许美景自动窝进顾良辰的怀里，找到舒服的位置，喟叹一声，又沉沉地睡去了。

一般上班族都有周五综合征，一到周五就各种不想工作，懒懒散散的，看电影、电视剧消磨时间，等待下班的到来。

黄诗意一进办公室就问许美景门票的事情，许美景只负责帮她买票，什么时候到那就是快递员的事情了，这个她是真心没办法了。

好在中午的时候快递很及时地把票送来了，趁着吃午饭的时间，黄诗意和梁芮芮两个人去隔壁的商场购物了，她们明天要好好打扮一番出现在顾良辰的演唱会上。

许美景这两天有顾良辰给做的饭菜，中午就留在公司的茶水间吃饭，结果就看到黄诗意和梁芮芮两个人提着大包小包冲进办公室，脸上都扬着兴奋的笑容。

“哎呀，我们刚才看到老板在和一个帅哥喝咖啡，是不是传说中要空降过来的顾问？”黄诗意和众人八卦着，分享着所看到的一切。

公司早就传闻要空降一个顾问，具体是谁，大家都不知道，都在猜测中，毕竟老板做事他们都是不清楚的，集团公司什么安排，她们这些小喽啰更别想知道了。

许美景并没有参与进去，吃完午饭后出去转了一圈消食，远远地看到苏总和一个身材颀长的男人进了电梯。距离太远，许美景没有看清那个男人的长相，只觉得似曾相识。

但许美景又觉得有些可笑，她怎么可能会认识空降过来的集团顾问呢，人家可是美国留学回来的，她一定是最近太累，眼花了。

快到上班时间，许美景才搭电梯回办公室去，就见平常安静的办公室瞬间热闹无比，黄诗意和梁芮芮说话的声音都有些过高，而前台小妞也不在自己的座位上，难道顾问已经来了？

许美景刚进办公室，就见一群女人把一个高大的男人围住，叽叽喳喳地说着什么。那男人背对着许美景，压根就看不到他的脸，但看背影，许美景就知道应该是和苏总一起进电梯的那个男人。而苏总就站在一旁，笑眯眯地看着众人。

“哎，美景回来了。”李琳琳眼尖，见到站在一旁的许美景，立刻把她拉过来，笑着说："咱们公司的顾问来了，刚才还提到你，快过来。"

苏总也是笑眯眯的，一改昨天那吝啬的脸，招手让许美景过来，把许美景拉到自己身边，笑眯眯地给许美景做介绍。

"美景，这是咱们公司的顾问，姚默初姚先生，好像你们是一个学校的啊。"

听到姚默初这三个字，许美景浑身一怔，笑容僵在脸上，怎么会是姚默初？他不是在美国吗？怎么就突然回来了？还是公司的顾问？这是怎么回事？

许美景脑子里全是问题，不过这些问题她也不能解答，唯一能给她答案的人就是姚默初。不过仔细想想，这些和她并没有多大关系不是吗？她只要好好工作就好了。

"许小姐，你好。"姚默初很客气地伸出手来和许美景握手，如同第一次见面的陌生人一样。许美景同样也礼节性地和他握手，他的手结实温暖，如同当初一样。

只是一瞬间，两个人就分开了，苏总像献宝一样介绍许美景，"姚总，你们学校是人才辈出啊，你这么出色，你学妹美景也不差啊，才上班业绩就遥遥领先，一年后就当主编了，去年还获得集团的奖励呢。再说顾良辰，也是你们学校出来的……"

苏总喋喋不休地说着，其他人都震惊了，原来许美景这么厉害，居然和顾良辰以及姚默初是一个学校的学生，怪不得她这么喜欢顾良辰了，想必当年也是追学长的学妹大军中的一员吧。

李琳琳捂嘴笑了起来，向许美景挑挑眉，笑道："美景，你真是深藏不露啊，居然是高才生，为什么一点儿都不透露给我们呢？"

许美景有些气恼苏总的大嘴巴，不过依旧笑着回答李琳琳，“这没什么好说的，又不是招聘会。”

许美景原本想说工作是凭借能力的，又不是靠学历或者名牌学校，但她又不好意思说，怕让某些敏感的人听到了心里会不舒服。

直爽的李琳琳却一语道破，“那是，招聘会才要求看学历，参加工作了，看的就是能力，你要是没能力，哈佛毕业又如何？”

李琳琳这话一说，让好多人都红了脸，也不好意思再围着姚默初了，纷纷回到座位上忙自己的事情去了。

李琳琳得意地看了一眼许美景，略有炫耀之意。许美景无奈，耸肩，也回自己的座位好好干活去了，而苏总则带着姚默初去找总编穆喻了。

许美景刚坐下，李琳琳就发 QQ 消息问她和姚默初是不是认识。

许美景：为什么这么问？

李琳琳：女人的直觉，嘿嘿，肯定认识，是不是？姚默初就是那个一直给你送门票的男神对不对？

许美景无奈了，想了想，最后敲了几个字给李琳琳：姐，你不当编辑真是浪费了。

苏总和姚默初以及总编不知在办公室聊了什么，最后总编在 QQ 上通知许美景去她的办公室。穆总编是一个很知性的女人，永远都是黑色的套装，白色衬衫，头发绾起。她们一群女孩子经常感慨，穆总编才是真正的都市白领，而她们永远都是白领工资。

穆总编总是很冷淡，不苟言笑，非常高贵冷艳，外面办公室的女孩子其实都有些怕她，不太敢和她说话，她也一向说一不二。就如当初升许美景做主编的时候，也是她一力推荐的。

对此，许美景是心怀感激的，一直觉得不能辜负总编的推荐，所以加倍努力工作，还好现在她的业绩第一。不管别人怎么想，许美景觉得自己做到了，至少心里不会有不安和愧疚，至少她可以拍着胸脯说自己并没有很差。

“总编你找我？”一进门，许美景直接忽略站在一旁具有压迫感的姚默初，目不转睛地看向穆喻。

“对，姚总作为新成员加入我们公司，作为业绩第一的你，好好和姚总沟通一下工作，把咱们的日常工作流程都和姚总沟通一下。”

穆喻干脆利索地交代许美景，微微抬头看她，见许美景不言语，便挑眉问道：“有问题没有？”

其实许美景很想说有问题，姚默初是作为顾问加入公司的，照理来说他对这一行甚至他们编辑流程是很熟悉的，为什么还要她再梳理流程，显然很不对劲嘛。

不知是不是她戴有色眼镜看人的原因，总觉得姚默初是有目的的。不过又觉得自己有些可笑，她还当自己是大美女呢，人家姚默初对她念念不忘的，她果然太适合当编辑了，想这么多乱七八糟的东西。

姚默初不动声色地扫了一眼许美景，淡笑道：“许小姐可能会比较好奇，毕竟我是顾问嘛，穆总还是把问题说明白得好，省得许小姐不明白，容易产生误会。”

许美景心里一惊，这个姚默初还真是什么都知道，和当初一样，连她这点小心思都猜透了，要不要这么准啊？这让她以后怎么面对总编和老板大人啊。

穆喻淡淡扫了一眼许美景，眼神有些怪异，许美景低头轻声道："我没意见，听从领导安排。"

"姚总在研究生期间就是研究我们网络文化这一块，我相信有姚总的加入，我们公司的作品会更多元化发展。"穆喻特别公式化地说道。

很显然这任务非许美景不可了，也是，领导这么重视她，她应该感到开心才是，这么磨叽就显得太矫情了。

许美景深吸一口气，转脸看向姚默初，忽略他脸上那奇怪的笑容，客气地笑道："好，我明白，姚总，以后请多多指教。"

许美景说完后和姚默初打了招呼，随即就离开了穆喻的办公室，没有任何的迟疑。

姚默初望着那道离去的纤细的身影，无奈地摇了摇头。

姚默初的办公室就在穆喻的隔壁，能够和一个大帅哥在一起办公，大家别提有多开心了，就连黄诗意都不在上班时间看视频和听歌了，也有模有样地好好工作了，这个周五似乎有些不同寻常。

姚默初刚来公司，还在适应期间，并没有立刻就把许美景叫到办公室沟通事情，只是和行政前台人事沟通工作上的事情。前台小姑娘的水蛇腰扭得更加厉害了，那笑容灿烂得让李琳琳想要打人。

"笑得像鸭子一样，真是恶心。"

黄诗意和梁芮芮捂嘴笑了起来，讥讽道："琳琳啊，你现在是不是很后悔自己已经嫁人了啊？"

李琳琳差点被两个人恶心吐了，她们难道不知道帅哥只可远观，不可亵玩吗？人家是海归，还是研究生，长得又帅气，眼光肯定高于头顶，能看上她们这两个是非八卦女人才怪呢。

鲜少在工作 QQ 群里聊天的穆总突然发了一条消息，说为了给姚默初接风洗尘，晚上要去隔壁的商场餐厅吃饭，大家可以考虑一下吃什么。

作为一群吃货，听到要吃大餐，都异常兴奋，而且还是公款消费，那么必须得是好吃又贵又上档次的地方，大家一致意见推选了能够代表桐城特色菜的餐厅，那里人均消费都要两三百呢。

虽然推荐了，但大家都没抱多大希望，毕竟苏总的抠门不是一天两天的，他们年底聚餐的时候，可都是在隔壁的酒店随便吃吃的，现在逮着机会了，但也不知苏总是否同意。

那家餐厅许美景和顾良辰去过，的确是贵的令人咂舌，不过对于土豪顾良辰来说根本是小意思，压根就不在乎这些。不过这里的菜色的确是很棒的，所以虽然贵，每天排队的人还是不少的。

苏总在群里没冒泡，大家就知道没戏了，纷纷发信息说是开玩笑，穆总脸色有些不好看，直接冲出办公室去隔壁找苏总了。

众人都比较诧异，穆总什么时候对这些事情这么上心了？只不过是吃个饭而已，大家胡乱猜测的时候突然就意识到了一个问题。

穆总是女人，而且还没结婚，姚默初那么帅气，目前来说也算是事业有成了，穆总应该是有目标了，但是，她不觉得自己是老牛吃嫩草吗？毕竟比人家姚默初大了那么多。

除了工作总群外，他们私下还建立了小群，几个女人就在一起讨论，身在小群里的李琳琳立刻把原话复制给许美景看。

小群是黄诗意自己建的，并没有把许美景拉进群里，所以一般小群里有什么消息，李琳琳作为潜伏者都会在第一时间告诉许美景。

许美景无奈极了，发了一个滴汗的表情给李琳琳，表示她对这个事情压根就不在意。

也许人家姚默初早就结婚了，也许穆总只是热心肠，并没有其他的想法，是她们想太多了而已。

李琳琳：真是服了你了，什么时候能对自己的事情上上心。

许美景：真的是什么都没有，我跟他只是一个学校的，算是认识，仅此而已，乖，别想太多了，干活去了。

许美景不再搭理李琳琳，却见工作总群亮了起来，装死的苏总冒泡了，先是对大家的热情表示肯定，而后就同意了去那家餐厅吃饭，而且还建议大家饭后可以去楼上的 KTV 唱歌。

苏总难得如此大方，大家纷纷在群里对苏总表示感谢。大家也都无心工作了，又加上是周五的下午，大家更是没心思了，都盼望着早点下班。

许美景也要跟同事一起去，就给小柯发了微信问顾良辰什么时候回来，别到时候他们时间安排不在一起。

小柯回复她明晚就是演唱会了，这边的工作人员以及市里的领导晚上都要和顾良辰吃饭，估计回去时间会很晚。

许美景看了看手机，也就作罢了，依旧埋头，把心思都放在工作上了，到周末是要写周报的，她一般都是在周五写好，周末还能轻松一些，明晚还有演唱会，周末肯定是不能好好休息了。

下班后大家就三五成群结伴往隔壁商场走去，许美景收拾完也和李琳琳一道。她们等电梯的时候看到穆总和姚默初一起过来，穆总还笑容满面的和姚默初说话，看到许美景和李琳琳的时候，立刻就变成一脸严肃的模样。

两个女孩子主动和总编、总顾问打招呼，姚默初应了一声，视线落在了许美景的身上，李琳琳瞥过眼去，一脸探究和八卦的模样。

电梯来了后，许美景拖着李琳琳进了电梯，往最里面钻去。李琳琳一看便知道有事情了，许美景这样太刻意了，不知他们之间发生过什么，真的好好奇啊。

他们上班的写字楼和隔壁商城就是一条马路之隔，特别近，大家都没开车，直接步行过去，十字路口等红绿灯的时候，许美景差点被闯红灯的电动车撞倒，幸好身后的姚默初眼疾手快，一把抱住许美景的细腰。

“你没事吧？”姚默初关切地问道。

许美景吓得心脏都要跳出来了，好半天才缓过神来，连忙挣扎着从姚默初怀里闪开，拍着胸脯，轻声道：“谢谢你，姚顾问，我没事。”

李琳琳连忙去拉许美景，两个人快速地过马路，到马路对面，许美景差点要哭了，她居然看到从车上下来的顾良辰，不过他戴着墨镜，也没看向她这边，估计是没看到她。

许美景拉着李琳琳往商城里跑去，她可不想再有什么意外发生，以她这种智商和情商是应付不来的，所以赶紧开溜，多一事不如少一事。

顾良辰其实在车里就看到了对面马路上发生的一幕，当时他紧张得恨不得立刻冲下车去，但看见美景被一个男人拉住，也就放心了一些，一开始以为只是同事，摘下墨镜仔细一看，居然是姚默初，顿时就有些恼火了。

姚默初怎么会和许美景混在一起的？他的脸色立刻不好看了，连忙下车，本以为许美景过来后会和他打招呼，谁知她一溜烟就跑了，这让他心情很不好。

而姚默初从他身边走过，目光一直停留在前面的许美景的身上，这是公然、公开地勾搭他老婆啊！顾良辰心里有一股闷气。

“跟上他们，看他们去哪里吃饭。”顾良辰低声交代小柯，小柯飞毛腿一般冲了出去。

其他下车的领导、工作人员都纷纷过来，很热情的和顾良辰说话，引着他往商场里走。顾良辰戴着鸭舌帽和黑超，周围又是一群腆着肚子的中年大叔，过往的人群压根就没注意到顾良辰，也不可能想到此时顾良辰会出现在这里。

小柯很快就跑下来了，告诉顾良辰他们在五楼一家餐厅吃饭，听到名字的时候顾良辰微微皱眉，低声和小柯交代了几句，小柯连连点头。

小柯引着众多领导去了五楼水月湖，他们原本也是要在这边吃饭的，也给他们留了包厢，不过顾良辰非要和许美景他们凑一起去。

一般比较大型的餐厅包间都是开放式的，有一道推拉门隔着，顾良辰他们人并不是很多，加在一起正好一桌子人。

餐厅的老板见都是大人物，原本预留的是豪华包厢，但耐不住顾良辰古怪的要求，就安排在了许美景他们公司的包厢的隔壁。他们只是员工聚餐，加上苏总和公司的领导，算下来正好两桌人，还有一间是空出来的。

顾良辰就坐在许美景的旁边，中间隔着一道推拉门。许美景并不知道顾良辰就在旁边，只觉得有些怪异，说不出来的怪异。

李琳琳瞧了一眼坐如针毡的许美景，连忙问道：“怎么了你是？不舒服吗？还是刚才被吓到了？”

许美景摇摇头，想要挥去心里怪异的想法，不知是不是刚才看到顾良辰的缘故，她总觉得顾良辰在盯着她，像做了亏心事一样，刚才那一幕也不知顾良辰到底看到没有，心虚得很啊。

苏总在点菜，大家都在闲聊，许美景就起身去洗手间了。和领导在另外一桌的姚默初见许美景出去了，自己也起身离开了。

到现在都没机会和许美景单独聊天，他觉得也应该找机会聊聊了。而且刚刚他看到了顾良辰，这些年过去了，不知他们现在关系如何了。

一直在隔壁偷窥的顾良辰见两个人都离开了，也不管包间里的一干人等，火速奔了出去，就见许美景和姚默初一前一后往靠近墙壁的走廊走去了。那边有一扇窗户，许美景到那边开窗透气去了，姚默初跟在她后面也过去了。

顾良辰像做贼一样垫着脚尖过去了，贴着一侧的墙壁，屏住呼吸。

许美景只觉得压抑，怪异的感觉充斥着大脑，就算有空调，也让她觉得不舒服，最后只得开窗。心情还没好转，她就听到身后传来脚步声。

不用回头，许美景就知道来人是谁，不过她不怎么想搭理他，刚才在马路上发生的事情就让她心里不怎么舒服，现在瓜田李下更要避嫌了，她可不敢保证顾良辰什么时候会冒出来。

许美景转身就要走，姚默初无奈极了，轻声道："我又不是什么洪水猛兽，至于见到我就要跑吗？这样以后都不能好好一起工作了。"

许美景想了想，觉得姚默初说得也对，现在他们是同事，工作伙伴，除此之外，没任何关系，想到这里，许美景松了一口气。

是她想多了，之前还安慰自己说没什么，这会儿怎么单独相处就有些怵了呢？

许美景自嘲地笑了笑，轻声道："姚顾问，以后请多多指教了。"

姚默初无奈极了，摊手道："美景，是不是咱俩除了工作，其他的就不能谈了？"

许美景歪头看了一眼姚默初，点点头赞成他的话，"是啊，除了工作上的事，咱们还有其他要聊的吗？"

这话可彻底伤了姚默初的心，他自嘲地一笑，"也是啊，咱们这么久没联系了，的确没什么好聊的。不过作为学长，我还是很关心你的，你和顾良辰还好吗？"

"很好，谢谢你关心。"

"顾良辰现在是大明星，你们聚少离多，能坚持到今天，也的确不容易，不得不说我还是很佩服你。实话告诉你，我还是很羡慕顾良辰，如果当初我再坚持一下，也许……"

许美景立刻打断姚默初的话，冷声道："没有如果，也没有当初，更没有也许。"

说完，许美景抬起脚步就往包间走去，姚默初在身后轻叹一声，痛苦道："难道我一点儿机会都没有吗？"

许美景脚步都没停，只留下一句话，"我们已经结婚了。"

许美景的脚步很快很急，压根就没发现躲在一旁的顾良辰，而姚默初因为许美景那句话倍受打击，神情黯然，伤心地离开了。

顾良辰心里有些窃喜，但又十分不爽姚默初的纠缠不清，真是阴魂不散，时隔几年，没想到再度回来了，真是让人恼火。

姚默初是许美景和顾良辰的学长，当年在学校的时候对许美景一见钟情，铆足了劲追许美景。后来得知许美景有男朋友了，但依旧穷追不舍，嘘寒问暖，风雨无阻。而许美景当时和顾良辰因为顾良辰要不要进娱乐圈的事情吵架，严重得差点要分手。

而姚默初就趁此机会把许美景带出国去旅游，差点就把许美景骗到国外结婚了，好在当时顾良辰追到国外去，两个人和好如初，而姚默初正值毕业，不得不黯然放手。

没想到现在他又杀回来了，居然还不死心，还想要机会。这个混蛋，不知是不是想借工作的机会接近许美景，看来他得劝许美景早日辞职了。

三个人各怀心事地回到包间去了。

第五章　看不见的裂痕

顾良辰回到公寓的时候许美景还在客厅忙工作的事情，已经是夜里十一点钟了，这让顾良辰心情有些不爽，原本就不太赞成她这么拼命工作，现在姚默初又突然冒出来了，顾良辰能开心才怪呢。

脑子里又冒出来今天吃饭的事情，顾良辰的脸色更加难看了，又见许美景专注工作不搭理他，就故意大声开关门，不管是走路还是做其他事情，都发出砰砰砰的声音，像个孩子一般想要引起许美景的注意。

许美景抬头看了一眼无故发火的顾良辰，颇为怪异道："怎么了，谁又惹你生气了？"

顾良辰的脾气很好，性格温和，并没有传说中的耍大牌，不管是对粉丝、工作人员还是搭档，都很温和，就连和他认识快三十年的许美景都没怎么见过他生气。但此时此刻他却小孩子般地耍脾气，许美景只想到是今晚彩排出问题了，除了工作上的事情，还能有什么事情会让顾良辰分心生气呢？

顾良辰没搭理许美景，洗完澡出来后见许美景还抱着电脑痴痴傻傻地笑着，刚消下去的火气蹭地一下又上来了。他以为许美景会安慰他的，结果呢，他这个老公还不如她的工作来得重要。现在他故意让发梢滴水，人家也不搭理他，也不像前几天那么关心他，给他擦头发。

顾良辰凑到许美景面前，直接盖上电脑，对上许美景打量的双眼，无比哀怨地看着许美景，可怜兮兮道:“老婆，我感觉啊，电脑和工作是你第一老公，我是你第二老公，是不是？”

“哪有，别闹，我在忙着呢。”许美景推开顾良辰的手，重新打开电脑，并没有太在意顾良辰的话，觉得他可能又是闲得无聊了。“我和你说啊，我在给一个作者看文章，这小妞厉害得很，写文章很有潜力，构思非常好，稍微引导一下，那肯定是要大红大紫的。”

许美景特别喜欢和作者打交道，不管是谁，有名没名的作者，只要有问题找到许美景，许美景势必会尽自己的全力帮助作者，这也是她非常受作者喜欢的原因。

“现在版权 IP 衍生这一块很热门，先在网站上有成绩了，其次走出版，走影视，走漫画、游戏等，都是可以开拓的，最后还可以衍生音乐剧，环环相扣，真好。”

说起工作上的事情，许美景就滔滔不绝，非常认真，丝毫没注意到顾良辰的脸色有些变化，最后还笑道：“以后你可以转型做幕后啊，你看现在好多明星都自己做工作室，当制片人或者导演，到时候你做制片人就和我们网站的作者合作，那就直接省去了中间一些环节，钱也不用被中介平台赚去，直接和你合作，这样作者拿到手的钱就很多了。”

顾良辰很不愿意许美景把工作带到生活中来，他休息的时候从来不谈工作的事情。虽然他休息时间不多，但只要是休息的时候，他就会把一切抛之脑后，好好陪许美景。但许美景呢？工作说得好听一些是朝九晚五，双休还按照国家节假日来放假，春节的时候甚至放半个月的假期，可事实呢？

事实就是除去吃饭、睡觉，许美景的所有时间都在工作，就连周末都宅在家里用电脑忙乎事情。他因为身份关系，休息的时候也只好宅在家里。可两个人真正说话聊天的时间并不多，许美景全天盯着电脑，他就是翻杂志、看电视，就算想出去玩，许美景还要顾忌他的身份，最后还是窝在家里。

所有事情联系在一起了，顾良辰的心情越发不爽了，他多希望许美景把心思都放在他身上，多关心关心他，关心他工作上的事情，彩排得如何了，有没有什么趣事之类的，但她从来不问，每次都是他主动汇报，这样就显得很无趣了。

而且许美景从来不花他的钱，他给买的衣服、包包、奢侈品她都挂在衣帽间，很少用。她也很少主动给他打电话。有时候他会胡思乱想，许美景到底爱不爱他，如果爱他的话，为什么有时候会显得很冷漠？可如果不爱他，为什么又选择结婚呢？

是不是她心里一直都有姚默初呢？姚默初当初追求她攻势那么猛，丝毫不懈怠，而他呢？每天每时每刻黏在一起，是不是已经厌倦了，没新鲜感了？

许美景说了半天也没见顾良辰有任何反应，不禁纳闷，看了一眼神色未明的顾良辰，伸手在他面前晃悠，有些不满道：“你在想什么呢，没听到我说话吗？”

顾良辰回过神来，把毛巾盖在头上，轻声道：“老婆，你工作这么辛苦，整天对着电脑还伤身体，干脆辞职算了。”

这是顾良辰第一次和许美景讨论她工作上的事情，以前都鲜少提起，顶多就说好辛苦啊，早点休息，千万别熬夜。怎么现在突然提起让她辞职了？许美景怪异地看了一眼顾良辰。

“你不是说只要我喜欢就支持我吗？我才二十六岁，年纪轻轻不上班的话，在家做什么呢？”

这么早就辞职闲在家里，她可不乐意，虽然她之前有打算全职写小说的，但那也是考虑生孩子的时候。现在还没打算要孩子，她还想多干几年呢，而且还是她喜欢的工作，做得好好的，为什么要辞职？

顾良辰下意识就想说辞职在家调理身体，养孩子、带孩子，但话到嘴边还是没说出来，他怕许美景太敏感，提到这个话题不开心，想了想，便说道：“这个工作你是喜欢，但整天对着电脑伤身体，你颈椎也不好，而且你们那些同事有很多极品，做得不开心就辞职算了。”

许美景有些无语，无奈道：“大哥，职场就是这样的，不管你去哪里，都会有点小问题、小摩擦的，我又不是人民币，不指望人人都喜欢我，有人就有摩擦啊。再说了，女人之间哪有没有小矛盾的，都是鸡毛蒜皮的小事情，要是因为这样就辞职，那工作干脆就不要做了。你在娱乐圈不也会有不开心的时候吗，水军啦，黑粉啦，难道你就不做明星了吗？”

许美景觉得顾良辰说出这话来太幼稚了，这个世界上哪有什么随性而为的事情？换个立场而言，他这个做明星的可不比她这个做编辑的好到哪里去吧？

“你快点睡吧，明天演唱会的事情有你忙的，而且那么辛苦，要养精蓄锐啊。”许美景催促顾良辰去睡觉，而自己依旧在忙工作上的事情。

顾良辰有些不甘心，便问许美景，“那你呢？”

“我啊？”许美景愣了一下，平时到周末的时候她都会放纵自己熬个夜堕落一下，陪作者聊聊天，自己也看看小说，浏览一下网页，看看美剧，平时一个人也就这么过来了。但今天嘛，许美景把视线落在了顾良辰的身上。

看他眼巴巴哀怨的模样，又有些于心不忍，本想陪陪顾良辰的，但一想到明天他演唱会的事情，就怎么都不愿意了，两个人要是同时睡觉，天知道会发生什么事情，为了顾良辰的身体考虑，许美景还是狠心拒绝了顾良辰。

“我还要再忙一会儿呢，你乖乖睡觉，要养精蓄锐。”许美景催着顾良辰，推着他进了卧室，踮起脚亲了一下顾良辰的额头，转身去客厅，把卧室的门给关上了。

这意思很明显啊，不要打扰她工作。顾良辰抑郁到不行，马上发微信给小柯问他怎么办。

小柯对许美景的执拗也是相当的无语，但好歹也是他嫂子，他的任务就是维系两人的感情，劝和不劝离。小柯想了半天也没想出什么好办法，只得安慰顾良辰不要乱想之类的。

“要不我干脆公开得了，明天演唱会，又是美景的生日，这不是双喜临门吗？”

小柯很想说“你是闲得蛋疼吗”？许美景什么性格顾良辰又不是不知道，前两天贴吧的事情她已经很恼火了，要是在演唱会上再公开他们的关系，想必许美景得气炸了。

但顾良辰现在已经魔怔了，一心想着要公开。他觉得不公开早晚要出事，尤其是现在姚默初出现在许美景身边，一副虎视眈眈的模样，他可不能眼睁睁看着一个情敌在自己眼前晃来晃去而不管，这次无论如何他都要试一下。

“也许赶鸭子上架她就从了我呢？”顾良辰嘿嘿笑了起来，开始幻想和许美景公开后的生活。

曝光后，许美景不得不辞职，而后就成为他的私人助理，两个人可以公开地秀恩爱，毫无顾忌，到时候说不定还能让许美景混进编剧圈，反正她喜欢写小说，她写他演，夫唱妇随，这是多么美好的事情啊。

当然，理想很丰满，现实却很骨感，顾良辰在自己的幻想中睡着了，始终也没等到许美景进卧室。

不过顾良辰早晨是被一阵香味给诱惑醒的，见床尾凳上还放着整齐的衣服以及许美景换下的睡衣，顾良辰就知道许美景早早就起来了。虽然晚上没搂着佳人一起睡，醒来第一眼也没看到心爱的人，心情有点郁闷，不过见人家早把准备工作做好了，顾良辰还是蛮开心的。

火速洗漱完，顾良辰冲进了厨房，就见许美景扎着丸子头，围着可爱的围裙在做饭，晨曦透过窗户倾洒在许美景的身上，温暖而美好。这一幕让顾良辰感动得都快要哭了，如果每天醒来都能看到心爱的人在身边，那是多么幸福的事情啊。

顾良辰想要公开他们关系的念头更加强烈了，现在他就想无时无刻不在许美景身边，那种感觉，一定非常美好。

顾良辰从后面抱住许美景的细腰，深深地嗅了一下，笑眯眯道："好香啊，老婆大人在做什么？"

"当然是好吃的了，你今天要开演唱会，自然要做一些好菜来给你庆祝一下。"许美景笑眯眯地说着，似乎并不记得昨晚的争执，或许是人家压根就没放在心上，也不在乎这件事。

顾良辰突然想起什么，连连拍着脑袋懊恼道："天哪，今天是你生日啊，我居然把这件事给忘了，我礼物都没准备！"

许美景微微抿唇笑了起来，把色香味俱全的菜放进盘子里，柔声笑道："没关系啊，反正生日又不是那么重要，再说了，你不是要开演唱会吗？这已经是给我最好的生日礼物了。"

想到晚上的事情，顾良辰傻兮兮地笑了起来，更加讨好许美景了。许美景似乎也没发现什么异样，两个人准备吃饭的时候，门铃响了，是门卫保安打电话过来说有位柯先生找他们。顾良辰知道是小柯过来接他了，就让保安放行了。

“这么早？”许美景有些怪异，虽然知道今天要开演唱会，但这么早许美景还是觉得蛮奇怪的。

“可能有什么事吧。”顾良辰猜测。

顾良辰的猜测是对的，小柯是无事不登三宝殿的，现在一大早赶来，肯定是有什么急事。许美景也没说什么，起身又去厨房盛饭了。

小柯进屋的时候一脸的汗珠，猛地灌了一大口水，纵使房间开着空调，也还觉得有些热，拉着顾良辰就往外跑。

“快点回酒店。”

顾良辰甩开小柯的手，有些奇怪，怪异地看了一眼小柯，不解道：“回酒店干什么？”

吃完饭他就直接去演唱会现场了，再往酒店跑岂不是多此一举?

小柯急得脸都红了，大声道：“你今天演唱会，粉丝一大早就把酒店的大堂给堵住了，媒体记者全都堵在酒店里，今天看样子是不见到你本人誓不罢休。”

顾良辰来桐城举办演唱会这是很早之前就定下的，主办方也早早把酒店给预订了，不过顾良辰和小柯却玩起了躲猫猫的游戏，顾良辰回桐城到现在，压根就没在酒店住过一天，连那酒店的门朝哪开都不知道，虽然每天都会有粉丝和媒体记者在酒店等候，但他们使用障眼法，小柯一直住在酒店里，让别人误以为顾良辰一直住在这里，而每次出门的时候惯用的手段就是先走一辆车让人以为里面的人是顾良辰。

时间一长，大家抓不到顾良辰，就纷纷跑到体育场去等人，好歹也能见到真人了。但今天就是演唱会了，来自五湖四海的粉丝纷纷聚了过来，举着有顾良辰名字的牌子或是海报，还手捧鲜花，把酒店的大堂堵得水泄不通，酒店出动保安都有没任何用处。

小柯一看这情况肯定是不行的，而且还有很多媒体记者要对这件事做全程报道，这些都是幕后花絮，将来是要送给粉丝做礼物的，也是给各种访谈作为参考资料的。

其实昨晚饭局结束后，小柯就让顾良辰回酒店，不要回公寓来了，毕竟演唱会前二十四小时都是被重点关注的，之前他们也是有经验的。但当时顾良辰一心想着许美景和姚默初的事情，哪有心思想这么多。

“那快回去吧。”许美景立刻催顾良辰回去，这要是被媒体记者曝光那就惨啦，还是小心一点的好。

顾良辰原本还想过回去的，但听了许美景的话，也不知哪根筋不对，突然就拧起来了，哼道：“我不回去，他们爱等就等，我们直接去体育场，他们能说什么？”

顾良辰说的也很有道理，人家早早去体育场做准备了，你们在楼下也是白等。话是这么说，但道理肯定不是这样的，顾良辰哪一次不是都要和粉丝互动吗？怎么这次就突然变卦了？这不是要伤粉丝的心吗？

小柯知道顾良辰闹别扭是因为什么，立刻向许美景求救，许美景也有些无奈了，顾良辰突然来了脾气，谁知是因为什么呢。

“老公，你快点去吧，别伤了粉丝的心，你看现在微博头条热搜就是你演唱会的事情，新闻媒体都在报道呢。你快点去吧，别耽误时间了。”

许美景丝毫没注意到顾良辰的剑眉已经微微蹙起，依旧喋喋不休地劝着，似乎打算动之以情晓之以理，让顾良辰去酒店。

说到最后，顾良辰也无动于衷，许美景说得口都干了，无奈道："难道你是想被那些狗仔曝光咱俩的关系吗？"

被说中心事，顾良辰脸色一喜，心想这事有戏了，马上点头道："有什么不好的？曝光了就曝光了，顺其自然，还有大家的祝福，不是挺好的吗？"

许美景有些尴尬，对顾良辰的想法也很无语，他太天真了，哪有他想得这么简单，要都是祝福的话，怎么还会有那么多明星选择隐婚呢？最近顾良辰到底是怎么了？怎么一直在纠结这样的问题？

"顾良辰，我现在不想和你讨论这个问题，你快点和小柯回去吧，你有那么多事情要做，快点去安抚你的粉丝。"

"我不去，我还要吃饭呢，吃完饭直接去体育场。"顾良辰依旧倔强，许美景都要疯了，这真是要气死人的节奏啊，他怎么就这么任性呢？

"不去也得去，这是你的工作，除非你不当明星了。"许美景负气地哼道，但见到小柯哀求的眼神，许美景最终还是软下语气来，"你是大明星，大家喜欢你、宠着你，因为崇拜你，说的都是好话，但顾良辰，我不是。我是你的妻子，但在他们看来，我却是他们的情敌，抢走了你。是，喜欢你的人自然会祝福你，但狂热的粉丝呢？你有想过我吗？你的同行，你的竞争者呢？你明明是这个圈子的，为什么想法会这么天真呢？"

许美景虽然是在劝慰顾良辰，但话说得到底还是重了一点，这让顾良辰很不满。昨晚和现在的事情加在一起，让顾良辰的情绪充满负能量，表情十分冷淡。

“你是我妻子，我自然会保护好你，我们为什么就不能像普通夫妻那样，手牵着手出去逛街、旅游？为什么要遮遮掩掩的？”

许美景突然笑了起来，很无奈地笑了，摇了摇头，轻声道：“顾良辰，你的身份在这里，你说我们怎么能像普通的夫妻那样？怎么可能？”

小柯眼见两人要吵起来了，连忙拉着顾良辰往外走，同时还不忘劝许美景千万别生气。

许美景怎么可能不生气，差点要被气死了，她从来不知道顾良辰的想法会这么幼稚，以前都不是这样的，怎么现在才发现呢？还是他们很久没沟通才会变成这个样子？果然夫妻长时间分离是会出现问题的，她发现她和顾良辰已经有这样的苗头了。

现在该怎么办才好？她不能任由这件事这么发展下去，一定要早点解决，否则问题会更加严重。关键是她现在根本没办法和顾良辰交流，两个人现在的脾气都属于冲动型，都觉得自己的想法是对的，没人退步的话，再怎么交流沟通也是没用的啊。

许美景头疼不已，也没心思吃饭，收拾了一下就开机去工作了，刚上线就收到了姚默初的 QQ 消息，先是祝她生日快乐，随即就问她中午是否有时间，他要请她吃饭给她庆祝生日。

许美景想也不想就拒绝了，她现在是已婚人士了，就要尽量避免和单身男士单独相处，尤其是姚默初，曾经那么猛烈追求过她的人。

顾良辰出去后也气得不行，和小柯反反复复念叨着，自然不是说许美景的坏话，只是觉得许美景现在变得有些不可理喻了。为什么不站在他的角度和立场考虑一下他的感受，为什么就一定认为他们俩关系曝光了得到的不是祝福呢?

小柯一边开车一边安慰顾良辰，“嫂子是比较低调的，她是没什么想法，其实还是不想影响你的事业。你就别生气了，嫂子也是为了你好，再说了，你一个大男人，得有点肚量啊，今天还是我嫂子的生日呢，你就气她。”

顾良辰这才意识到，无奈地搔了搔头，叹道：“唉，我也是脑子一热，希望美景别生气了，晚上演唱会的时候再和她道歉好了。”

顾良辰一个大男人到底还是有些自尊，刚吵完架，现在肯定拉不下来脸面和许美景道歉，想着晚上公开他们俩关系的时候深情告白一番就好了。

当顾良辰回过神来的时候，却发现小柯把他拉到了酒店的地下停车场。他怪异地看了一眼小柯，小柯嘿嘿一笑，显得很不怀好意。

“反正时间还早，先来和粉丝互动一下嘛，见见媒体聊聊天。”

小柯拉着顾良辰下车，准备从停车场的电梯直接回酒店房间，但出电梯的时候小柯发现走廊里也都是粉丝，有的居然在拍打他们房间的门。

这也太疯狂了吧?酒店怎么也不管管呢?小柯无奈，只能拖着顾良辰又回车里了，全程还一直低着头，就怕被人撞到。最后，小柯和顾良辰商量直接去大堂，就说他出去吃早餐才回来。

现在只能这么办了，顾良辰也无奈地答应了，都来酒店了，不出去见粉丝也不是办法啊，又不能直接离开，这样就确实对顾良辰的形象有影响了。

小柯开着车兜了一圈绕到了酒店的大门口，小柯率先下车，顾良辰的粉丝都认得小柯，一看小柯出现了，立刻齐刷刷地朝着门外的车子涌了过去。

酒店的大门是旋转式的，大家潮水般拥挤过去，把门口堵得水泄不通，想出去的出不去，想进来的也进不来，每个人都尖叫地喊着顾良辰的名字，有的人甚至兴奋地昏过去了，不知是见到顾良辰太兴奋还是被人群挤得透不过气来，但此时顾良辰在车里压根还没出来。

酒店出动了所有的保安来维持秩序，但也于事无补，这群粉丝太疯狂了，尖叫声都能把酒店的屋顶给掀了，这也足以证明顾良辰是多么受欢迎。

小柯连忙钻进后车座，和顾良辰交代了一番。顾良辰微微皱眉，这也是他不是很喜欢和粉丝互动的原因，有些粉丝太疯狂了，他作为偶像也招架不住啊，现在又让他去维持秩序，他只想说这样会更乱吧！不过顾良辰还是下车了，他不能给人家酒店带来麻烦啊。

顾良辰穿着一身简单随意的家居装，他这一出来，人群就疯了，大家都蜂拥而上，在大堂里的人只能隔着玻璃望着自己的偶像，但依旧尖叫不停。

顾良辰还没开口说话，酒店的经理已经绕过地下停车场迂回过来，央求顾良辰快点把粉丝都安抚好了，招待大明星谁都乐意，但若是这样的招待法，他们就不用做生意了。

顾良辰无奈地笑了笑，微微咳嗽一声，像领导讲话一样，那些粉丝瞬间就安静了，都痴迷地盯着顾良辰，歪头听他说话。

其实顾良辰也没说什么，大概意思就是感谢大家千里迢迢过来支持他，这么多年一直这样，他很感动。顾良辰最后安抚大家，和大家相约演唱会相见，不要在这里给酒店造成影响，顾良辰的粉丝应该都是团结友爱的朋友。

偶像的力量是不容小觑的，顾良辰说完后，大家还纷纷鼓掌，而后就奇迹般恢复了秩序。大家纷纷把自己带来的礼物亲自交给顾良辰，每个人有秩序地排队，给顾良辰送礼物，握手、拥抱、拍照。

媒体记者也是一番轰炸式的报道、采访，做独家访问，一上午尽忙这些事情了，最后顾良辰都累瘫了，无力地坐在酒店大堂的沙发上休息。

正腹诽小柯跑哪里去的时候，一瓶矿泉水就递了过来。顾良辰看过去，就见旁边坐着一个身着长裙，长发飘飘的美女，特别的亮眼，正笑眯眯地望着顾良辰。

顾良辰愣了一下，不太确定地问道："可人？"

温可人点点头，笑道："辛苦啦，我的大偶像，快点喝点水休息一下吧。"

温可人人如其名，人漂亮不说，说话还特别温柔，慢声细语的，脸上始终挂着温柔的笑容。她是顾良辰全球粉丝会的会长，看似柔柔弱弱，但能力是特别强，组织各种粉丝见面会活动，帮助管理粉丝群。小柯不止一次在顾良辰面前称赞温可人，甚至还说要是他辞职不干的话，就让温可人过来帮助他，所以顾良辰对温可人也比较熟悉。

"抱歉啊，今天我没组织好，大家都有些兴奋。"对于刚才的状况，温可人主动向顾良辰道歉，觉得是自己的问题才造成这个局面，心里着实不太舒服，深感歉意。

顾良辰不甚在意地挥挥手，笑道："没关系的，大家这么热情我还是很开心的，实在看不出来你居然是全球粉丝会的会长，我得谢谢你呢。"

被偶像这么一说，温可人的脸都红了，微微低下头，笑得更甜了，能零距离接触偶像，还得到偶像的夸赞，相信每个狂热的粉丝都会很激动吧。

作为粉丝会会长，温可人真心很称职，也特别地了解自己的偶像，聊天的时候都是迎合顾良辰的兴趣爱好，所以两个人聊得很火热，气氛也很轻松，全程顾良辰都带着微笑。

这一幕被还没离开的狗仔记者拍到了，他们早就看到了这个女孩子坐在大堂里，打扮时尚，又是一个大美女，一开始以为是顾良辰的粉丝，但看着与那些狂热的粉丝又不同，显得很另类，就以为是酒店里的客人，毕竟气质还是很好的。但怎么也没想到，她居然和顾良辰认识，还给他递水，两个人还聊得那么开心。

大家想到前两天贴吧里那个被删掉的帖子，虽然被删掉，但好多人也是截图留着备用了，现在和眼前这个女孩子对比一下，大家都惊呼起来，简直是一模一样啊，不管是侧面还是背影，看上去都十分相像，难道她真的是顾良辰的女朋友？

八卦念头一冒出来，绝对是一发不可收拾，立刻就有人开始往公司打电话寻找以前顾良辰演唱会的资料，寻找关于这个女人的资料。果然不出大家所料，不管是顾良辰的演唱会还是新闻发布会，电影、电视剧的宣传，每次都有她的身影。而且还频频和小柯互动，虽然挂着粉丝会会长的头衔，但众人都觉得这只是遮掩而已。

大家觉得要有爆炸性新闻出来了，而且他们在调查的过程中也发现了这个女人的不同寻常，她居然是顾良辰签约公司的大老板的女儿，这未免也太深藏不露了吧？他们原来就挺好奇的，顾良辰一个不是专科出身的人，演唱、主持都这么厉害，一夜间就蹿红，有些令人捉摸不透，也比较值得让人好好琢磨一番了。

现在从温可人这边来看，这一切都显得很正常，毕竟温可人是他女朋友，岳丈要捧自己的女婿，那还不是小菜一碟的事情。顿时大家心里都有数了，现在需要搜集更多关于两个人在一起的证据，到时候先放出一些烟幕弹，然后来一次经典的“周一见”。

小柯安抚好粉丝，又和演唱会的工作人员确定好时间后，这才过来，见温可人也在，热情的和温可人打招呼，两个人看上去很熟稔。

怎么会不熟呢？小柯和温可人接触时间长了，经常打交道，早就喜欢上这个女孩子了，每每顾良辰有什么活动，他都第一时间通知温可人，为的也是想见见佳人。而且人家作为粉丝会的会长，自然是要了解自己偶像的行程的。

对于温可人喜欢顾良辰这件事，小柯并没放在心上，偶像就是偶像，是遥不可及，也是无法追到手的，更何况顾良辰早已结婚，他知道顾良辰是不可能和其他女人发生点什么的。所以他就放心大胆地喜欢温可人了，也准备铆足劲追求人家。

“我见你气色不对啊。”小柯无时无刻不关注温可人，平时她那么活泼，今天却显得很文静，小柯就仔细地看了看，觉得温可人似乎有不太对劲的地方。

温可人温柔一笑，轻声道：“没有啦，可能天气太热，有点不太适应吧。”

小柯点点头，赞成道：“南方这个时候就是闷热，也快到梅雨季节了。”

顾良辰立刻叮嘱小柯给温可人买一点防暑的药，尤其是晚上演唱会的时候，人多，空气不流通，万一中暑了就不太好了。

对于顾良辰的贴心，温可人特别感动，连连摆手说不用，她怎么能麻烦自己的偶像呢？

“你可是我粉丝会的会长，和小柯一样，是我的左膀右臂，不可缺少，所以你必须得保护好自己啊，是不是？”

“好吧，那就麻烦小柯了。”温可人笑得有些羞涩。

很快演唱会的工作人员就过来了，他们开着一辆商务保姆车，从后车备厢搬下来几个大箱子，里面全部都是巧克力，工作人员给每位粉丝发了一袋巧克力，作为答谢礼。

顾良辰随着工作人员上了车，小柯邀请温可人一起上车过去，温可人犹豫了半天，虽然想去，但最后还是拒绝了。她可不想给顾良辰带来什么不必要的麻烦，她还是下午检票的时候再入场吧。

顾良辰在车里和她挥挥手，随后就跟着车子离开了。

温可人的表妹周可可凑了过来，递了一袋巧克力给温可人，吃着巧克力望着远去的车子，对温可人的行为表示很不解。

“表姐，你那么喜欢顾良辰，现在有机会和他单独相处，为什么不珍惜机会呢？而且现在还有这么多粉丝和媒体看着，到时候也能报道一番呢。”

“我不想给他制造麻烦，他对我很客气，客气中带着疏离。”温可人冷声说着。

其实顾良辰结婚她早就知道了，她一直想要知道顾良辰的老婆是谁，但压根就查不到，顾良辰的保密工作做得太好了。她知道小柯喜欢她，但不管她怎么问，小柯就是不把顾良辰老婆的信息告诉她，这让她十分恼火。

现在顾良辰在桐城这边开演唱会，怎么想都觉得蹊跷，她在公司里得知顾良辰把最好的VIP票拿走了，给了谁她也不知道，她唯一知道的就是那个票的座位号，所以她就把隔壁的号买下来了，她倒要看看今晚是谁坐在旁边。

第六章 突然的告白

许美景准备做午饭的时候，李琳琳打电话过来了，说她们新婚夫妻请她这个寿星吃饭。许美景客气一番但无法拒绝，最终也就答应了。不过李琳琳最后还叮嘱她一定要打扮得漂亮一些，千万别穿得太随意了。

许美景有些奇怪，不过想想也是，毕竟是和李琳琳的老公一起吃饭，怎么说也得正式一些，这可不像她们平常逛街聚餐一样随意。许美景收拾了一下，换了衣服就出门了，不过出门前还仔细地检查了一番工作，看推荐换了没有，作者的留言回复了没有，确定没有问题后才离开。

李琳琳请客的地方比较高档，是在一家高大上的法式餐厅，许美景到了后才发现这是之前新开的，顾良辰想要来吃饭的地方。许美景有些无奈，顾良辰的身份摆在那里，想要光明正大地来吃饭，太不现实了。

李琳琳和她老公项泽已经挑选好位置了，是临街靠窗的位置，还能看到外面的街景，相当不错。

李琳琳招手让许美景过来，许美景以为只有三个人的，没想到项泽身边还坐着一位西装革履的男士。许美景愣了一下，心里有种不好的感觉，但碍于面子，还是在李琳琳旁边坐下了，她和那位男士对面而坐，李琳琳和她老公则是面对面坐着。

项泽主动给许美景做介绍，笑道："这是我以前的战友陆昊，冬天刚退役，现在在一家健身房当教练。"

陆昊对许美景羞涩一笑，随即就低下了头，许美景这才看清了陆昊的脸，许是当过兵的原因，又或者是当教练的缘故，整个人都黑红黑红的，那种健康的黑红，不难看，浓眉大眼，看上去很年轻，颇为帅气，只是他身上的西装不太符合他的气质，若只是休闲装的话，那也是不错的。

项泽是当兵出身的，当年是李琳琳大学时候的教官，李琳琳当时一眼就相中了项泽，对人家穷追猛打，差点就害得项泽被部队记大过了，后来退伍后，就来了桐城工作，李琳琳一毕业两个人就结婚了。当时许美景听李琳琳说的时候，还觉得挺传奇的，她都想写进小说里了。

但没想到，今天李琳琳和她老公居然做起媒婆给她相亲来了，还是这种变相相亲。许美景一阵尴尬，她一个已婚妇女相亲，说出去要被多少人鄙视了。许美景都不知道怎么和李琳琳说了，只好暗中掐了一下李琳琳。

李琳琳嘿嘿笑了起来，对于先斩后奏，她也是有些不好意思，不过嘛，这事有什么丢人的，而且现代社会，还那么拘束干吗。

"我就实话说了，咱们大家都是成年人，也就不要扭扭捏捏的了。美景你现在单身，咱们公司是狼多肉少啊，就算有男人也都是大叔级别的，所以想要在公司找男朋友不太现实，你要多认识几个男孩子以后才不会被骗。陆昊嘛，我老公的战友，知根知底的，这个是没问题的，剩下就看你们自己的了。"

李琳琳噼里啪啦地说着，丝毫不顾及许美景和陆昊的心情，许美景也知道李琳琳是一番好意，她这个时候也不能甩脸走人啊。再说了，隐婚是她自己的事情，她怎么能怪不知情的李琳琳呢。

陆昊似乎对许美景印象比较好，还主动给许美景递名片，笑得十分羞涩，说话都有些结巴了。一旁的项泽则取笑他，以前不见他这模样，现在却害羞了。

“我一直在健身呢，只是每天跑跑步而已，没有做其他的训练，到时候如果需要的话，我能麻烦你吗，陆教练？”许美景尴尬不已，只得另找话题。

“还什么陆教练？这么客气，直接喊人家名字好了。我告诉你啊，陆昊还是很厉害的，一个月工资这么多，而且还是私教，他打算要开一家健身房呢。”

李琳琳伸出五个手指头，月薪过万，这个工资还是可以的，加上私教，一个月肯定不少钱。不过许美景不在意这些，她又不需要相亲。

“哎呀，我好饿啊，我们快点吃饭吧。”许美景哭丧着脸哀求地看着李琳琳。

李琳琳知道许美景这模样是没看好人家，不过她是不会泄气的，会继续努力给她寻找更好的男人。不过也有可能人家有姚默初那么出色的追求者，这些都看不上眼了，李琳琳也有些惆怅。

服务员很快就把食物都端上来了，大家正吃着饭，就听到一阵吵闹声，循声望去，就见一个戴着黑超，穿着黑色紧身裙的女人往他们这个方向走来，身边还围着一群记者，还有一些粉丝。那女人快步走过来，媒体记者就在前面不停地拍照、问问题。

“安娜小姐，你突然出现在桐城，是和顾良辰的演唱会有关吗？你曾经是他 MV 的女主角，这次演唱会他邀请你做嘉宾了吗？”

“安娜小姐，听说你们在拍 MV 期间假戏真做，甚至还同居，是真的吗？”

大家不停地询问安娜，似乎想要知道她和顾良辰的关系，安娜此时应该在米兰走秀的，却突然出现在桐城，而且还是选择在顾良辰开演唱会的这天，难道没一点关系吗？

许美景知道安娜，国际名模，非常漂亮，尤其是那双长腿，不知羡煞了多少人，她和顾良辰有过好几次合作，基本上都是拍 MV。听小柯说两个人关系还不错，合作比较顺畅，但绝对没有发生任何不该发生的事情。

虽然知道顾良辰不会做对不起她的事情，但从狗仔嘴里听到“同居”二字，许美景还是很不舒服，心里一阵怨恨。想起这几天和顾良辰的争吵，许美景突然间就充满了负能量，她觉得自己太宽容，心太大了，都这样了还放任顾良辰在外面。

如果顾良辰真的背叛她，和别的女人有一腿……娱乐圈的诱惑又那么大，有点什么对他们明星来讲也是无所谓的，但说实话，她是非常不爽的，想起来都会觉得恶心，若真的是这样的话，她只能选择放弃顾良辰了。

安娜被这群记者追问得有些不耐烦，倏地停下来，摘下墨镜愤怒地看向这些记者，冷声道：“你们烦不烦，这些无中生有的事情有什么好说的？”

“安娜小姐，有人爆料说你上个月并不是去美国工作，而是去打胎的是吗？请问孩子的父亲是顾良辰吗？”

“你说什么？”安娜正好是站在许美景的对面，许美景清楚地看到安娜愤怒狰狞的面容。她还没反应过来，安娜一个巴掌就招呼上去了，那提问题的是一个女记者，猝不及防直接就被甩了一巴掌，身子一倾，手里的话筒直接甩出去砸在了许美景面前的餐盘上，汤汁溅了一身。陆昊眼疾手快抓住话筒，免得掉下来砸到许美景。

陆昊又拿了纸巾给许美景擦脸上、衣服上的汤汁，许美景有些尴尬，连忙拒绝并道谢。而女记者也差点摔在许美景的身上，幸得陆昊用手撑着，避免了许美景被砸到。

安娜也不管发生了什么，转身就往里走，进了一个包厢，留下一群尴尬的记者和粉丝。大家呆愣了一下，无奈地耸耸肩准备离开，陆昊却喊住了那个女记者，让她给许美景道歉。

“道歉？找那个妓女吧，她打了我，我还没找她道歉呢。”女记者翻了一个白眼，哼了一声转身就走了，脸上还有一个通红的巴掌印子。

许美景也是醉了，怪不得被打，真希望安娜再扇她两个耳光。怀孕打胎是人家的隐私，这个居然都能拿出来在公众场合质问人家，不打她才怪呢。

“算了，不要管她了。”许美景无奈地摇了摇头，和这种人一般见识，也只会降低了自己的水准。

被这么一闹，许美景也没心情吃饭了，李琳琳也怕惹许美景不开心，便跟许美景道歉，许美景挥挥手表示没关系。

“这又不怪你。”许美景生气是因为顾良辰的事情，和李琳琳没有丝毫关系。她现在有些魔怔了，总是觉得顾良辰做了对不起她的事情，要不然干吗这些人会说这样的话，哪怕是捕风捉影，那也得是有证可循，要不然谁会无中生有呢？

许美景草草吃完饭后就和李琳琳等人告别了，表示有时间会请他们吃饭的，现在她要回去工作，就不奉陪了。

许美景走后，李琳琳心里更不舒服了，觉得是自己做错事了，就发了一个短信给许美景道歉，但许美景一心想着顾良辰的事情，也就没注意到李琳琳的短信。

许美景回到家洗了一个澡后心情才好了一些，给小柯打电话关心上午的事情以及现在顾良辰在干吗。

“上午的事情已经解决了，嫂子你别担心，大哥现在在做最后的走位和彩排呢。”

许美景哦了一声，沉默了一下，实在是憋不住了，便问小柯，“小柯，我问你个问题，你实话告诉我好不好？”

小柯心里咯噔一下，有种不好的预感，但还是笑道：“嫂子你说。”

“你哥和那个安娜是不是真的？他们俩在合作的时候同居过？”她在网上查了一些报道，是有不少新闻说两个人拍摄MV期间，顾良辰从安娜的房间出来，还是大清早的，可见两个人关系多么密切。

小柯可不敢问许美景怎么突然想起来要问这个事情，他只要给许美景想知道的答案就可以了。

“嫂子，我可是全天二十四小时贴着大哥，从来没离开过半步，他要是真的做了什么对不起你的事情，我肯定是第一时间告诉你，但事实没有啊。大哥很安分守己的，那些新闻报道都是八卦狗仔胡乱写的，为了吸人眼球而已，其实什么事都没有。”

许美景仔细想了想，也就作罢了，当初全家人都同意让小柯做顾良辰的助理，不就是因为小柯诚实可靠吗？

“没事了。”

“嫂子，你晚上来看演唱会吧？”

“嗯，我……”许美景应道，正要说什么，就听到门铃响了，“我这边门铃响了，挂了啊。”

许美景挂了电话去开门，是同城快递，送来了一大束玫瑰花，还有巧克力以及新鲜的手工蛋糕。许美景有些诧异，连忙问是谁送的，她可不能无缘无故接受别人送的礼物。

“是一位男士，要求我们保密，他说你知道是谁。”快递笑笑，让许美景签字后就离开了。

许美景盯着鲜艳欲滴的玫瑰花看了看，又看了一下手工蛋糕，六寸大，是她喜欢的水果蛋糕，上面写着“生日快乐”，再无其他，这样的风格看上去比较像顾良辰的。

难不成是他给她的惊喜？想来也是，除了他也没别人能想到送玫瑰花给她了。许美景甜蜜地笑了，之前的阴霾也一扫而过了。

许美景把玫瑰花插在花瓶里，切了一小块手工蛋糕吃了一口，顿时惊为天人，这味道太棒了，甜而不腻，入口即化，想来这蛋糕的材料也是一级的，否则肯定没办法做出这么好吃的蛋糕，等顾良辰回来问问他在哪里订的这么好吃的蛋糕。

在法式餐厅没怎么吃，现在吃了蛋糕倒是饱了，许美景的心情非常好，果然甜食能让人心情愉悦啊。

蛋糕太好吃了，许美景没舍得全吃，主要是她也吃不了这么大一个蛋糕，心里想着要留给顾良辰一份，演唱会很辛苦的，到时候吃点甜食补充一下体力，十分完美啊。许美景甜滋滋地把蛋糕和巧克力都放进了冰箱里，就等着顾良辰回来一起享用美食了。

许美景照常开机上线忙工作的事情，今天是周末，还是顾良辰的演唱会，很多作者也都在桐城了，找许美景的就不多了。

许美景看也没什么事，挂着工作QQ，自己则去打扫卫生了，怎么说今天也是顾良辰的演唱会，她得把家里收拾得干干净净，等待男神回来。

期间，许美景还接到父母的电话，先是客套地和她说生日快乐，而后又开始一如往日的催生话题，许美景最后无奈，就说今晚顾良辰演唱会结束后她就开始实行造人计划。双方二老听到这话特别开心，还说孩子明年春天出生，正好可以赶上当年的开学年纪。

许美景特别无语，连上学的问题都想到了，他们想得未免也太远了吧？许美景应付一番才挂了电话，望着干净整齐的房子，有些失落，到底要怎么办呢？

忙了半天终于忙完了，出了一身汗的许美景又洗了一个澡，对着镜子纠结要不要把头发放下来，但说实话她真的很怕热，尤其是还要出现在人群潮涌的演唱会上，散着头发，那更是不得了的事情，非要热疯她不可。

想了想，许美景还是扎了一个马尾，这样比较清爽一些，搭配的衣服也是比较休闲清爽的，坡跟鱼嘴凉鞋、短裤、白色T恤衫，简单而舒服。其实许美景还是比较喜欢这样的搭配，这比较符合她自身的风格，中午在餐厅那样的衣服实在是不太适合她，原本就不是淑女，却还要装成淑女，太累了。

收拾完后，许美景就出发去顾良辰的演唱会了，往体育场去的方向已经堵得不行了，许美景在公交车上有些着急，早知道她就坐地铁了，地铁人再多，也不会堵车啊，看目前这个情形，在开场前能进去就不错了。

好在后来有交警过来疏导交通，道路这才恢复畅通，虽然不是行云流水，但也是能走了。许美景在演唱会开场前十分钟赶到了体育场。体育场的门口也是人山人海，水泄不通，人声鼎沸，黄牛的吆喝声、嘈杂的讲话声充斥在周围许美景随着人群挤到了入口，检票进去了。

现场一片沸腾，顾良辰还没出来，但粉丝们已经开始兴奋地叫了起来，大呼顾良辰的名字，有的还唱起顾良辰的歌。到处都是人，还有争抢位子的，推搡打闹的，一如以前那样热闹。许美景穿过人群来到了安静的 VIP 区，前面的桌子上还摆满了水果、饮料，周遭都安安静静的，这简直就是两个世界。

许美景不得不感慨 VIP 区的票为啥卖得这么贵了，现在对比看来，卖得贵是有道理的，要不然怎么每次一出票，VIP 区的票瞬间就被抢光了，区别就在这里啊。

许美景落座后，就见旁边坐过来一个非常漂亮，很有气质的美女，身穿波西米亚小碎花长裙，一头黑色长直发很飘逸，像坠入凡间的仙女一样。

温可人早早地就过来了，不过作为粉丝会的会长，她还得去安抚那些站票的粉丝，还要去后台拍顾良辰的照片作为福利发到粉丝群里或者放到贴吧里，也差不多在顾良辰要登场的时候才忙完。她刚过来就见这里坐了一个女孩子，仔细打量一番，惊奇地发现她和顾良辰长得很像。

如果不是兄妹的话，那就是夫妻了，也许这就是传说中的夫妻相吧。她的侧面看起来和贴吧里的那个女孩子很像，难不成她真的是顾良辰的老婆？怎么以前她都没注意到这个女孩子呢？她作为粉丝会会长，已经很靠近顾良辰了，不管哪场演唱会，或者她去探顾良辰的班，从来都没见过这个女孩子，他们到底是什么关系呢？

温可人纠结得不行，但还是不动声色地坐了过去，对许美景微微一笑，拿起一块西瓜吃了起来，而后低声道：“今天请的嘉宾是谁你知道吗？”

盯着舞台一直看的许美景摇摇头，说实话她不是很关注这些事情，她只在乎顾良辰，其他的一概不管。

“你也很喜欢顾良辰？”

许美景点点头，但她不是很想和温可人说话，便往一旁挪了挪，其实VIP区特等座只有为数不多的几个好位子，一般都是卡座形式，两个人一个座位。许美景以前和别人同座，但聊天很少，她怕别人是狗仔，万一聊天的时候说漏嘴了怎么办？所以她都尽可能的不说话。

温可人见许美景兴致缺缺不愿意说话的模样，也没多问，想着可能是自己想多了，也许人家只是一个狂热的粉丝，单纯地喜欢顾良辰而已。温可人心里这么想着，但还是不由自主地打量起许美景。

头发是用黑色的皮筋扎起，那皮筋看上去就是路边一两块钱一根的那种，身上的T恤衫很简单，可能是淘宝买来的，短裤更别说了，只是普通的黑色短裤，光腿，没穿丝袜。脚上的凉鞋是两百块钱左右的达芙妮的鞋子，包包也是达芙妮的，大概也是两百左右，除此之外，身上也没其他东西了，连个像样的首饰都没有，这未免也太朴素了吧？

一身衣服加在一起也不过几百块钱，如果是顾良辰的老婆的话，那么至少全身上下也得是大品牌吧？可能会低调一些，贵重物品不便带出来，但好歹身上也该有点值钱的东西吧？温可人百思不得其解，最后就否定了许美景是顾良辰老婆的想法。

体育场的灯光突然灭了，只有舞台上的灯还亮着，主持人跑上来热场，激情澎湃地介绍了今晚的演唱会还有嘉宾，都是大咖，现场尖叫声此起彼伏，热闹非凡。

首先上场的是一群广场舞大妈，穿着统一的服装，现场放的是顾良辰当红的歌曲，大家都非常熟悉，因为现在广场舞大妈每天都在用这个曲子跳舞。这是比较罕见的演唱会开场，虽然有些怪异，但粉丝很给面子，纷纷尖叫，喊着顾良辰的名字。

顾良辰不负众望，第二首歌曲就出来了，他穿着很普通的衣服，没有奇装异服，也没有夸张的浓妆，但就是这样也会得到粉丝们的支持，各种尖叫声不止，还有人大声嚷着“顾良辰我要给你生猴子”。认真听歌，专注看着顾良辰的许美景扑哧一声笑了出来，觉得还蛮好玩的。

温可人虽然否定了许美景是顾良辰老婆的想法，但她现在怎么都没办法好好看演唱会了，总会不由自主地被许美景吸引过去，总觉得她不是普通人那么简单，她看顾良辰的眼神是那么的温柔，面色微笑，眼睛里是化不开的浓浓的深情。她不像那些粉丝一样眼里都是痴迷和狂热，她的眼里都是深情，却表现得很淡定、很平静，整个人坐在那里，稳如泰山，这种感觉特别的笃定和自信。

听到别人喊“顾良辰我爱你”或者是“我要给你生猴子”这样的话，她没有生气，只是嘴角微微弯起，笑得稍微有些无奈，似乎还觉得蛮好笑的，其他的就剩下淡定了。那种淡定的感觉让她觉得许美景很有把握，或者说一切都在她掌握之中。

这种感觉让温可人很不舒服，从一开始的否定到现在的确定，她觉得自己的呼吸都变得困难了，她有点想不明白，眼前这个女人哪里都不出色，最多是皮肤比较白而已，再无其他，这种丢在人堆里就找不到的女人为什么会得到顾良辰的青睐，这是为什么？

温可人一直拧眉，视线一直落在许美景的身上。许美景不是傻子，一开始还没注意到，但时间一久还是能感觉到的。她不动声色地低头拿水果，就感觉到旁边的女孩子收回了视线，还显得有些慌乱。许美景暗叫糟糕，莫非她被发现了？难道这个女人是记者？

许美景还是比较担心的，有些坐不住了，她很担心自己会被曝光，会给顾良辰的事业带来麻烦，在他如日中天的时候遇到这样的事情，粉丝、同行、对手等都会对他不满，会落井下石，各种不好的事情都会发生的。现在看台上的顾良辰这么享受，这么喜欢这份工作，她为什么要给他带来麻烦呢？

就如她很喜欢自己的工作一样，顾良辰不赞成她工作她都不乐意，更何况是顾良辰自己呢？她不能给顾良辰惹麻烦。许美景在心里这样告诉自己，想着要找机会离场，否则后面会发生什么事情她真心不知道，也怕自己应付不来。

正当许美景胡思乱想的时候，顾良辰已经换装出来了，准备唱下面的歌曲，他的手里却捧着一大束玫瑰花。现在演唱会接近尾声，他突然捧一束玫瑰花干什么？许美景有种不好的预感。

主持人打趣地问顾良辰是要把玫瑰花送给她吗，顾良辰特别幽默地从里面抽出来一枝玫瑰花递给主持人，随即笑道："大家都很好奇为什么我演唱会的第一站会放在桐城，这个二线城市。大家都应该听说过句话，一个人一座城，因为一个人而爱上一座城。是的，你们猜得没错，我最爱的人现在就在这里，而且今天还是她的生日，这是我送给她的生日礼物，谢谢这些年她陪伴在我身边，谢谢她对我的支持，更要谢谢她一如既往地爱我，给我最深的感动。以前不说，只是时机不成熟，现在，我想要告诉大家，我爱了，我有了相伴一生的人，也希望大家能够祝福我们。”

顾良辰话音一落，全场瞬间安静了，那么大的体育场，成千上万的人，瞬间就安静了，女主持人也愣了一下。他们谁都没想到顾良辰会在这个时候表白，但女主持人反应迅速，立刻鼓掌笑道：“既然这样，那把您背后的伟大女人请上来好吗？”

“当然没问题，我还可以和她合唱一曲。”顾良辰笑着，对台下的小柯使眼色，小柯立刻通知灯光组打灯，通知摄制组把镜头切过去，大屏幕上立刻显示出众多的粉丝的脸。

温可人还没反应过来，强烈的镁光灯就落在了自己的身上，而舞台的大屏幕上出现的也是自己的面孔，主持人立刻笑道：“哇哦，大美女啊，快快有请我们的顾夫人上台。”

结婚进行曲的音乐瞬间响起，顾良辰诧异不已，不应该是许美景吗，怎么变成了温可人？顾良辰拿过话筒刚要说弄错了，谁知温可人却站起来，面带笑容，抢他一步说道：“良辰，谢谢你对我的认可，我在这里就很好，我不想影响到你的演唱会，等演唱会结束后，我们再好好聊聊，你放心，我不会中途跑掉的。”

温可人笑得十分淡雅温和，这让所有人看了都会十分嫉妒，当然粉丝也是比较激动的，没想到他们的会长居然就是顾良辰的老婆。两个人很登对啊，而且温可人人特别好，很会为粉丝着想，从来不耍大牌，一副公事公办的样子，真的是真人不露相，太厉害了。

顾良辰明白温可人话中的意思，许美景中途跑掉了，他立刻示意小柯去找许美景，他则要继续完成下面的歌曲，但到底是受到了一些影响，甚至出现了忘词的现象，好在粉丝们比较善良，体谅他公布恋情的激动心情，也就没计较，而且还有前来助阵的嘉宾上场帮忙解了围。

主持人还特别热心肠的把顾良辰怀里的玫瑰花捧下来，亲自送给温可人，赢得大家的阵阵掌声，不知情的还真的以为他们是一对，非常恩爱。

顾良辰怒气冲冲地回到后台，小柯立刻迎了上去，在耳边说了几句，如果不是小柯拦着，顾良辰估计妆也不卸就冲回去了。

“她这是什么意思？”顾良辰百思不得其解，冷声问道。一开始他还以为是许美景没来，但小柯告诉他，就在他表白的时候，许美景便离场了。她肯定是知道他要表白了，所以第一时间溜掉了。

“哥，现在不是纠结嫂子的问题的时候，咱们应该想想怎么阻止这件事继续发展下去，你在演唱会上公开表白，这已经是爆炸性新闻了，现在网络这么畅通，我相信这个时候全天下都知道你表白的事情，也知道温可人是你的爱人了。所以我们现在应该立刻阻止这件事的继续发展，发个声明告诉大家，温可人并不是你的爱人。”

“荒谬！荒谬！”顾良辰气得脸色涨红，他真的很生气，气许美景为什么要中途离开，为什么要做这样的事情，做他的妻子真的让她很为难吗？他现在表白了，粉丝也都是祝福，为什么她就这么执拗呢？

温可人不知什么时候进了后台，看了一眼愤怒的顾良辰，轻声道：“我们谈一谈吧。”

“可人。”小柯轻轻地喊了一声温可人的名字，却再也说不出话来。他心里难受啊，他喜欢的女孩子居然被大哥表错白了，若是这样继续下去的话……小柯难过得说不出话来。

温可人温和一笑，看向顾良辰，柔声道："我见过你的爱人了，是她吧。"

温可人把手机里的照片拿给顾良辰看，那是她偷拍的一张照片，她真的没想到许美景会是顾良辰的老婆，顾良辰告白的时候，那个女孩急匆匆地走了，她看到落在座位上的门票，有些好奇，便坐过去看个究竟，谁知镁光灯就打了过来，她就突然被顾良辰告白了。

其实她知道顾良辰要告白的是谁，就算搞了乌龙她也不想澄清。她想成为顾良辰的妻子已经想很久了，她知道顾良辰的脾气，所以才没有利用父亲这一层关系靠近他，只是想以粉丝的身份接近他，让他看到她的好。但她万万没想到顾良辰居然有女朋友了，还是那么一个不起眼的女孩子。

她怎么能甘心？尤其是这个女孩子头也不回就走的时候，她知道，现在属于她的机会来了，她一定会好好抓住这个机会的，就算他有喜欢的人了，而且已经结婚了，她也不会放手的。

顾良辰看了一眼温可人，有些不太明白她这是什么意思，便问道："什么意思？"

"良辰，她说她不愿意曝光，她想过安安静静的生活，如果你强行曝光的话，她说她只能选择和你分开，因为你压根就不懂得尊重她。她说这些话的时候，还是蛮伤心的，但我见你对她也是一往情深，与其这样，我们俩不如演一场戏如何？"

"演戏？"顾良辰盯着温可人，微微皱眉，他还是气愤许美景说的话，要是曝光的话就分开，这是威胁他吗？她什么时候变得如此蛮不讲理了？他不尊重她，那她什么时候把他放在心上，尊重过他的意思呢？

温可人装作没看到，继续说道："你的爱人不愿意曝光，但如果我们俩澄清我们没关系的话，大家势必会查到你爱人的身上，到时候还是会有很多麻烦。如果我们逢场作戏，你的爱人就免于被骚扰了，大家也不会再继续追究下去了，哪怕你以后和她约会什么的也都没关系了，你觉得呢？”

顾良辰觉得这简直就是胡闹，他压根就不会同意这样的提议，他又不是傻子，在娱乐圈混了这么多年，这里面的道道他早就摸清了，要是以后温可人反咬他一口呢？说他抛弃她之类的话，到时候被困扰的还是他。

他宁愿现在麻烦一些，也不要做这么蠢的蠢事。就算不公开许美景，他也不会逢场作戏让许美景误会吃醋，他们之间已经有矛盾了，他可不想再误会重重了。

“可人，我很感谢你的帮助，但对于这样具有欺骗性的事情，我觉得咱们最好还是别做了，这样容易给大家树立不好的形象，我还是会澄清这件事的，至于对你的伤害，我深感抱歉，我也会给予补偿的，随你提出任何条件来。”

顾良辰说得特别诚恳，人家是他的粉丝会会长，有功劳也有苦劳，发生这样的事情，哪怕没造成任何的损失，他都得向人家道歉，并且提出补偿来。

温可人看了看如此坚定的顾良辰，无奈地摇了摇头，笑道：“既然这样，我也无话可说了，祝你好运。”

说完，温可人快速离开后台，双手紧紧地攥着，谁也不知道她在想些什么。

小柯望着温可人的背影，心里略微有些发涩，低声道：“哥，其实我觉得温可人的提议蛮好的，大家都是善忘的，过了这段时间大家就都忘记这件事了。”

顾良辰无奈地摇了摇头，坐在化妆镜前让小柯帮他卸妆，反问小柯，“我来问你，如果我和温可人逢场作戏，那么将会出现什么状况？媒体必定会争相报道我和她的事情，那么恋爱经过你得想吧？各种访谈节目邀请你，你要不断地重复这些谎话，你说了一个谎，就得用另外一个谎话来圆，这样谎话只会越说越多，你现在表现得越恩爱，分手的时候你就跌得越惨。更何况温可人还算是个不错的女孩子，我不能害了人家，更不能让美景心里不舒服，我要是拉着温可人到处秀恩爱，她会是什么想法？”

尽管许美景的做法让他很生气，但毕竟她是他的妻子，是他深爱的人，他心里想的还是不要伤害她，不能让她难过。

顾良辰的这一番话让小柯明白过来，的确是这个道理，到时候谎言揭开，顾良辰的形象势必会受损，哪怕是继续演戏，两个人和平分手，那样的话也不是很好。最好的办法就是从一开始就不要说谎，这样就不会被人抓住把柄，也不会出现其他不必要的误会。

“一会儿还要进行采访，你到时候澄清这件事就好了。”小柯一边给顾良辰卸妆一边说道。顾良辰点点头表示同意。

第七章　谁是谁的错

许美景回到家，手机就响个不停，QQ 上包括微信上都有人向她汇报顾良辰的女朋友浮出水面了，作者群里还有人现场直播，说当时就在演唱会现场，差点被顾良辰感动哭了。而工作群里，许美景就看到了黄诗意发的嘲讽她的消息，美景，人家顾良辰有女朋友了，真的是神仙级别的，你就别暗恋人家了。

许美景立刻上网搜索，还看到了顾良辰告白的视频，镁光灯落在那女孩的身上，还有玫瑰花。许美景心里有些难过，她都不知道当时自己是怎么想的，怎么就跑出来了呢？其实当时听顾良辰说那番话的时候，她心里就感觉不妙，下意识地就想离开，她当时心里很乱，压根就没做好被曝光的准备，所以第一时间就溜掉了，但怎么也没想到会出现这么巧合的事情。

许美景继续搜索消息，很快就翻出这个女孩子的身份了，不但是顾良辰全球粉丝会的会长，还是华娱公司老板的千金，也就是顾良辰的签约公司的老板千金。许美景傻眼了，他们俩认识？怎么会这么巧？

许美景脑子瞬间就乱了，觉得自己的脑子完全不够用了，她现在彻底理不清这两个人的关系了，粉丝会会长，公司老板的女儿……怪不得当时她一直在看她，一直打量她，原来她们俩是情敌啊。

许美景有种怪异的感觉，她觉得顾良辰在演唱会上并不是向她表白的，而是向温可人，现在网上大批量地爆料两个人的亲密关系，探班，打理粉丝，帮他处理各种事情，而且还迅速地爆出来她所有的信息，和顾良辰同款的情侣装，出现在任何一个有顾良辰的地方，俨然是一个合格的幕后妻子，一个成功男人背后的伟大女人。

这个女人的存在，小柯为什么一直没有告诉她？许美景总觉得事情有些不太对劲，总觉得怪怪的，好像哪里有问题一样，但说实话，她现在也理不清到底哪里有问题，她就一个想法，觉得这两个人关系不一般，就连这次告白似乎都透着古怪。

许美景没觉得被背叛了，她觉得顾良辰不会做出这种事情，她只是觉得奇怪而已，许美景不停地刷新微博、天涯，坐等所谓的知情人爆料。

电话在这个时候突然响起，许美景接了电话，却是姚默初打来的，第一句话就是“许美景你看到网上的新闻了吗”。

“看到了，我正在看。”许美景低声说道。这么大的事情，不知道的人恐怕是已经睡着了，她只希望两家父母不要看到，否则还不知要出什么乱子。

“你怎么想的？他不会真的背着你……”

姚默初的话还没说完，就被许美景打断了，许美景急切地替顾良辰辩解，低声道：“他是不会做这样的事情的，谢谢你的关心。”

说完许美景就要挂断电话，姚默初连忙说道：“美景，你未免也太相信顾良辰了。娱乐圈诱惑那么多，真真假假不是我们普通人所知道的，你应该知道是怎么回事，要不然温可人是千金小姐，怎么会当他的粉丝会会长？大家都爆料了，每次演唱会她都出现，还去探班。你呢？作为顾良辰的妻子，你在干吗？”

许美景特别想反驳姚默初，但最终什么话也没说出来，姚默初说的是对的，这其中有猫腻。顾良辰长久不归家，他每天拍戏，忙工作，和谁一起做什么，她压根就不知道。若是小柯有心瞒她，她也只能从网上得到属于他的消息，但网上的消息真真假假，谁又能知道呢？

“而且今天是你生日，他却在演唱会上做这样的事情。美景，说实话，我很生气。但我又觉得可笑，我站在什么立场上生气呢？我哪里有资格生气呢？我打电话给你只是关心你，希望你好自为之吧。”

说完，电话就被挂断了。许美景望着电话发愣，还没回过神来，电话又响了起来，是母亲打来的。许美景一头黑线，此时此刻她只想装死，装作没听到电话，但电话一直响个不停，许美景无奈，只得接了电话。

父母打电话来自然是询问演唱会的事情，直播啊，他们肯定看到了，甚至还问她是不是和顾良辰离婚了，要不然怎么顾良辰会向别的女人告白呢？

“这是误会，当时是我坐在那个位置的，真的没什么，等顾良辰回来后，我让顾良辰给你们打电话解释好不好？”许美景好生劝着，现在也只能这样了，要不然怎么办？

许美景一直等顾良辰回来，但等到夜里两三点，她一直打瞌睡也没等到顾良辰，许美景也不知自己后来怎么睡着了，再醒来的时候天已经大亮了，而另一半的床铺平整如新，就像不曾有人在上面留下痕迹一样。

晚睡早起导致许美景的脑袋有些昏沉，这样也没办法晨跑了，许美景揉着头发进了客厅，就见顾良辰躺在沙发上，一副狼狈的样子，他的脚边还散落着玫瑰花，那是昨天她收到的玫瑰花。许美景诧异，不知这是什么情况，怎么会弄得满地都是。

"顾良辰？顾良辰？"许美景大喊顾良辰的名字，伸手推了推他，顾良辰这才幽幽地醒来，迷茫地看了看许美景，有些不在状态，似乎不知道自己身在何处。

顾良辰昨晚在演唱会上突然表白，使他们直播的收视率瞬间爆表，关于顾良辰的各种新闻都上了热搜，仅是微博上的热搜前十名就都是关于顾良辰的。对于这样的成绩，大家都十分开心，纷纷嚷着要庆功，他作为主角不到场是不可能的，也是心情不好，就多喝了一点，最后还是被小柯送回来的。

小柯见许美景睡熟了，也不敢把她吵醒，就让顾良辰睡在沙发上了，而后小柯就离开了。顾良辰后来口渴，起来找水喝，把花瓶里的水喝掉了，见到玫瑰花就有些恼火，一生气扔得满地都是，最后昏昏沉沉地睡着了，压根不记得发生了什么事。

许美景很少见顾良辰喝酒，如今还喝醉了，那一副不知身在何处的表情彻底刺激了许美景敏感的神经，不禁出言讽刺。

"不知是从哪个美女窝里出来的吧？"

顾良辰虽然迷茫，但意识还算清醒，摸了摸头，奇怪道："老婆，我怎么睡沙发了？"

"谁是你老婆？你老婆是谁？拿着你的东西找你的老婆去吧。"等了一夜没见到人的许美景心情自然不好，去冰箱把手工蛋糕和巧克力拿出来扔给顾良辰，地上的玫瑰花也拾起来扔给他。

顾良辰盯着蛋糕看了半天，最后无奈道："这蛋糕不是我买的啊，不过好香啊，看起来好好吃的样子。"

此时的顾良辰已经饿了，他才不管三七二十一，直接打开包装盒就开始吃蛋糕。许美景对他也是无语了，不过却奇怪起来，蛋糕不是顾良辰买的，那是谁买的？

"你确定蛋糕不是你买的？"许美景再次确认。

顾良辰摇摇头，十分乖巧且认真地回答："不是的。"

许美景这下子懵了，那到底是谁买的？玫瑰花又是谁送的？许美景想了想，只想到了一个人，那就是姚默初，除了他，她想不到别人了。

原本许美景还想冲顾良辰发火，但见他这副模样，又加上姚默初送的蛋糕，许美景也不再追究了，放了热水让顾良辰去洗澡，她则去做早饭，等顾良辰脑袋清醒了再谈昨晚的事情。

许美景做好早饭后顾良辰还在睡，压根就没去洗澡，许美景也是无奈了，便上网去搜新闻，就看到昨晚顾良辰澄清的视频，也说到了是误会，但对于女主角是谁，顾良辰始终没透露出来，只是说可能一会儿回家要跪搓衣板了。

但还有很多人留言，一致认为温可人就是顾良辰的媳妇儿，只是温可人不想被骚扰，所以顾良辰才做出澄清。网上好听的话和难听的话都有，许美景也习以为常了。虽然是澄清了，但说实话，她心里还是有疙瘩的，她怎么能保证顾良辰说的都是真的呢？

顾良辰一直睡到下午才醒来，已经饿得饥肠辘辘了，见许美景趴在桌子上睡着了，原本一肚子怒火也没了，无奈极了。许美景这么倔强，他都不知要拿她怎么办了。

小柯很快就来了，他们要赶往下一个演唱会的地点，毕竟是全球巡演，这一站结束就要赶往下一站，都没逗留的时间。

顾良辰见许美景睡得很熟，也不忍心吵醒她，只是在她的脸蛋上亲了一下就和小柯急匆匆地离开，往机场赶去了。

待顾良辰离开后，许美景才缓缓睁开眼，其实小柯进来的时候她已经醒了，但当时不知要怎么面对顾良辰，就干脆装睡。谁知顾良辰就这么走了，两个人也没好好说话，也没针对昨晚的事情好好聊聊，就这么走了。

望着屋里的寂静，许美景的眼睛突然就湿润了，酸涩不已，这就是她要的婚姻吗？顾良辰来无影去无踪，她压根不知道他什么时候会回来，也不知道他什么时候会突然走掉，每次都留下她一个人独自面对空荡荡的房间。

厨房还有她做的早饭，双人份的，但如今她又要自己一个人吃饭了，想起来都觉得有些讽刺，许美景无奈地笑了笑，擦掉眼泪，去厨房盛饭了。

日子似乎又恢复到了以前的平静，许美景一如既往的晨跑、上班、吃饭、下班、休息、睡觉，偶尔从同事那边听一些关于顾良辰的新闻，他又去哪里开演唱会了，绯闻女友一如既往地帮助他等等。

许美景只是觉得可笑，她现在也没那么主动关心追踪顾良辰的新闻了，任由他去吧，现在她有点破罐子破摔的感觉。

而姚默初也一副公事公办的样子，从来没和许美景谈过私事，许美景觉得自己就像做了一场梦一样，突然很慌乱，又突然恢复正常，这搞得她都有些神经错乱了。

6 月底的时候公司要举办作者年会，许美景是策划之一，整天和其他同事在一起策划年会的事情，忙着前期的准备工作，这期间顾良辰也很少打电话过来，毕竟人家现在忙演唱会的事情，全球巡演啊，那得多辛苦啊！

许美景只得这么想着，自我安慰，期间双方父母也都有打电话过来，询问两个人的事情，许美景又不想让父母担心，就说两个人一直很好，叫他们不要担心。

但知女莫若母，林宜洋听女儿有气无力的声音就知道出问题了，回家后又私下给许美景打电话问到底是怎么回事。

“妈，我不是说过了吗？没事的，良辰现在忙着演唱会的事情，我工作也很忙的，哪有时间吵架啊。”

林宜洋轻叹一声，无奈道：“闺女啊，不怕没时间吵架，就怕不吵架。不吵架那问题就严重了，你说哪对情侣哪对夫妻不是在吵吵闹闹中度过的？吵架那是情感的发泄，促进感情升温，也不吵架，没人可以倾诉，到最后可不就是平静地分手了？多少明星夫妻聚少离多，最后就是因为没感情才分手离婚的，你以为都是开玩笑呢？而且你别傻，放着那一个虎视眈眈的女人在顾良辰身边，我和你说，天底下没有不吃腥的猫，这男人啊，是没抓着机会，我告诉你，你可得考虑清楚了。”

到底是亲妈，这话说得很透，也很有道理，句句戳中许美景的心，但许美景还是忍住了，佯装坚强这么久，她不可能在母亲面前掉眼泪，让她担心。

“妈，你说的我都懂，我和顾良辰认识快三十年了，还不知道他的为人吗？没事的，你别担心了，时间不早了，你早点睡觉啊，我也要睡觉了。”许美景忍住眼泪，轻声安慰母亲，随即挂了电话，捂着脸，呜呜地哭了起来。

她只有在没人的时候才敢掉眼泪，释放自己的感情。她不能让父母担心，也不能在朋友、同事面前表现自己的柔弱，只有一个人的时候，她才会审视自己的内心，解析自己最真实的想法，可这又有什么用呢？

她爱顾良辰是无疑的，如果不爱他，当初也不会一毕业就和他结婚，如果不爱他，也不会选择默默承受这一切。可这又能说明什么？男人变心比翻书还快，最无情的莫过于变心的男人。但这么多年的相识、相知、相爱，她觉得顾良辰是不会变心的，可自己的坚定又有什么用？

从他离开都小半个月了，没一个电话，没一通消息，甚至连小柯联系她的次数都屈指可数，她也只能从别人那边知道自己老公的消息，这不是很讽刺吗？她是很想和顾良辰聊一聊，谈一谈，如果他真的变心了，她会大方地选择放手，祝他幸福。

双手捂着脸，泪水从指缝里渗出，滴落在地板上，发出嗒嗒的声音，在这寂静的半夜显得特别清脆而苍凉，又显得那么的无助。想想自己这些年的坚持，始终都是一个人，就连家里的灯管坏了、下水道堵了，都是她一个人解决的。

她记得李琳琳说过一句话，她大学的时候都可以自己一个人换大桶的矿泉水，但自从和老公在一起被他宠得连一小瓶的矿泉水盖子都打不开。她说女人就需要男人的宠爱，要不然要男人干什么呢？

顾良辰是很宠她，但那也只是他回来的那几天，他一走，她又变成一个人了，面对着空荡荡的房子，纵使有那么多的奢侈品陪伴她又如何？她想他的时候，也不敢打电话，只能看他的影视剧。

这就是她要的婚姻吗？现在想想，是多么的可悲啊。

许美景哭了半晌，哭到最后居然笑了起来，无奈地擦了一把眼泪，去洗手间洗脸，看着镜子里憔悴的自己，内心更显得悲哀和荒凉。她最美好的时光都用来等顾良辰了，他像一个皇帝，偶尔过来翻翻她的牌子，天一亮他就走了，留下她一个人……

许美景轻叹一声，嘲笑自己什么时候变得如此伤春悲秋了，她向来不是这么敏感和感伤的人，也向来不在乎这些事情，最近到底怎么回事，变得如此矫情了，没男人没顾良辰她就活不下去了吗？当初和他结婚不也想到了有今天吗？早就做好了心理准备，又有什么可悲叹的。

许美景给自己做了一番心理建设，似乎效果不错，洗漱后就躺在床上看书，正准备睡觉的时候，姚默初的电话打过来了。许美景原本不想接的，这么晚了打电话过来准没好事，她按掉之后，电话又不罢休地响了，许美景照旧按掉电话。

这个时候微信和 QQ 同时响了起来，许美景先去看手机 QQ 消息，是姚默初发来的，“有急事，速接电话。”

许美景担心是工作上的事情，也不敢耽误，直接给姚默初打电话过去。

“什么事？”

“你们组一个作者自杀了，在文章里攻击你，说你对她很冷漠。”姚默初轻声说道，顿了一下，又接着开口，“不过你放心，我们审核编辑没把这篇稿子通过，而且通过技术帝的追查，我们已经知道她的地址并报警了，趁着还没酿成大祸之前，你现在和我过去找那个作者。”

许美景完全呆住了，脑子一时没反应过来，完全想不出来自己什么时候对作者冷漠了，还导致人家自杀，天哪，许美景的心脏猛地跳动起来，连忙问道：“那作者没事吧？”

姚默初无奈了，这个时候应该关心自己才是啊，怎么就一心想着别人呢？不过许美景的性格不就是这样吗？

“没事，没出意外，但她情绪很不稳定，所以我们需要过去了解情况，你这边有问题吗？”

“没有。”

“好，我半个小时后过去接你。”姚默初说完就直接挂了电话，公事公办的样子，没有丝毫的废话。许美景也不敢怠慢，立刻换了衣服、装了电脑、拿了手机，急匆匆地出门了。

在小区大门口正好遇到值夜班的李然，他看许美景急匆匆的样子，而且双眼红肿，脸色苍白，想起这段时间顾良辰的新闻，十分担心许美景，便问她去哪里。

“有点事要出门。”许美景着急地说道。

“许小姐。”李然有些怯怯地喊了一声许美景，伸手去拉她，“你要坚强，四条腿的蛤蟆不好找，但两条腿的男人到处都是，所以千万别难过，更何况明星本来就很花心。”

被李然这么一安慰，许美景居然笑了起来，笑眯眯地看着李然，轻声道：“我没事，谢谢你关心，我这几天要是不在家，麻烦你帮我照顾一下我家。”

许美景说完，就听到有鸣笛声，探头看过去，就见姚默初已经过来了，坐在车里鸣笛示意她过去。许美景和李然道别后就往姚默初的车里走去，李然盯着姚默初的车子仔细看看，心里更加难过了。

许美景人家是正经的大学本科毕业，还是全国著名大学，高才生，工作又好，高级白领，朝九晚五双休，人也漂亮，就算不和明星顾良辰谈恋爱，身边的追求者也都是很出色的，就像现在这个男人，居然开着路虎揽胜，可见人家也是很牛的。

他一个保安算得了什么呢？还痴心妄想，想要追求白富美吃天鹅肉，简直就是做梦。李然很伤心，也很难过，不过也替许美景开心，至少离开了那个明星渣男，找一个正常的男人过日子也是很好的，他真心希望许美景能够幸福。

许美景并没注意到姚默初的车是什么，只是觉得坐上去很舒服，把电脑、包包放到后车座后就系了安全带，同时和姚默初了解这个作者的情况。她这两天情绪不太好，工作上也有些疏忽，但不会真的冷落了那个作者导致人家心情抑郁自杀吧？

想起来许美景都有些后怕，要是闹大了，别说她完蛋了，整个公司都要受牵连，到时候说不定她还得赔人家一条命呢，许美景现在还有点心有余悸。

姚默初一边开车一边把情况说给许美景听，这件事是审核编辑向穆总汇报的，穆总想着姚默初是公司的顾问，就找他商量。原本两个人达成一致意见是他们俩一起去找作者的，但姚默初一想，人家指名道姓说的是许美景，要出面解决问题的话，必须是许美景去啊。

姚默初觉得自己去不太合适，就让穆喻和许美景去。穆喻那人向来冷淡，她觉得自己去也不合适，万一又刺激到这个敏感的作者，那也是很麻烦的事情。最后只好让姚默初和许美景去了，有个大男人在的话，也比较有安全感，哪怕出什么事也不用怕，毕竟两个女人还是处于弱势的。

定下来后又和苏总汇报了情况，苏总对这件事很看重，他倒不是多在乎这个作者，主要是怕影响到网站，到时候集团对他的年终考评打折，影响他的绩效和年薪就麻烦了，所以立刻让姚默初联系许美景亲自找作者去。

好在这个作者离他们不是很远，就在隔壁的城市，开车的话两三个小时就到了，现在就是不知道作者那边是什么情况。

不过好在姚默初一直和警方那边连线，得知事情的每一步发展，知道现在作者被安全保护起来，姚默初和许美景也都稍微放心一些了。

路虎在高速公路上疾驰，车内一片安静，谁也没有说话，也许是太闷了，许美景稍微开了一下窗户。夜风吹过，把她的头发吹起，露出光洁的额头，温柔的月光倾洒下来，就如镀了一层白玉一样，散发着柔和的光。

姚默初盯着许美景良久，差点就跑错道了，他转动一下方向盘，车子回到了正常的行驶道路。姚默初庆幸此时此刻是在高速公路上，否则肯定要出事。姚默初收回视线，专注地开车，但心里还是有些犯嘀咕。

许美景上车的时候，他就发现了她红肿的双眼，眼里都是血丝，脸色有些苍白，神情虽然是着急，但也掩饰不住她的悲伤和痛楚。打电话的时候他就听出来她的嗓音有些低哑，他想她是因为哭了吗？她哭的话，是因为顾良辰吗？

但姚默初现在不敢提顾良辰，怕许美景情绪失控。其实就算不问他心里也很清楚，知道是怎么一回事。许美景最近情绪不太稳定，还容易发呆。虽然编辑组的业绩没受到影响，但明显感觉到她整个人都低沉了许多，这是一个不好的现象。

不过姚默初也没办法，他也是爱莫能助，许美景从一开始就对他有抵触心理，就连公事都不太愿意和他谈，更别说是私事了。他觉得应该还是需要时间，就如当初大学的时候，许美景和顾良辰争吵，那时候她对他还没防备，什么都愿意和他说，和他倾诉，那时候他才有机会接近她。但现在不行了，她的防备心太重了。

姚默初轻叹一声，瞧了一眼趴在窗边的许美景，轻声道："还需要两三个小时呢，现在时间不早了，你先休息一下，到了我叫你。"

许美景嗯了一声，她确实是太累了，打了一个哈欠，窝在座位上睡觉了。姚默初担心夜风会把许美景吹感冒了，便关了窗户，又拿了一条毛毯给她盖上，这才重新发动车子离开。

因导航错误，姚默初走错了路，凌晨五点钟才赶到那个作者的家，警察已经离去了，作者一家人都睡着了，姚默初只好在车里等着。此时的他已经没睡意了，就盯着许美景看，看着她沉睡的面容，内心居然归于平静，有一种前所未有的宁静。

东方露出鱼肚白，太阳缓缓地升起来了，晨曦照映在许美景的脸上，红彤彤的，像一幅油彩画一样，美得不可方物。姚默初就这么静静地看着，就连呼吸都变得小心翼翼，生怕会吵醒睡梦中的许美景。

但美好的画面总是会被破坏，正当姚默初醉心于许美景睡容的时候，一盆水直接从天而降，洒在了姚默初的车上，发出滴滴答答的声响。许美景被吵醒了，揉了揉眼，有些茫然地看了看四周，转脸看向姚默初的时候，意识似乎还没恢复。

“我们现在在那个作者家的楼下，不过有一件不太好的事情，有人往我车上泼水了。”

姚默初无奈一笑，从车里出来，想要去擦车身上的水才发现似乎有些不对劲，这好像不是水，这味道有点尿骚味。姚默初仔细地闻了闻，顿时就无语了，这可是尿啊，谁这么缺德，怎么往楼下泼尿？如果楼下的不是车子而是人呢？

姚默初无奈了，这小区虽然看上去不是高档小区，但这儿的人也不能这么没素质吧？他的新车……姚默初也是无话可说了，只能送去清洗一遍了，他只希望别留下什么怪味，要不然他都不好意思开车出去了。

“怎么了？”许美景见姚默初在外面发呆，不由得好奇问道。

姚默初摇摇手，表示没事，探头问许美景："饿了吗？想吃什么？我给你买去。"

许美景还担心那个作者，摇头表示不饿，她要上楼去看看那个作者，事情解决了她才有心思吃饭。姚默初还算了解许美景，也不再说什么。十分绅士地帮许美景打开车门，领着许美景上楼去了。

单元楼是二十世纪九十年代的建筑，墙壁早已泛黄，上面贴满了各种小广告，楼道里堆满了杂物，还有没有及时扔出去的垃圾，有的人家门口甚至还放在鞋子，整个楼道都显得很潮湿，散发出一股怪怪的味道。住在这样的环境里，估计也是满满的负能量。

这个作者家住在顶层六楼，老式小区并没有电梯，许美景和姚默初爬楼梯上去，好在许美景每天都有跑步的习惯，所以爬六楼对她来说毫无压力。

姚默初敲了敲外面的防盗门，良久才有人过来开门。开门的是一位中年妇女，身形高挑，但显得很瘦弱，人也很憔悴。门口内外都放着地毯，门口的地毯上放着两双拖鞋，许美景和姚默初对看一眼便换了拖鞋进去。

洁白的大理石地板打扫得很干净，客厅里摆放着两株绿藤，这使得房间看上去生机勃勃。空气里还有清新剂的味道，许美景闻得出来，是柠檬味。虽然房间收拾得很干净，但许美景感觉屋子里很压抑，有一种说不上来的怪异的感觉。

"你好，我们是薇薇安的编辑，昨晚得知薇薇安有极端的想法，我们便过来了解情况。"许美景先亮出身份来。

薇薇安是这个作者的笔名，许美景昨晚在车上看了薇薇安发的稿子，通篇都是对她的指责，言语间都是愤怒的语气，许美景看得出来，这个作者的思想有点极端。但目前这个情况，她只能先安抚人家，绝对不能再刺激作者了。

“安安睡了，她没事，小孩子脾气，你们不要和她一般见识。”中年女人无力道，去厨房倒了茶水给他们端了过来，招呼他们坐下。

人家家长都这么说了，许美景也不好意思强行见薇薇安，难不成她还跟人家家长说你闺女有病，我们要给她治病吗？再说了，她也不是医生啊，凭什么给人家治病呢？

姚默初打量了整个房间后，轻声道：“冒昧地问一下，薇薇安的父亲是不是去世了？”

中年女人愣了一下，菜色的脸瞬间垮了下来，无力地点点头，长叹一声，声音哭丧道：“是啊，刚去世不到一百天，安安开学就要上高三了，但怎么说也不去上课了，还说要写小说还债，她爸爸癌症去世的，光治病就花了快一百万，她说不想让我太累了。”

孩子懂事，做母亲的自然开心，但为人父母的自然是希望自己的孩子健健康康、平平安安、无忧无虑地长大，现在她年纪还小，正在上学，马上就要高考了，在这个节骨眼上放弃学业，那是多么可惜的事情啊。

薇薇安的母亲伤心欲绝，说着说着就哭了起来，一边抹眼泪一边倾诉。她已经压抑很久了，她都不敢在女儿面前示弱，生怕给女儿带来不好的影响。

“那昨晚薇薇安说要自杀的事情是怎么回事？”许美景连忙问道，生怕薇薇安有什么极端的想法。

薇薇安的母亲一阵尴尬，停止了哭泣，好半天才嗫嚅道：“其实……其实安安是闹着玩的，你们别太在意，谢谢你们来看她，没事的，我会好好教育她的。”

她说话吞吞吐吐，很显然是有内情的，也许是在帮助薇薇安隐藏什么，但不管是什么，他们都要知道真相。或许别人家的家事他们不应该参与，但这种涉及生命危险的事情，还和公司的名誉挂钩，他们无论如何都不会坐视不管的。

正当许美景还要继续问下去的时候，侧卧的门打开，一个高挑的女孩子站在门口，冷声道：“你们不要逼问一个寡妇了，这样你们觉得有意思吗？”

这个女孩子恐怕就是薇薇安了，她们母女长得还真有几分相像。许美景微微扬眉笑道：“你就是薇薇安吧？我是你的编辑美景，咱们能聊聊吗？”

薇薇安连想都没想，直接就拒绝了。而她的母亲还在一旁悄悄地流眼泪，那模样真心让许美景难过，她心里还是想能帮就帮人家一把。

许美景依旧不放弃，上前去拉薇薇安的手，被甩开，她依旧不放弃，倔强地拉着薇薇安的手，柔声笑道：“就咱俩，好好聊聊，不要让其他人听到，好不好？”

许美景所谓的其他人就是指姚默初和她母亲，这个女孩子现在正值青春期，也正是叛逆的时候，但不管怎么说，学业才是最重要的。她希望能够和薇薇安好好聊聊，以便了解她现在的状况，也希望自己能够尽自己所能帮助她，要不然她会心里不安的。

薇薇安似乎被许美景缠得烦了，想甩开手也甩不开，只好自暴自弃地回房间去了，许美景也跟在她身后进去了，脸上挂着恬淡的笑容。

薇薇安的母亲惊奇地发现女儿居然没有把许美景赶出去，

十分震惊地看着姚默初，好半天才说道：“你女朋友好厉害啊。”

姚默初无奈地笑了，并不打算解释他和许美景的关系，只是轻声问道：“我能借用你家的水吗？凉水就可以了，如果可以的话，顺便给我一个水桶。”

薇薇安的母亲疑惑，不禁问道：“怎么了？”

“一大早被人家泼尿了。”姚默初无奈极了，摊手笑道。

薇薇安的母亲捂嘴笑了起来，解释道：“咱们这小区是老小区，年轻人都去外面买房子了，三楼有一对老夫妻，年龄大了，行动不是很方便，每天都惯例往外泼这个，真是为难你了。”

姚默初能说啥，只得认命，提着一桶水下去擦车了，先把车子清洗一下再说，至少得把味道给去掉了，夏天天气热，再一蒸发，那味道不要太酸爽了。

第八章　风波再起

许美景进了薇薇安的房间，就见房间的墙壁上贴满了顾良辰的海报，就连写字桌上都是顾良辰的照片，可见薇薇安也是顾良辰的粉丝。看到顾良辰，许美景心里不是很舒服，有点不自在，只得转移视线。

“你也喜欢顾良辰吗？”许美景坐在床边，看向有些颓废地趴在床上的薇薇安，柔声问道。

似乎找到知己一般，薇薇安立刻爬起来，兴奋地望着许美景，就连双眼都冒着星星，笑道：“你也喜欢他吗？”

许美景点点头，由衷地叹道：“是啊，喜欢他好多年了，一直都很喜欢他。”

薇薇安只当许美景是顾良辰的铁粉，也没多想，能遇到共同喜欢的偶像，那也是一件开心的事情，薇薇安一下子就变得活泼起来，打开话匣就说个不停。她聊到了顾良辰现在的绯闻，还咨询许美景的意见。

许美景无奈极了，这不是戳她的伤口吗？

“这个毕竟是绯闻嘛，谁知道真假呢，对这件事我保留意见。但有一件关于顾良辰的事情你肯定不知道。”许美景略显神秘地说道。既然薇薇安喜欢顾良辰，那她就从顾良辰这边下手，也许能帮助到薇薇安。

薇薇安好奇且八卦，还很殷切地望着许美景，禁不住许美景卖关子，拉着她的手，央求道："是什么啊，你告诉我好不好？告诉我好不好？"

许美景不禁莞尔，轻声道："其实也不算是什么秘密了，我们做编辑的嘛，总有机会和明星接触的。据我所知，顾良辰从小就喜欢表演，唱歌也很好听，但他一直都很努力地学习，大学毕业后才签约经纪公司成为明星的。所以说就算是明星，学业对于他们来说也是很重要的。"

薇薇安很聪明，立刻就知道许美景说这话是什么意思，小脸随即就垮了下来，冷声嘲讽道："要是你都饿死了，穷得连饭都吃不上了，还欠着一屁股债，你还想去上学？要不要这么天方夜谭？"

"安安，你看看你多聪明，我相信你的学习成绩一定很棒，上大学也许并不是唯一的出路，但说实话，是为了我们将来可以更好地选择自己喜欢的工作。咱们作者群里很多作者都是大学生，想必你也知道，大学时期是人生最美好的年华了。你想想你再辛苦努力一年，上了大学后，你就可以好好写小说，挣大钱，学业赚钱两不误。你告诉我你现在每个月收入是多少。"

薇薇安是刚进入网站写小说，作为未成年人没办法签约，还把自己母亲的身份证拿去签约了。她看小说好多年了，但自己写的并不多，作为新作者，她能有收入就不错了，更别提一个月多少钱了。

薇薇安低下头不再说话，脸色微红，看样子是把许美景的话听进去了。许美景心里也略微安慰了一些，突然间觉得自己的工作很伟大，不禁笑了起来。

“我也特别喜欢小说，上学的时候自己就偷偷写，家长管得严，不能用电脑，我就在笔记本上写，手写，全班都传着看。但我知道我必须得好好学习，将来我才能选择自己喜欢做的事情，所以我大学时候选择的是新闻专业，现在我就在做自己喜欢的事情，你觉得呢？”

许美景拿自己做例子，自然得到了薇薇安的认同，薇薇安点点头，歉意道：“对不起，编辑大人，其实昨晚我真的没有想过要自杀，只是我的小说看的人不多，我就想了这么一个办法，只是想要吸引眼球而已，我真的不是故意想要诋毁你的。”

薇薇安意识到自己的错误，立刻向许美景道歉，许美景微微一笑，表示没关系。她知道薇薇安聪明，只要稍微提点一下就好了，不必和她讲太多的大道理，她都懂的，只是有时候陷入死循环一时找不到出口而已。

“没关系，谁年轻的时候不冲动？只要不在冲动的时候做任何事情说任何话就好了，要不然一失足成千古恨，就很难挽回了。”

薇薇安点头，表示赞成许美景的话，轻声道：“编辑大人你放心吧，我一定会好好学习的，我会照顾好我妈妈的，毕竟她现在就剩下我一个人了。”

如此懂事的女孩，许美景感动的都快要哭了，欣慰地点点头，突然想起什么来，笑道：“至于你的学费和生活费，你不要担心，我可以跟公司申请给你一定的资助。”

当然，苏总同不同意就另外说了，如果不同意的话，她就以顾良辰的名义做慈善，帮助这个需要帮助的孩子。

薇薇安脸色一变，哼道：“编辑大人你是瞧不起我吗？我爸爸生病是花了很多钱，但都是我家亲戚的钱，他们都会体谅我们的，说慢慢还，不着急。我妈妈还有工作，工资虽然不高，但养活我们俩是没问题的，我考上大学的话，还可以申请助学贷款，我要好好写小说，努力挣钱，成为大神。”

许美景听了这话，心里特别安慰，使劲地握住薇薇安的手，给她加油鼓劲，笑道：“加油，我期待你成为大神的那天。”

两个人相视一笑，达成了一定的默契，不过薇薇安到底是孩子，关注点还是放在顾良辰的身上，一直缠着许美景给她讲顾良辰的事情。许美景从来没对任何人说起过顾良辰的事情，但不知为什么就和薇薇安说了。她觉得自己也许是需要发泄吧，正好现在有倾听者，说一下也无妨的。

两个人这么一聊就聊了很久，一直到吃午饭的时间还没出来，姚默初也不知道她们在聊什么，居然能聊这么久，又等了好一会儿也没见她们出来，姚默初有些不耐烦，去催许美景了。他下去洗完车后买了早餐回来，现在早就放冷了，都到吃午饭的时间了，结果她还没出来，姚默初能不担心吗？

被催促良久，许美景和薇薇安才牵着手出来，两个人好得像亲姐妹似的，这让姚默初惊诧得差点掉了下巴。他没看错吧？不久之前薇薇安还很抗拒的，怎么现在关系就这么好了呢？姚默初不敢置信的同时心里还是比较开心的，他相信许美景是有这样的魅力的。

“嘿嘿，编辑大人，你男朋友好紧张你哦。”见姚默初那一副紧张兮兮的样子，薇薇安贼兮兮地笑了起来，八卦地说道。

许美景汗颜，无奈道：“别没大没小的，这是咱们公司的顾问，姚顾问。”

薇薇安吐了吐舌头，显得有些不好意思，但私下还和许美景咬耳朵，说觉得姚默初喜欢许美景，那眼神是骗不了人的。

许美景无奈，觉得薇薇安是小说看多了，太能想象了。

薇薇安的母亲见到女儿的转变很开心，非要留他们在家吃饭，许美景很不好意思，人家家境本来就困难，再在人家里蹭饭那多不好意思啊。许美景就提出去外面餐厅吃饭，她请客，算是给薇薇安加油鼓劲。

两边争执了半天，大家最终同意去外面吃饭了，天气那么热，做饭也怪麻烦的。坐上姚默初的车，薇薇安呆愣了半天，把许美景拽过去让她抓住机会把姚默初拿下，这可是钻石王老五啊，开的车可是路虎揽胜，肯定是有钱人啊。

许美景对薇薇安彻底无语了，这个丫头这么八卦，干脆去当狗仔好了，真是什么大事小事都要操心。

四个人去餐厅吃了饭，期间薇薇安一直和许美景说悄悄话。他们要走了，薇薇安还依依不舍的，说了好几遍再见。这让姚默初更加惊奇了，禁不住好奇地问许美景。

许美景莞尔，神秘地道："秘密。"

好吧，女孩子间的小秘密，他就不多嘴问了，不过见薇薇安现在恢复正常了，姚默初还是很开心的。两个人开着车子准备离开这座城市，谁知还没出市区，原本晴朗的天就突然下起大暴雨来，毫无征兆。漫天大雨挡住了前面的路，雨刷根本不够用，那雨倾盆而下，像破了天似的，道路上的人瞬间就跑光了。

"怎么下这么大的雨。"许美景诧异。

"夏天下雨很正常的，雷阵雨而已，我们等等，说不定一会儿就停了。"顾良辰把车子靠边停下，也不敢开车窗，只得在车里等着雨停了。但事与愿违，雨越下越大，连天色都暗了下来，黑乎乎的特别吓人，豆大的雨点砸着车窗，发出砰砰的声音，听着都好可怕。

许美景缩成一团，瞅着外面的漫天大雨，她见过下大雨的，也见过南方的梅雨季节，但这么大的滂沱大雨她还真是第一次见，感觉心都揪在一起。姚默初也觉得奇怪，就打开了车内的收音机，调频到交通广播网，就听到主持人在这场大雨，是多少年不遇的大雨，大家要注意安全等等。

两个人专注地听着收音机，并没有发现道路上的水已经涨起来了，等到发现的时候，水位已经达到了车窗的位置。姚默初才发现大事不妙，立刻喊许美景，许美景看向外面，吓了一跳，心里恐慌不已。第一时间就给顾良辰打电话，但铃声响了很久也没人接，许美景失望极了，此时此刻她特别想大哭一场。

“现在下雨，信号肯定不好，你带上贵重的东西，我打开天窗，咱们从天窗出去。”姚默初沉声说道。

外面雨那么大，开车门出去根本就不可能，只能从天窗走了，姚默初先出去，把外套脱下来包住许美景，拉着她一起出来。两个人站在车顶望着外面迷蒙昏沉的天，一时间也不知该怎么办了。

“咱们别在这边傻站着了，先找地方躲雨。”姚默初关上天窗，此时此刻也只能弃车了，好在今天开的是路虎，车身高一些，要是普通的轿车，估计早就淹了。

水太深了，都到姚默初的腰身了，许美景下去估计都要淹了，姚默初纠结地看了一眼狼狈不堪的许美景，大声喊着：“我背着你或者抱着你，水太深了，你根本没办法下来。”

许美景傻傻地看着被雨水浇灌的姚默初，心里一阵难过，在她最需要顾良辰的时候，偏偏是这个男人站在她身边。她也知道就算联系上顾良辰他也没办法过来，但她真的就是想和他说说话，想告诉他其实她也是会害怕的，但此时此刻……

许美景不想太为难姚默初，觉得两个人还是分开一些比较好，不要太亲密了。许美景纠结了一下，没有回姚默初的话，直接顺着车子下来。姚默初彻底无语了，这个许美景真是倔强，这都什么时候了，还逞强。

姚默初有些生气，伸手大力一扯就把许美景扯进怀里了，直接强行抱着她离开。许美景挣扎了一下，但最终放弃了。她的挣扎是无用功，雨水太大，水太深，连高大的姚默初在水里走路都相当困难，更别说瘦弱的她了。

许美景勾着姚默初的脖子，想要仰头看看他，但雨水哗啦啦地砸下来，砸得她眼睛都疼了，姚默初的外套也早已湿透了，根本没什么用。许美景看不清姚默初的脸，模糊中只觉得他在咬着牙费力地往前走。

突然下起来的大雨把所有人都往屋里赶，大家都去躲雨了，电视台此时还在做节目，想要报道这场大雨，姚默初抱着许美景从镜头前走过，进了一家汽车旅馆。两个人狼狈不堪，想要两个房间，但偏偏只剩下一个大床房了，人太多了，大家都蜂拥而来开房躲雨，有一个房间已经不错了。

姚默初也没纠结，拿了身份证开房，把湿透的外套继续套在许美景的身上。许美景的衣服单薄又清爽，被雨水一浇，紧紧贴着身体，曲线毕露。姚默初可不想让其他人看到许美景的美好，弄好后他便拿着房卡拉着许美景进了电梯。

电视台的记者冒雨采访，继续说道："大家看到了吧？这雨有多么的可怕啊，但再大的雨也浇不灭人间的真情。刚才从我们镜头前走过的一对情侣就非常感人，男人为了不让怀里的女子在水里行走，一路公主抱抱过来的，可见虽然着了大雨，但人间的真情还是存在的。"

记者继续进行报道，还想去采访这两人，但被汽车旅馆告知两个人已经进房间去了。

正在看电视的顾良辰气得直接摔了遥控器，他怎么也没想到随意换个台就能看到许美景和姚默初出现在电视里。他希望自己看错了，但那分明就是许美景和姚默初。除了他们还有谁？上班时间不在公司上班，跑到别的地方去干吗？姚默初还这样抱着许美景，两个人还开了房间。他越想越气，立刻给许美景打电话，却显示已经关机了。

想要给姚默初打电话，但他不知道姚默初的手机号，最后只能给汽车旅馆打电话，却没打通。顾良辰几乎要气炸了，他就知道姚默初回来不会有好事的。他离开小半个月了，许美景连一通电话都没打给他，就连微信留言都没有，他每每演唱会结束，夜深人静的时候打开手机，却看见属于老婆的对话框是空的，那是什么感觉？

顾良辰不愿意多想，他也相信许美景不会做出对不起他的事情，但他一点儿都不相信姚默初，不相信这个乘人之危的混蛋。

顾良辰立刻抓起手机就往外走，却碰上了推门进来的小柯，小柯见他怒气冲冲的样子，不禁好奇起来。

“哥，你怎么了？咱们下面没通告了，五点钟的时候才有一个发布会，来，咱们先吃饭吧。”小柯把打包回来的饭菜放在桌子上，喊顾良辰吃饭，但一转眼顾良辰已经消失不见了。

小柯完全想不明白这是怎么回事，连忙追出去，在楼下遇到了正要上出租车的顾良辰，眼疾手快地把他拉过来，让出租车先离开。

“哥，你怎么了？你要去哪里啊？”小柯不解地嚷嚷。

酒店来往的人一看是顾良辰都围过来了，小柯见状，怕又出什么乱子，手脚并用地把顾良辰拖回酒店房间了，看着面红耳赤异常愤怒的顾良辰，完全不知发生了什么事。

“你好端端的打什么车，你要去哪里？”

“我再不去找许美景，我头上就要冒绿光了！”顾良辰气得狠狠捶了一下墙壁，愤怒地吼着。

小柯汗颜，连忙给顾良辰顺毛，并好生安慰他，“哥，你想多了吧？嫂子怎么会背叛你呢？人家现在正在上班呢，你要是突然出现，她肯定会生气的。”

顾良辰把电视节目回放给小柯看，指着镜头前闪过的两个人，怒道：“这难道不是许美景吗？”

小柯咂舌，仔细地看了看电视，的确是许美景和姚默初，不过这也不能说明许美景背着他偷情啊，这是不合常理的，许美景不会做这种事情的。

“哥，你看嫂子还背着电脑呢，谁会背着电脑偷情啊。”小柯翻了一个白眼，觉得顾良辰太大惊小怪了，依照许美景对顾良辰的感情，怎么会做这种事情呢？而且还光明正大地偷情，太不合常理了。

“工作就是她的命，这有什么奇怪的。我说她怎么最近一直不联系我呢，还有，上次那个玫瑰花和那个蛋糕……”顾良辰抓着头发，几乎要发疯了，他不能再待下去了，他一定要知道这是怎么回事，他是不能失去许美景的，也不会让姚默初得逞的。

“哥，你现在忙着演唱会的事，嫂子知趣，以前也很少打扰你啊。你作为一个男人要主动嘛，干吗要让嫂子主动，而且你现在的绯闻满天飞啊，之前开演唱会的时候还和名模安娜传出绯闻呢，你看看。”小柯掏出平板电脑，把同事发给他的视频找出来给顾良辰看。

其实他早就想给顾良辰看了，但顾良辰忙着演唱会的事情，他也跟着忙前忙后，压根就没时间给他看，现在正好有这个机会，让他看看，知道他现在是什么情况。就算许美景不理他，那也是情有可原的，他的绯闻那么多，许美景肯定是吃醋了。

这一看不打紧，居然看到许美景和别的男人在吃饭，对方还很殷勤地帮她擦衣服上的油渍，那男人一脸的痴迷和关切，看得顾良辰差点摔了平板电脑，双眼猩红，充满了怒火。小柯连想死的心都有了，他怎么这么悲惨呢？应该先看一下视频再让顾良辰看的。结果不但没帮上忙，还又添了一把火了，这下子顾良辰怒火更盛了，怎么办呀？

“呵呵，呵呵，狗仔真搞笑，还说安娜怀的是你的孩子。”小柯傻笑，立刻把视频关掉，一头的黑线。

顾良辰咬牙切齿地怒道：“许美景在干什么？是不是在相亲？”

小柯连忙哈哈大笑起来，但笑得很尴尬，最后弱弱道：“怎么会？嫂子是在和她同事吃饭而已。”

“吃饭？”很显然顾良压根就不相信小柯的解释，“吃饭要穿得这么漂亮吗？他们周末吃饭用得着去高级的法国餐厅吗？刚刚好就两个女的两个男的吗？”

除了相亲，顾良辰再也想不起其他的来了，他们一直隐婚，许美景对外自然宣称自己是单身，那么肯定就会有男人追求她，包括死不悔改的姚默初。明知道许美景和他结婚了，还对人家死缠烂打的，就算许美景没想法，这些虎视眈眈的男人们呢？

“我当明星他们都不放心我，把你安插在我身边，时时刻刻盯着我。她呢？我那么相信她，她又背着我做了什么？每天嚷着让我为她考虑，但她什么时候为我考虑过？”顾良辰异常愤怒，二话不说就往酒店外跑，小柯也没办法，只好跟着他。发生这样的事情，除了亲眼所见，要不然顾良辰一定不会放心的。

进了房间后，许美景就先去洗澡了，不过让她苦恼的是浴室是全透明的，只有帘子，但帘子不是全封闭的，是百叶窗帘，许美景都快哭了，这可怎么办？

姚默初也注意到浴室的问题了，把电脑拿出来晾着后就很绅士地出去了，让许美景放心地洗澡。说实话，对于姚默初的行为，许美景还是蛮感动的，至少他在这方面做得还算不错。

锁好门窗，许美景舒舒服服地洗了一个热水澡，但全身衣服都湿透了，也没有可以换洗的内衣裤，只穿着浴袍出去的话，是不是太尴尬了？外面这么大的雨，就算想要买衣服也不太现实吧？这么大的雨，人家也不会给送来的。

许美景各种纠结，出来后给前台打电话，前台表示不提供内衣裤。许美景都要哭了，最后只得把内衣裤洗了，把吹风机开到最大挡开始吹衣服，好在都是夏天的衣服，比较单薄，吹风机也比较给力，很快就吹干了，许美景连忙套上内衣，穿好浴袍开门让姚默初进来。

姚默初在外面差点没被冻死，衣服湿透了，黏在身上很不舒服，但他又不能催许美景，就来来回回地在走廊里跑步，想让自己身体热乎一些，但无奈最后脑袋越来越沉，身上越来越凉。就在他快要昏过去的时候，许美景开门让他进去了。

“姚默初，你怎么了？”许美景见姚默初脸色苍白，整个人都有气无力的模样，不禁有些担心，连忙问道。

姚默初一手撑住墙壁，微微摆手，轻声道：“我没事，洗个热水澡就好了。”

说完，姚默初步履蹒跚地往房间走去，而后关上门。许美景担心不已，但又不敢闯出去，浴室那么透明，她可不想看到不该看的，只好自我安慰，姚默初那个大男人肯定没事的，他身强体壮的，就是淋了个雨肯定没事的。

不过在看到脚下的地毯上有两道长长的水渍的时候，许美景的眼睛湿润了，心里是满满的感动。姚默初这么绅士先让她洗澡，自己则在这里跑步，一冷一热交替下，他不生病才怪，这个傻子，是烧糊涂了吗？怎么能做这么傻的事情呢？

许美景心里也在责怪自己，她担心姚默初因此生病，这样她肯定要自责难过死了。虽然她对姚默初没好感，但人家好歹也是因为她生病的，还一路把她抱过来，要不然让她走到酒店，说不定就在水里累死了。

等了好半天也没见姚默初出来，许美景担心大事不妙，立刻敲门，但没任何反应，许美景害怕不已，立刻跑到楼下让前台给她备用的房卡开门。

不过许美景担心姚默初昏倒在浴室，她一个女人也没办法挪动，而且还得避嫌呢。

许美景就拉着一个帅哥上楼去了，前台帅哥刷卡开门进去，果然看到姚默初趴在地上，许美景立刻扭过脸去，惹得前台帅哥一脸汗颜，无奈道："美女，现在他是屁股朝上，你又不会看到什么，快点来帮忙啊。"

前台帅哥关了花洒，拿了毛巾裹在姚默初的腰间，许美景这才过去帮忙。两个人费了九牛二虎之力才把姚默初搬到床上，许美景拿毛巾给姚默初擦头发和身上的水迹。那客房帅哥看也没他什么事就要先走，许美景立刻把他喊住。

"现在外面下那么大的雨，买药什么的特别不方便，能不能麻烦你和你们老板说一下，给我熬一份姜汤？这钱我会给你们的。”

“好吧，我去和我们老板说。”前台帅哥看了看昏过去的姚默初，又看了看许美景，应了一声便先离开了。他觉得许美景的反应有些奇怪，难道不是情侣吗？要不然怎么会这么生疏呢？也是，要是情侣的话肯定是一块儿洗澡了，哪像他们还一个一个洗。

许美景生怕姚默初会生病，就给他盖上被子，把头发也给他吹干了，而后拧干温热的毛巾盖在他的额头上，静静地望着他苍白的脸，内心自责不已。

没一会儿那个前台帅哥就提着一个保温壶过来了，里面是满满的姜汤，并转达老板的原话，“我们老板说了，钱就不用给了，让你不要客气。”

许美景很是感动，连连说谢谢，亲自送前台帅哥离开后，她着急给姚默初喝姜汤，也没发现房门压根没关好，门被风吹开，许美景也没注意到。

许美景倒了一杯姜汤小心翼翼地端了过去，轻声喊着姚默初的名字，见他没任何反应，还是蛮担心的，只好强硬地喂他喝姜汤了。

还好姚默初没有反抗，慢慢地把姜汤喝下去了。能喝就证明没事啊，许美景继续喂姚默初，直到最后姚默初喝不下去了才罢休。

姚默初喝了姜汤后就睡着了，脸色也逐渐恢复了正常，额头也不是很烫，许美景放心下来了，但她却很困，脑袋也有些昏沉，便趴在床边睡着了。

等她再醒来的时候，天色已经晚了，外面的大雨不但没停，反而更加凶猛，许美景看了一下时间，已经是下午六点了，但此时外面已经黑漆漆的了，只听到哗啦啦的雨声，再无其他。

手机也被雨水泡得自动关机了，还好电脑还能用，许美景给穆总发了一个 QQ 消息说明自己这边的情况，如果明天不下雨的话就回去，下雨的话还得再请假。

穆喻虽然高冷，但是一个通情达理的上司，回复许美景没关系，让她照顾好自己。许美景望着电脑发呆，想起今天的一幕幕，心里微酸，起身想要去把衣服洗了，这样晾一夜明天也就干了，能穿了，只不过姚默初的衣服怎么办？而且还有贴身的内衣，她总不能给他也洗了吧？

许美景正纠结着，就听到姚默初哼哼了几声，连忙跑过去，一探额头，有些温热，不是发高烧的样子，难道是低烧？天哪，低烧比高烧还让人难受，难道姜汤不起作用吗？许美景不死心，趁着保温瓶里的姜汤还是热的，又喂姚默初喝下了一些。

“别动。”昏睡的姚默初有些不满，挥开许美景的手，杯子里的姜汤洒了一些，许美景无奈，只好放弃了，坐在床边看着姚默初，轻叹一声。

“美景，美景。”姚默初急喊了许美景两声，许美景刚要应声，就听到姚默初继续哼着，“你就这么讨厌我吗？我喜欢你这么多年了，哪怕你不喜欢我，也不能见我像见鬼了一样吧，你知道你这样多让我难过吗？顾良辰就真的那么好吗？从一开始我就觉得你们不合适，可你除了他眼里谁也看不见，心里也装不下别人，美景啊美景……”

最后姚默初叹息一声，这一声叹息饱含了无奈、痛心和惋惜，还有深深的眷恋。这些话让许美景哭笑不得，她就当他是烧糊涂说的，不在意就好了。

鞋舒不舒服，只有脚知道。虽然她最近和顾良辰有点小问题，但他们俩还是相爱的，还是要在一起的。

许美景要起身离开去洗衣服的时候，手腕突然被抓住，许美景扭过脸来，却见姚默初突然坐起来，身上的被子也落了下来，露出健壮的胸膛，许美景可不敢看下去。

“松手。”

“美景，我就知道是你，美景。”不知姚默初是不是烧糊涂了，说话像梦呓一样，拉着许美景的手不放。许美景挣扎一番想要离开，但酒店的破拖鞋不给力，她没站稳，直接摔在床上，还没反应过来，姚默初就直接趴过来了，居高临下地看着她。

许美景觉得大事不妙，果然是不能和男人独处一室，不管是喝醉的还是别的。许美景正准备抬腿蹬姚默初的时候，身上的重量突然奇迹般地消失了，她猛地看过去，就见到顾良辰愤怒的脸。这下子许美景的大脑彻底不够用了，她完全想不通顾良辰怎么会出现在这里。

顾良辰不管三七二十一对着姚默初就挥拳头，拳头如雨点般朝姚默初打去，许美景连忙爬起来抱着顾良辰大吼:“你干吗?你要打死他啊？”

“对，我今天非要打死他不可。”顾良辰像愤怒的狮子一样，直接甩开许美景，不由分说地继续打下去。许美景无奈极了，也看不下去了，直接飞扑过去挡在姚默初的身上，顾良辰的拳头来势凶猛，根本没反应过来便打在了许美景的身上，许美景猛的咳嗽一声，瞬间觉得后背的骨头都要碎了。

顾良辰傻眼了，赶过来的小柯也傻眼了，他完全不能相信顾良辰居然动手打许美景。而尾随过来的其他人用手机拍到了这一幕，他们怎么也不会想到，顾良辰居然会动手打人，而且打的还是女人，这未免也太劲爆了。顾良辰千里迢迢赶过来是来抓奸的吧？

小柯见大事不妙，立刻把门关上，逮着门外的人要手机视频，他是无论如何不能让这段视频流出去的，就算是误会，以后澄清了，对顾良辰也还是有影响的，这就是人生的污点啊。

顾良辰一直没反应过来，直到许美景的咳嗽声把他唤醒，顾良辰着急忙慌地把许美景扶起来，谁知许美景不领情，直接推开他的手，冷声道："你现在满意了吧？"

不说还好，一说顾良辰的怒火又被点燃了，原本心里还很愧疚，现在被许美景这话刺激的，直接红了眼，怒道："满意？许美景你真是好意思，这边跟我隐婚，那边还跟别的男人眉来眼去，我说你怎么那么喜欢隐婚，原来是想勾搭别的男人。"

许美景冷冷地看着眼前如狮子一般愤怒到毫无理智的顾良辰，只觉得好笑，这就是她认识了快三十年的男人，这就是她深爱的男人。她需要他的时候，他从来不在她身边，现在来抓奸却这么勤快，即便是下着大雨，也无法阻止他前来抓奸，真是太可笑了。

"顾良辰，我们结婚的时候就说过，要互相信任，无条件地信任，我那么信任你，但是你呢？既然我们之间再无信任，也只能好聚好散了，我们离婚吧。"

许美景特别平静地说出这样的话，顾良辰像被突然从头到脚浇了凉水一样，傻呆呆地望着许美景，看着她平静的面容，平淡如水的眼神，瞬间就心疼得不行。"离婚"这两个字像钝刀一样把他的心剖开，让他撕心裂肺地疼痛，但他佯装在笑，笑得那么悲凉。

"离婚？许美景，你居然如此轻易地说出"离婚"这两个字，好，好，很好，离婚，离婚……"

顾良辰冷笑，转身就往外走，背影看上去那么的落寞和悲凉。许美景的眼泪却在此时吧嗒吧嗒地落下来，此时此刻，她真的想抱住顾良辰，想告诉他，她说的都是气话，想让他不要离开，但话到嘴边，她怎么都无法说出来。

顾良辰说的话、做的事情已经把她的心伤透了，难不成她还要再给他一次机会伤害她吗？他们俩相隔异地，最缺的就是沟通，但他偏偏不愿意和她沟通，连和她打电话的时间都没有，现在却能跑过来抓奸，多么的可笑和荒唐啊。

许美景看着顾良辰的背影消失在门外，最后无力地瘫倒在床上，呜呜地哭了起来，哭声如此可怜，像失去心爱玩具的小孩子，那么的惹人怜惜，门外的顾良辰紧紧地贴着门板，也在默默地流泪。他知道许美景说的是气话，说实话，他完全可以拉下脸来和许美景道歉，求她原谅，两个人再和好如初。

但现在他不想这么做，就算她和姚默初是误会，但她起码给他一个解释啊，结果她什么解释都没有，直接护住姚默初，那一拳头打在她的身上，痛的却是他。他知道自己拳头的力气，那一拳下去，就算骨头不断掉，也是要疼很久的，这个傻女人，为什么要护住姚默初？

这让他怎么想？他不气疯了才怪！而且两个人都衣衫不整，许美景穿着浴袍，姚默初只围了一条毛巾，他冲进来的时候，两个人还保持着那样暧昧的姿势，这让他怎么想？难道还让他大方地说走错了，让他们继续？

顾良辰只觉得可笑无比，他恨不得现在就离开，但屋里许美景的哭声让他根本移不开脚步，也舍不得离开。他真的想现在就冲进去把许美景抱在怀里，哄着她，亲吻她，让她不要再哭了。但他就是没办法再进去，面对屋里的一切。

第九章　就是让你们嫉妒

小柯从楼下跑了上来，气喘吁吁地说道：“哥，那几个拍下来的视频我已经花钱买下来了，这件事不会披露出去的，外面的雨太大了，咱们今晚估计是走不了了，要不暂时先在这边等一晚上？我给主办方打个电话，今晚的见面会就暂时取消了。”

小柯虽然不知道发生了什么事，但见顾良辰现在这个模样，就知道赶回去也做不了什么事，还不如在这边休息，和许美景好好聊聊，多沟通，沟通好了就没问题了，这两人的问题还是在于缺少沟通。

小柯虽然一心想留下，但无奈汽车旅馆真的是一个房间也没有了。小柯惆怅得在考虑要不要先回去，毕竟现在很多人在围观了，而且他还和人家旅馆的前台证实了，那两个人真的什么事都没发生，监控也看了一遍。不过监控所看到的是什么都没发生，但在房间里的好几个小时，谁能保证呢？

顾良辰其实还是很愿意相信许美景的，他也知道许美景是不会做对不起他的事情的，但自尊心作怪，顾良辰嘴硬得不行，怎么都不愿意主动道歉。如果现在回去的话，估计两个人之间的矛盾会更加严重的，这可怎么办呢？小柯都着急得要疯了，他存在的功能就是类似牛郎织女会面时搭桥的喜鹊啊。

“哥，你听嫂子哭了好半天了，你就进去安慰安慰她吧，你真忍心嫂子哭这么久吗？你要知道气大伤身，哭久了对嫂子身体不好的。”小柯好言劝着。

顾良辰愣了一下，突然想起什么，连忙开门进去，一把把许美景揽进怀里，许美景挣扎了半天没挣扎出来，最后窝在顾良辰的怀里哭得更加凶猛了，越发委屈了。顾良辰拍着许美景的后背，轻声哄着，连连道歉，说都是自己的错，希望许美景原谅他。

“宝贝不哭了，哭得我都心疼了，我错了，我真的错了，是我不好，我不该那么生气，我不该口不择言，我不该怀疑你，我应该听你解释的，都是我不对，别哭了好不好。后背还疼吗？来给我看看。”顾良辰一边哄着许美景，一边亲吻许美景的脸颊，把她的泪水都吻去了，异常的温柔。

哭到最后，许美景也没力气了，瘫倒在顾良辰的怀里抽泣，顾良辰轻拍她的后背哄着她，虽然什么都没说，但两个人已经冰释前嫌了，这种默契是这么多年来培养出来的。顾良辰抽纸给许美景擦眼泪，取笑她是小花猫。

“你才是，你突然跑过来，不会耽误你的事情吗？”许美景翻了一个白眼，鼻音很重，声音萌萌的，顾良辰更加心疼了，亲了亲许美景的嘴角，表示歉意。

“不会，为了你抛弃全世界都可以。”

许美景哼了一声，恐怕是为了不让他自己戴绿帽子吧？但许美景没说出来，她不想再追究下去了，这样没完没了的没有任何意思。

“你怎么跑这边来了？下着这么大的雨。”

许美景就把薇薇安的事情告诉了顾良辰，还把她和薇薇安谈话的内容一并说了，主要强调薇薇安对他的喜爱和崇拜。

“以后记得和我说，我会第一时间赶过来的。”

“我给你打电话了，但响了很久都没人接。”许美景委屈得不行，她是第一时间打电话给他的，结果呢？

顾良辰连忙掏出手机，除了他拨出去的电话，确实没有许美景的未接来电，许美景很是无奈，看来是老天爷从中捣乱吧。

两个人腻在一起聊天，完全忘记了躺在角落里的姚默初。他好半天才醒过来，但浑身酸疼，脑袋也昏昏沉沉的，完全不知道发生了什么事，茫然地看了看屋里，尤其是突然出现的顾良辰，更是让他诧异不已，他只不过睡了一会儿，顾良辰怎么就冒出来了？

“你怎么来了？”姚默初奇怪地问道。他可不记得当时进房间的时候有顾良辰的存在。

顾良辰哼了一声，怒道：“你这已经是第二次拐走我老婆了，拜托你以后能不能不要再做这种事情了？”

姚默初摸了摸身上的青紫，皱眉，“这是你打的吧？”最好不是趁着他睡着的时候打的他，否则他跟顾良辰没完。

“不是。”顾良辰直接否认，丝毫不觉得打了他有什么奇怪的，就算他什么都没做，但就刚刚他把许美景压在身下的行为就已经非常欠揍了，顾良辰觉得打他还是轻的，如果当时不是许美景阻止，非把他打得满地找牙不可。

姚默初不知道发生了什么事，但他知道肯定是顾良辰打的他，但苦于没有证据，也只能作罢。不过见许美景哭得异常伤心，心里不禁有些怪异，想要问，见顾良辰虎视眈眈看着他的模样，只好闷声不问了。

外面的雨下得越发猛烈了，顾良辰的电话响个不停，除了主办方的催促电话，还有经纪公司的电话，小柯给他们解释也没有用。电话那边的温老板十分愤怒，表示顾良辰太无法无天了，早就定下来的通告，现在却不能来了，把粉丝置于何处？有没有把公司放在眼里？

许美景知道这件事因她而起，心里十分过意不去，想了想觉得事情还是蛮严重的，心里不安，见顾良辰在那边打电话，一脸严肃的表情，就知道事情没那么好处理。明星看着光鲜亮丽，但还是受经纪公司的牵制，违约的话还要赔钱，许美景更不想顾良辰的形象受损。他辛辛苦苦打拼了这么多年，怎么能因为她就放弃了呢？

许美景拉着小柯到了外面，让小柯把温可人的电话给她。她要给温可人打电话，她是温老板的女儿，如果她出面，这件事应该能解决。只是她向温可人求助的话，不知会不会影响到顾良辰，也不知是否会影响到他们的感情。但不管怎样，她都得试一试，她不能让顾良辰的努力付之东流。

电话接通后，那边传来温可人礼貌而温柔的声音，“你好，哪位？”

“温小姐你好，我是……”说到这里，许美景顿时语塞，不知该怎么介绍自己。

“你是顾良辰的妻子许美景吧？什么事，你说吧。”电话里温可人的声音特别温柔，这让许美景觉得温柔似水这个词也压根无法形容她的声音，真是人如其名。

不过被人家直接点明了身份，许美景还是有些尴尬的，好半天才把事情说清楚，并希望温可人能够帮顾良辰一下，解决这件事。毕竟顾良辰现在被大雨阻隔在这里，根本没办法离开。当然许美景没有说顾良辰是来抓奸的，只是说她来这边出差被大雨拦住了，顾良辰担心就跑过来看她，谁知雨越下越大，根本没办法离开。

“这样啊。”温可人低声道，似乎在思考什么，良久才开口说话，“这件事好办，你就不要担心了，交给我吧，我也会给我父亲做思想工作的。”

没想到温可人这么好说话，许美景感激得不行，连声说谢谢。

“不必那么客气，谁让我是顾良辰全球粉丝会的会长，谁让我那么喜欢他呢，等我的好消息吧。”温可人温柔地说完，随即挂了电话。

虽然那句喜欢顾良辰是笑着说的，但许美景怎么听都觉得别扭，也许是她太敏感了，人家是全球粉丝会的会长，自然是喜欢追的明星的，这是可以理解的。许美景这样安慰自己，让自己不要胡思乱想。

许美景进房间的时候，姚默初已经套上了浴袍，整个人也精神了许多。但顾良辰的脸色不是很好，阴沉得有些吓人。许美景连忙安慰他，让他不要担心，说事情很快就会解决的。

说实在话，顾良辰压根就不是很在意这些事情，他要是在意的话，就不会千里迢迢赶过来。他生气在意的是许美景和姚默初两个人居然都穿着酒店的浴袍，这种感觉让他很不爽。许美景明明是他的妻子，却和别的男人同时穿着浴袍，那是什么感觉？

显然许美景是没想到这一点的，除了一直在吃醋的顾良辰，当事人都没有注意到，但小柯能不知道吗？小柯在他身边这么久了，自然是知道他的想法的。

为了不让事情发展到无法预控的程度，小柯下楼跟酒店买了两套工作人员的衣服，许美景的还算不错，黑色小西装、短裙，头发绾起，显得很精干，这让顾良辰很喜欢。原本感觉像小女孩的许美景一穿上这套衣服，特别时尚靓丽，也成熟了很多，顾良辰十分满意，越看越喜欢。

而姚默初的则是一套清洁工的衣服，姚默初十分不爽，扯着不太合身的衣服不满地叫道："为什么许美景穿的是经理的衣服，我却要穿清洁工的衣服？"

小柯好想说你再穿黑色的西装就又和许美景穿成情侣装了，顾良辰肯定不喜欢，有的穿就不错了，还挑。

但小柯不敢把顾良辰的小心思暴露出来，只得赔笑道："姚先生，实在是不好意思，酒店就剩下这衣服了，不然，还有女装你要吗？"

姚默初一脸黑线，他情愿穿清洁工的衣服也不愿意穿女装，那得别扭死了。见到姚默初郁闷的表情，顾良辰别提有多开心了，他觉得小柯就是他肚子里的蛔虫，完全了解他的意思，真是太聪明了，他回去之后要考虑一下给小柯加工资了。

许美景一开始没反应过来，但现在完完全全知道是怎么回事了，无奈地笑了，对顾良辰幼稚的想法表示无奈。但能有什么办法呢？他原本就不开心，如果这件事能让他开心的话，那就任由他去了，反正又不会影响到什么。

四个人憋在一间小小的房间里实在是有些尴尬，但外面雨下得太大，根本就没办法出去，只好继续窝着。

其实尴尬的人只有姚默初而已，顾良辰拉着许美景含情脉脉地对望，似乎是故意秀恩爱给姚默初看。

最终化解尴尬的是顾良辰和小柯的电话，两个电话一直响个不停。两个人接了电话后都是一愣，彼此对望一眼，这么多年的默契让他们一下就知道是怎么回事了，也知道应该怎么回答，答案统一后两个人挂了电话，再看向彼此，顾良辰一脸的疑惑。

小柯看了看许美景，把顾良辰拉了出去，悄悄在他耳边说了几句，顾良辰立刻心里有数了，怪不得电话里的人会那么说话。

“怎么了？”许美景有些不太放心，探头问道。

“我要下去做一个采访，你和我一起下去吧。”顾良辰把许美景拉出来，轻声道。他才不放心让许美景和姚默初独处一室呢。

许美景如触电一般，连忙往后退了几步，摆摆手，直接拒绝顾良辰，“不要，我不去，会被人家知道的。”

顾良辰汗颜，无奈道：“美景，你现在穿的是他们酒店的工作装，谁知道你是谁？你站在一旁不就好了？”

经顾良辰提醒，许美景才突然意识到这个问题，尴尬一笑，说道：“好吧，我和你一起下去。”

许美景下楼之前看了一眼房间里的姚默初，姚默初摆摆手，苦笑表示没关系。现在他也明白是怎么回事了，既然人家这么不放心他，他只好知趣地不再打扰了，自己在房间里看电视也乐得逍遥。

许美景到楼下的时候，顾良辰已经站在旅馆门口接受采访了，正好听到记者问他问题。

“良辰，你放着 A 城的通告不管，跑到这里来就是因为这边下了大雨，民房被淹，你十分关心，所以不顾一切过来看看吗？慈善事业一直都是你的工作重心，也是你最在乎的吗？”

记者的问题让许美景瞬间就明白是怎么回事了，不得不佩服温可人的聪明和公关能力，她直接把顾良辰缺席通告耍大牌的事件演变成了顾良辰来灾区慰问了，冒着大雨在做慈善事业。天大的事情也赶不上慈善事业来得重要啊！这瞬间就把顾良辰塑造成一个大仁大义，具有同情心的明星了，这样看来，这件事对顾良辰来说是好事，绝对的好事啊。

顾良辰面对着镜头，说着比较委婉的话，表示只是尽绵薄之力而已，并没有做什么惊天地泣鬼神的事情，希望大家低调一些，不要太肆意报道了。

顾良辰这一番话说得很委婉，很谦虚，这就是大家所推崇的低调做慈善的态度。顾良辰现在是当红的三栖大明星，备受追捧，虽然说是低调处理，但媒体怎么能轻易放过这次机会呢？不但没低调，还大肆宣扬顾良辰是冒雨赶过来的，还做了很多事情。一时间顾良辰又上了热搜头条，被粉丝奉为男神中的男神。

许美景也从这件事中见识到了媒体的厉害，也终于明白了很多事情并不是你从网络、电视、报纸上看到的那样。媒体要是捧你的话，那真的是以假乱真，死的也能给折腾活了。但是媒体想要踩你，随随便便指鹿为马，断章取义地报道，你就真的死无葬身之地了。

他们要报道一些顾良辰关心这边暴雨的情况，就让顾良辰在暴雨中抱砖头帮人家堵住门口，防止雨水流进屋子里，帮着解放军叔叔救助被困在学校里的孩子。拍完一些片段后，一群人就呼啦啦离开了。小柯连忙拉着顾良辰进了旅馆，手里捧着毛巾给他擦身体。

许美景的大学学的是新闻专业，也知道这种是属于摆拍，如果站在专业的角度，她是很鄙视这种事情的。但现在对方是她的老公，正在挽救自己的事业和形象，这让许美景有些于心不忍，还很担心他在暴雨中干活会不会受伤。对于自己这种矛盾心里，许美景有点鄙视自己，真的是太双标了。不过现在顾良辰没事就好了，这不就是她求温可人帮忙的理由吗？

不过说实话，她真的太佩服温可人了，如果是她的话，不一定能想到这样的办法。许美景无奈地摇了摇头，觉得自己大学四年都白学了。

这次前所未有的大暴雨给这个城市的百姓带来了不可预估的灾难，家园被毁，道路、田地被淹，解放军官兵都前来救援了。虽然采访完了，但顾良辰也加入了营救大军，之前是作秀，但现在是他自己确实想要加入进去。看到这一幕许美景心里很感动，觉得不管顾良辰的身份是大明星还是什么，他还是他，还是有一颗善良之心的他。

顾良辰暴雨救助的事情上了热搜之后，也有不少人质疑他们是在炒作，是在摆拍作秀。但当时被救助的人却站出来说明情况，当时顾良辰是做个样子让媒体拍了照片走人了，但人家后来也加入到队伍中和解放军叔叔一起参加救援。

而且新闻联播直播的时候还扫过顾良辰的身影，记者进行现场报道的时候还提到顾良辰的名字，这可都是事实啊。第二天暴雨停了后，顾良辰还以个人名义捐赠了一百万，这些都是铁板钉钉的事情，是毋庸置疑的。

这次暴雨事件把顾良辰的事业推到了前所未有的高峰，全球巡演依旧在继续，但各种通告、访谈约个不停，他还被邀请去参加各种真人秀节目，只要有顾良辰出现的节目，收视率绝对爆表。大街小巷似乎都在讨论顾良辰，而且他们发现顾良辰身边多了一个女人，那就是传说中顾良辰的绯闻女友，温可人。

虽然八卦媒体记者一再询问两个人关系的时候，两个人都否认了，但大家都一致认为两个人谈恋爱了，这是不需要证实的事情，就连热搜上都出现了“顾良辰、温可人在一起”的话题。

许美景看到也只是笑笑，再没言语。

办公室同事看顾良辰在暴雨灾区的视频，居然看到了许美景的身影，看着她穿着小西装站在顾良辰的身后，一脸温柔，笑眯眯地看着顾良辰的时候就觉得好笑，尤其是黄诗意，在办公室就肆无忌惮地笑了起来。

“美景啊，怎么那么巧啊，顾良辰出现在那个宾馆的时候你也在啊，顾良辰这么红火，你怎么没跟着红起来呢？看到自己的偶像是什么感觉？”

“开心。”许美景头也不抬地回答。的确是开心和幸福，顾良辰参加救助的时候她就一直站在旅馆的门口等他回来，不过到夜里了小柯就不让她等了，就让她上楼去休息了。当时姚默初已经出来了，她的确又累又困，也就回去睡了。

等第二天起来的时候，天亮了，雨也停了，而顾良辰也走了。不过小柯留了一张纸条给她，说顾良辰忙着回去赶通告和演唱会的事情，就不直接和她道别了，他忙了一夜，在途中还要再休息调整一下。其实许美景当时是有些懊恼的，她应该坚持等顾良辰忙完了再回去休息的，她又担心两个人一别历史又要重演了。

不过很出乎意外，顾良辰不管再晚都要给她发个信息汇报一天的情况，而让温可人当他的经纪人也是征求过许美景的意见。许美景觉得温可人有这个能力，加上她又是温老板的女儿，许美景觉得自己还是自私了一些，不过能为顾良辰好，她还是愿意的，毕竟现在顾良辰已经红得发紫了，说实在的，这个功劳是属于温可人的。

现在顾良辰忙他自己的事情，而她也继续忙自己工作上的事情，似乎一切都回归到正常的轨迹了，但母亲还是隔三岔五会打电话催她早点生孩子，要么把工作辞了去当顾良辰的助理。母亲总觉得温可人整天陪在顾良辰身边不是一件好事，早晚要出事的。

许美景有点纠结，难道是自己心太大了，还是当局者迷，旁观者清？所有人都认为他们俩才是一对，就连粉丝都默认了，只有她觉得不可能，是自己太信任顾良辰和温可人了吗？

许美景摇摇头，其实她也不知道自己到底是怎么想的，似乎一点儿都不担心和害怕，内心平静得让自己都有些害怕。她也在反问自己是不是过于淡定了。虽然是这样，但许美景忙着工作，又参加作者年会，让她自己都忘记了这些事情。

发呆的许美景并没有听到黄诗意的冷嘲热讽，继续发呆，一旁的李琳琳看得不爽了，觉得许美景太呆了，立刻发了一个抖动窗口，许美景这才回过神来，盯着 QQ 看。

李琳琳：你后知后觉啊，你还关心顾良辰有毛用啊！大姐啊！你自己现在都传出来绯闻了，你不知道吗？

许美景：？

李琳琳：你和姚顾问在外面开房，大家都知道了。

许美景：啥？

许美景彻底呆了，她什么时候和姚默初在外面开房的？她怎么不知道？而且还传出去了，请问这是什么情况啊？

李琳琳：真是服了你了，你们出差，大暴雨那晚，回来姚顾问报销车旅费，在财务那边填单子，住旅馆开房写的是你俩的名字，大家都知道这个事情了，而且说话很难听。

许美景也是无奈了，这都能传出绯闻来，她真是无语凝噎了。不过她最气恼的是姚默初，写报销单子写她的名字干什么？生怕别人不知道他们俩独处一室吗？

许美景：说去吧，反正也是无中生有。

她才不在乎呢，原本就没有的事情，就算造谣又能怎样？还能搞出什么来吗？

李琳琳不知该说什么了，发了一个无语的表情。人家当事人都不在乎，她还紧张什么呢？只是她好想把黄诗意那张恶心的嘴脸给撕烂了，太恶心了。

中午吃饭的时候许美景和李琳琳走在前面，黄诗意和梁芮芮则手挽手走在后面，黄诗意突然在后面喊道：“许美景，你的屁股好翘啊，以前都没发现啊。”

许美景一脸黑线，她每天都跑步，身材不说多好，但至少还算是比较周正的，而且她平常都穿宽松的衣服，好身材都被遮住了，现在天气热了，她就穿着短裤、T 恤衫，身材自然就暴露出来了。

梁芮芮扑哧一声笑了出来，阴阳怪气道：“有男人的滋润到底是不一样了，诗意同学的，你的 D 罩杯也不能浪费啊，抓紧找个男人啊，到时候更会升级的。”

李琳琳气得回头要去找这两个人算账，公共场合说这话恶心不恶心，但许美景扯了扯她，让她作罢，不要和她们一般见识。

黄诗意和梁芮芮两个人哈哈笑着，追上许美景和李琳琳，又继续说道：“许美景，你那天没去看演唱会吧？你的偶像在现场告白了，哇，好深情啊，你当时是不是被气走了？其实你也别生气了，偶像毕竟是偶像，不是你想就能和你谈恋爱的，我还想和偶像滚床单呢。”

说完，黄诗意就哈哈大笑起来，梁芮芮也跟着笑。许美景紧紧握着拳头，说实话，她真想狠狠揍黄诗意一顿，如果不是场合不合适的话。李琳琳也发现许美景生气了，见她拳头都握起来了，生怕许美景会惹事，连忙拉着她走了。

李琳琳打人没关系，但许美景打人就不太合适了，她性格的摆在这里，怎么也不像会打人的人，所以为了所谓的抬头不见低头见，李琳琳还是把许美景拉走了。

黄诗意和梁芮芮似乎并没有发现许美景生气了，依旧在后面嘻嘻哈哈地说个不停，一阵冷嘲热讽。姚默初从两人身边经过的时候，淡淡地扫了两人一眼，黄诗意立刻闭嘴，稍微顿了一下，才张嘴和姚默初打招呼，“姚顾问。”

姚默初停住脚步回头看了一眼黄诗意，有些不耐烦，但还是应了黄诗意，轻声道：“有事吗？”

“我想问你和许美景那事是真的吗。”黄诗意怯生生地问道。其实她从看到姚默初第一眼就喜欢他了，长得帅，还有钱，正是她想要追求的高富帅男人，只是一直苦于没机会接近他，而且他也很冷淡，拒人千里之外，就连工作上都没机会接近他。

姚默初微微皱眉，原本不想搭理她，但又不想给许美景带来不必要的麻烦，在公司这么长时间，他已经很清楚小女生之间的一些鸡毛蒜皮的事情了，尽管这样，姚默初还是很认真地回答黄诗意，“谣言止于智者，我相信你应该不会相信这些的。”

听到姚默初亲口否认，别提黄诗意有多开心了，使劲地点头，表示明白。正要说话，姚默初抬起脚步就走了，留下有些哀伤的黄诗意望着姚默初离去的背影发呆。

梁芮芮碰了一下黄诗意，不太确定地问道：“你确定姚默初是你喜欢的类型？别忘了咱们总编还对他虎视眈眈的呢。”

“总编都快四十岁的女人了，比他大好多岁，怎么好意思老牛吃嫩草的？姚默初还不到三十岁，和我差不多啊，很绅士啊，而且还是留学归来的，各方面都符合我的要求，你也知道我之前相亲遇到的那几个渣男，没一个好东西，和姚默初比，简直一个天上一个地下。”黄诗意双眼发亮，笑得好不开心，好像真的和姚默初在一起了一样。

梁芮芮翻了一个白眼，不得不提醒黄诗意一个很现实的问题，“你别忘了人家有一个学妹叫许美景，你以为他们俩会清白吗？单凭许美景能买那么贵的 VIP 区门票吗？除了姚默初，我想不到别人了。作者闹事，许美景去和作者沟通，要么是和总编，或者是和苏总，姚默初一个顾问去干什么？再说了，你听说哪家网站还要请顾问吗？就算有，顾问不应该是专项人才吗？为什么他什么都不懂，还需要许美景去跟他沟通？”

多么现实的问题，黄诗意这么聪明的人居然都想不通，姚默初和许美景肯定有问题，黄诗意还一心想要嫁给姚默初，真是傻到家了。

“就算和许美景有关系又如何？这个世界上没有挖不倒的墙角，只有不努力的锄头。现在他们俩什么情况？除非他们隐婚了。”黄诗意不甚在意地哼了哼，对装白莲花的许美景很是鄙视，要么就公开，要么就什么关系都没有，搞暧昧算什么？故意吊着人家呢。

黄诗意瞧了一眼不说话的梁芮芮，不太确定地问道：“芮芮，莫非你也喜欢姚默初？”

梁芮芮翻了一个白眼，嗤了一声无聊，便抬起步子往餐厅走去了，黄诗意连忙在后面追着。她觉得梁芮芮肯定是喜欢姚默初的，姚默初这么有才还帅气，公司都是女的，突然来了一个高富帅，不激动才怪呢，黄诗意觉得自己得抓紧了，不能让别人先下手给抢了。

许美景和李琳琳去拉面馆吃饭了，而黄诗意和梁芮芮则去商场的餐厅吃大餐，正好碰到了姚默初，黄诗意欣喜不已，非要请姚默初吃饭。送上门来的美食，姚默初自然是不会拒绝的，也就坐下和黄诗意、梁芮芮一起吃饭了。听着黄诗意天南海北地东拉西扯，姚默初的嘴角微微扬起，挂着温和的笑容，这让黄诗意都要看呆了。

黄诗意以为姚默初是对着她笑的，其实她没发现姚默初是在瞅着外面笑。对面的服装精品店里，许美景和李琳琳正在挑选衣服，许美景换上了一件黄色的短裙，裙子到大腿的位置，稍微有点短，许美景不自在地往下拽，李琳琳则摇着头不同意她这样拽，似乎再说很漂亮，让她买下。

其实许美景和李琳琳对吃饭没什么要求，想吃什么就去吃什么，拉面、黄焖鸡米饭，或者是沙县小吃，主要是看她们想吃什么。偶尔也会去商场吃大餐，不过仅限于发工资那几天，她们俩戏称堕落一下，平常也只是在消费一般的餐厅吃饭。她们俩觉得只要合胃口吃得饱就好了，所以不会很刻意地去餐厅吃大餐。

两个人吃完饭后为了消化通常会逛逛商场和精品店，但一般许美景很少买衣服，家里那么多衣服她都穿不过来了，更别说新衣服了。但拗不过李琳琳，她说这是今年的新款，非让她试一下，关键背后还是镂空的，这让她有点接受不了。

她平时就很少穿裙子，更何况这么短的裙子，她根本接受不了，但李琳琳一直嚷着说衣服很好看，不让她脱下，说要送给她。这一件裙子就一千二百块钱，她怎么能让李琳琳送呢？许美景连连摇头，进试衣间把衣服换下来了。虽然她很喜欢，但说实话，她还是不太习惯穿裙子，觉得太不方便了。

不过许美景买了两件休闲的T恤衫和短裤。整天都是这个装扮，姚默初也是无语了。顾良辰是大明星，看惯了那么多美女，审美自然就提高了，许美景这个死丫头居然还整天清汤挂面的，她应该有危机意识啊，应该把自己收拾得漂亮一点啊，要不然怎么抓得住顾良辰的心呢？

现在看顾良辰整天和那个温可人泡在一起，她居然一点儿都不担心，一副事不关己的样子，他都替她着急和担心，但她依旧那么淡定，也不知道她脑子里在想些什么。姚默初几不可闻地叹息一声，却被敏锐的黄诗意发现了。她顺着姚默初的视线看过去，就看到对面的许美景放下那条黄裙子，提着其他的衣服走人了。黄诗意紧紧地攥着手，气得咬牙切齿，但最后还是佯装无事的样子。

饭后黄诗意和姚默初分开后就拉着梁芮芮去对面的精品店了，指着那件黄色的裙子说要买，梁芮芮无语了，觉得黄诗意有些疯狂了，就一件衣服，至于这样吗？

“诗意，你皮肤有点黄，不适合穿这件衣服的，颜色不是很搭，而且还这么贵。”梁芮芮轻声劝道。她们俩现在都是责编，工资并不是很高，业绩好的时候才不过五六千，这一下子花一千二买一件根本不适合的衣服，太不划算了。

黄诗意压根就听不进劝，执意要买这衣服。许美景那个整天穿高仿衣服的女人连一千二的衣服都买不起，她自然是要买了好好炫耀一番，顺便鄙视一下许美景。

黄诗意刷卡买了这件衣服，直接就穿上了，对着镜子看了好半天，美滋滋地笑了起来，挑眉得意道：“好看吧？”

一旁的营业员使劲地点点头，笑道：“好看，特别好看，穿在美女你身上就是好看，比刚才那个女的穿着好看多了，而且现在就剩下这一件了，以后想买都没机会了。”

黄诗意想要听的就是这句话，心情顿时就好多了，提着自己的衣服拉着梁芮芮离开，而后又去买了一双恨天高凉鞋。这个午饭吃得有些大吐血了，黄诗意签单的时候看了一眼兴致缺缺的梁芮芮，立刻道："一会儿午饭钱你记得算给我啊。"

梁芮芮瘫坐在沙发凳上，有气无力地应了一声，见黄诗意兴致高昂的样子也不好打击她，就陪着她东逛逛西逛逛，看着她把一个月的工资都花掉了，也无话可说。

许美景和李琳琳买了杨梅回办公室，用盐水泡了放在茶水室，许美景便回到座位上工作。她刚坐下，就听到前台小妞的惊呼声，扭脸看过去，就见黄诗意踩着恨天高，身上穿着她之前试过的那条裙子，手里还提着大包小包，高傲地走了进来。

前台小妞一直围着黄诗意转悠，发出惊叹声，尖叫着："天哪，黄诗意，这件衣服好美啊，是不是隔壁商场买的？我看了好久，但太贵了，我一直没舍得买，你买的多少钱？"

"一千二。"黄诗意洋洋得意，有人捧她，她更加开心了，这说明她眼光好啊。

"天哪，降价了，我之前看的时候是一千八，天哪，我也要去买。"前台小妞兴奋不已，嚷着就要去买，谁知黄诗意直接告诉她一个噩耗。

"别去了，人家说了，就剩下这最后一件了，来得早不如来得巧，今天偏偏被我遇上了，也算我和它有缘。有些人试了试还不是舍不得买，我觉得，衣服嘛，虽然贵一点，但是要穿的好看，合心意才最重要，要讲究眼缘是不是？"

黄诗意说的时候睨了一眼许美景，许美景只是抿唇笑着没说话，其他人也凑过来说这衣服好看，李琳琳气得一直给许美景发 QQ 消息大骂黄诗意，同时还埋怨许美景没把这衣服买下来，否则怎么能轮到黄诗意这么嚣张。皮肤黄了吧唧的，个子又不高，还真以为自己穿上这衣服变成了仙女，看她那得瑟的模样，李琳琳真想把衣服甩她脸上。

许美景无奈地笑了，一直安抚愤怒的李琳琳，她原本就不喜欢裙子，而且颜色又那么鲜艳，还那么贵，原本就不适合她。黄诗意喜欢就让她买好了，哪个女孩子不爱美呢？

黄诗意穿着漂亮的裙子在办公室走了一圈，一直在炫耀，一直问许美景衣服好看吗？好看吗？许美景十分配合，说好看。这极大地满足了黄诗意的虚荣心，炫耀了好久，到了上班时间，黄诗意才罢休，拿了杯子去茶水间倒水，回来便专心工作了。

第十章　女人也有多种

李琳琳做完一个任务，伸了一个懒腰，看了一下时间，下午三点半，正是吃下午茶的时间，便嘿嘿笑了起来，杨梅应该好了吧？她拉着许美景一起去茶水间，随即就听到李琳琳愤怒的声音，她拿着一个空盆子冲进办公室，怒道："谁把我的杨梅都给吃了？"

许美景跟在身后拉着一个垃圾桶过来，扯了扯李琳琳的手，示意她看垃圾桶，里面都是一个个硕大的杨梅，但很可惜已经进了垃圾桶了，上面还有茶叶的残渣。李琳琳抓狂了，大吼起来，"谁把我的杨梅扔进垃圾桶了？"

大家面面相觑，不知发生了什么事，都摇头表示没有，只有黄诗意缩了缩头，不敢说话。梁芮芮看了一眼黄诗意，便轻声道："是不是打扫卫生的阿姨以为不要了给扔掉了？"

李琳琳愤怒不已，怒道："她瞎吗？这么大的杨梅傻子才会丢掉，你们刚才谁去茶水间了？看到是谁丢掉的吗？"

大家都摇摇头表示没有看到，许美景拉着李琳琳说算了，不要再追究了，说不定是谁没注意给丢了，这也没法查清楚是谁啊。李琳琳向来是不会吃闷亏的主，这杨梅刚上市，那么贵，许美景买来说让大家尝尝的，结果呢？那个手贱的给扔垃圾桶去了，李琳琳不生气才怪。

没有人承认，李琳琳扫了一圈，视线落在闷声不说话的黄诗意身上。李琳琳阴阴一笑，扬声道："诗意，你刚才去茶水间，你有没有看到是谁动了杨梅呀？"

突然被点名，黄诗意愣了一下，立刻像拨浪鼓一般摇摇头，表示不知道，接着又继续埋头。黄诗意的反常让李琳琳认为这件事绝对和她有关系，只是她不愿意承认而已。不承认也没关系，她有的是办法让她亲口承认这件事是她做的。

李琳琳丢下盆就去隔壁办公室找苏总了，隔壁办公室都是一群技术帝，神一般的存在。苏总是一个小气又多疑的人，总担心员工聚在茶水间聊天浪费水资源，所以在茶水间装了监控，这个事情鲜有人知，但偏偏被李琳琳知道了，谁叫她是美工呢，也属于技术帝的一类。

谁也不知道李琳琳干吗去了，也都没放在心上，不过私下却在讨论。穆总编把许美景叫进去了解情况，最后无奈地叹息一声。李琳琳是个刺儿头，天不怕地不怕的，谁也别想让她吃亏，而且她也不会让自己吃亏的，也罢，也省得有些人太过嚣张了。

许美景从穆喻的办公室出来的时候，李琳琳正好进了办公室，一脸的怒气，直奔黄诗意而去，到黄诗意面前劈头盖脸就是一顿臭骂。原来黄诗意进茶水间后看到杨梅上面都是白色的虫子，顿时恶心得直接把杨梅给倒掉了，而后心虚地回来了。李琳琳质问的时候她才知道是李琳琳的杨梅，但不敢承认啊，所以就一直默不作声。

"那只是果蝇幼虫而已，高蛋白，就算吃了也没事，你去年没吃过吗？现在装什么装？哪里恶心了？多泡几次不就成了？"李琳琳丝毫不给黄诗意脸面，直接当着那么多同事的面就开骂了。

如果这件事交给许美景，肯定就作罢了，也不吱声，但她李琳琳是绝对不可能吃亏的，她要让所有人知道黄诗意干了什么坏事。

黄诗意正要解释，突然瞥见姚默初开门出来了，立刻装柔弱，哭了起来，低声道："对不起琳琳，我真的不是故意的，当时看到那么多虫子，我正好刚吃完饭，觉得特别的恶心，所以一激动就……我真的不是故意的，要不我赔给你好了。"

不远处的姚默初微微皱眉，似乎有些不太高兴，黄诗意瞥见了，哭得更厉害了。这让许美景和李琳琳都比较震惊，她们和黄诗意认识快三年了，第一次见她哭，太诡异了。而且这件事其实很容易解决的，也不至于到哭的地步啊。

梁芮芮自然知道黄诗意的哭戏是为了什么，瞥了一眼姚默初，轻声道："姚总，你过来帮诗意一下吧，好歹你们中午也一起吃了饭。"

众人的视线都看向姚默初，姚默初一脸黑线，早知道就不出来了，参与到一群女人的斗争中，不脱层皮别想跑。现在他是吃人嘴短，而且人家黄诗意都哭成这样了，他不帮能行吗?

姚默初便问是怎么回事，梁芮芮不等其他人开口，立刻添油加醋地把这件事说了一遍，末了还对黄诗意表示同情，希望姚总支持公道，别让大家因为杨梅闹得不开心了。

梁芮芮看上去说得非常有道理，姚默初点点头，咳嗽一声，轻声道："黄诗意也不是故意的，小女孩见到这个东西是有点害怕，丢了就丢了，再重新买就是了。琳琳，你也别为难大家了，大家都是同事，还是要相互体谅和爱护的。"

说完，姚默初拿了一百块钱给梁芮芮，让梁芮芮再去超市买杨梅回来请大家吃，随后姚默初就进办公室去了，进去之前瞥了一眼一直默不作声的许美景，轻叹了一声。

黄诗意瞬间不哭了，扬着一张得意的小脸和梁芮芮去买杨梅了。她们买了特别多的杨梅，抓了一把没泡水的杨梅给李琳琳，讥讽道："高蛋白，大补，多吃点哦。"

李琳琳哼了一声，不搭理黄诗意。黄诗意则去泡杨梅了，泡好后分给大家，还特地给姚默初送过去，对他的帮助表示感谢，在办公室逗留了半个多小时才出来。李琳琳后面的办公室就是姚默初的，所以能清楚地听到他们在说什么。黄诗意那嗲嗲的声音都快要让她吐了，她终于明白黄诗意为什么哭了，感情是想博取同情呢。认识黄诗意这么久，她还是第一次知道黄诗意这么能装，真是道行高深啊，她不得不甘拜下风。

李琳琳实在是受不了了，立刻在 QQ 上和许美景吐槽，并提醒她黄诗意已经开始对姚默初下手了，让她注意点，别让煮熟的鸭子给飞了。许美景也是无奈了，也不知道该说什么了，只好说随他们去了。姚默初要是能有女朋友她还是很开心的，至少她就不用那么尴尬了。

上次回来后，两个人又恢复了正常的上下级关系，再也没聊过天，对那天的事情谁都没再提过，似乎就这样不了了之了。所以打心眼里许美景是希望姚默初谈一个女朋友，同事也好，其他人也罢，只要他不是单身就可以了。

今天正好是周五，下午的时间大家也都没怎么工作，凑在一块儿聊天，商量着周末去哪里玩比较好，而许美景则悄悄计划着要去找顾良辰，给他一个惊喜。她知道顾良辰现在在哪里准备演唱会，也知道住在哪家酒店哪个房间。她早就把票买好了，酒店的房间也定好了，就等着下班赶去坐车了。

李琳琳还想继续给许美景安排相亲，她觉得许美景过于安静和低调了，男人还是比较喜欢活泼一点的，或者是黄诗意那种能装的，所以还想着给许美景多介绍几个男孩子，让她多接触接触，这样以后就不会被男人给骗了。

不过许美景表示周末有事，就不和她出去玩了。公司同事在群里商量的短途旅游，喊上许美景的时候她也拒绝了，而姚默初同样也拒绝了。黄诗意心里有些不安，生怕他们两个人周末偷偷出去约会，就私下去问许美景周末有什么安排，许美景告诉她回老家。黄诗意又去问姚默初，谁知姚默初也回答说是回老家。

黄诗意这下子不淡定了，连忙找梁芮芮支招，梁芮芮给她出主意，她们俩一人跟踪一个，看两个人到底去哪里，是不是真的回老家了。黄诗意觉得梁芮芮说得很有道理，便同意了这个做法，她让梁芮芮跟踪许美景，她自己则去跟踪姚默初。

梁芮芮摇头，不赞成黄诗意这么做，理由有三，一是她跟踪姚默初目的太明显了，姚默初肯定会发现的。二是许美景是粗心大意的人，黄诗意也是，所以跟踪许美景的话不容易被发现。再就是梁芮芮的老家和姚默初是一个地方的，就算碰见了，也是有借口和理由的。

黄诗意想了想，这倒也是，不过还是有些担心梁芮芮会把姚默初给抢了，就让梁芮芮再三保证不能打姚默初的主意。梁芮芮表示不屑，她在家还是千金小姐呢，怎么会看上姚默初？黄诗意觉得也是，梁芮芮是富二代，除了黄诗意，别人都不知道。所以黄诗意很愿意和梁芮芮在一起玩耍，也希望通过梁芮芮能认识高富帅，只可惜到现在没一个成功的。

两人就这样定下了计划，一下班，她们俩没像往常那样着急走，而是慢吞吞地收拾东西，直到许美景和姚默初前后脚离开，她们俩才搭乘另一部电梯下去，而后分道扬镳，分别跟踪这两个人去了。许美景是坐高铁去了京都，站在检票口的黄诗意傻眼了，许美景的老家不是清江吗，她怎么往北跑了？有猫腻，肯定有猫腻。

黄诗意虽然很想跟上去，但去京都的高铁票要五百多，她今天刷卡已经把工资刷完了，去京都来回一趟又千数块钱，更别说吃住了，最后只好放弃了。她离开火车站便给梁芮芮打电话询问那边的情况。姚默初倒是真的回家了，而梁芮芮就坐在他的车上。

"我在回家的路上，晚点和你聊啊。"梁芮芮生怕姚默初听到两个人的谈话，立刻挂了电话，随即对着一旁驾驶座上的姚默初嫣然一笑，再次表示感谢，"谢谢你姚总，没想到我们老家居然是一个地方的。"

他们俩的老家就在桐城旁边的黄江市，而桐城是黄江市的直辖市，他们俩算是一个地方的人了。梁芮芮原本准备打车回家的，但周末高峰期，一般情况下是打不到车的，正好姚默初开车过来多嘴问了一句，梁芮芮就搭了一个便车。

"我也是，没想到居然会在公司遇到自己的老乡。"姚默初对梁芮芮的印象稍微比黄诗意好一些，起码梁芮芮没那么多话，心思也没那么多，倒还算是一个比较低调的小丫头。而且她也没有一起欺负许美景，也没那么八卦，这点相对来说他还是很满意的。梁芮芮倒是很乖巧，一路上安静地用手机看小说，她说不能打扰姚默初开车，所以还是安静一些比较好。

高铁的速度很快，许美景只坐了几个小时的车就到了京都，之后又搭乘地铁到了酒店，她已经饿得饥肠辘辘了，不过她想要给顾良辰一个惊喜，然后两个人一起去簋街吃小龙虾和冰淇淋，这样才爽呢。许美景忍着饥饿进了酒店，登记后就拿着房卡上楼去了。

她的房间就在顾良辰的隔壁，这是她特意订的，虽然价格贵一些，但只要能见到顾良辰，一切都值得了。许美景进了房间，洗了一个澡，换了一件漂亮的衣服就去隔壁找顾良辰。衣服是中午和李琳琳在逛另外一家精品店时买的，和之前那黄色衣服的款式很像，只不过是米白色的，这个颜色清新淡雅，许美景还能接受。

许美景敲了敲门，略带着激动的心情，想着顾良辰见到她会是什么表情，一定是很开心的。他之前一直埋怨她不主动想他，现在她来了，他肯定特别兴奋，光想想那个画面，许美景就激动不已。许美景捂嘴笑了起来，平复了一下自己的心情，稳住情绪，告诉自己不要太激动。

做了几个深呼吸后，许美景伸手敲门，而后贴在门侧的墙壁，不想顾良辰通过猫眼看到她，那样就没任何惊喜感了。许美景屏住呼吸，等着顾良辰过来开门。嘎吱一声门开了，许美景突然跳出来，叫道："Surprise！"

时间突然在此时定格，许美景呆住，看着眼前披头散发，穿着浴袍的温可人，脸上还有可疑的红晕，头发湿湿的，好像是刚洗过澡的样子。浴袍的领口微微敞开，许美景似乎还能隐约看到她白嫩的胸部，往下看，还赤脚。许美景一时间忘记了呼吸，傻傻地看着温可人，好半天才反应过来，她是走错房间了吗？

许美景刚要开口说抱歉，却听到浴室里传来声音，浴室的水声哗啦啦的，但掩饰不住那无比熟悉的声音，说话的是顾良辰，他问："可人，是小柯吗？"

这一瞬，许美景只觉得内心疼痛无比，就连呼吸都是痛的，眼睛、鼻子发酸，泪水在那一刻凝聚在眼里。她怎么也不会想到这个时候会遇到这样的事情，她现在看到的是这个样子，如果没看到呢？许美景只想笑，觉得自己太傻了。不管是父母还是姚默初，提醒她不是一次两次了，但她依旧不在乎，选择相信顾良辰，可顾良辰又是怎么做的呢？

许美景虽然难受无比，痛心无比，但依旧没有矫情地选择离开，而是做了一个深呼吸，恢复正常，推开面色尴尬的温可人进了房间。房间是豪华套房，所有的东西应有尽有，许美景走进去就看到两个放在一起的行李箱，还是同款的，许美景冷笑，这是所谓的情侣款吗？会不会因为一样而拿错箱子？

卧室只有一张床，其他什么东西都是成双成对的，许美景冷笑，这俨然是情侣的生活啊。许美景一屁股坐在床上，伸手摸了摸柔软而凌乱的床铺，他们刚刚是不是就在这上面滚过了？顾良辰是不是也像对她这么温柔地亲吻温可人呢？他们是不是每天都在这张床上耳鬓厮磨，说着情侣间的悄悄话呢？

温可人倒是很冷静，给许美景倒了一杯热水。许美景挥挥手表示不要，此时此刻她什么都不想说，只等顾良辰出来。温可人见状也不好再说什么，便坐在一旁的贵妃椅上，淡淡地看着许美景，一言不发。

“小柯。”顾良辰以为进来的是小柯，见他没说话不禁好奇起来，快速洗完澡，只围着一条浴巾在腰间，边擦着头发边向外走来，刚要说话，看到床边坐着许美景，他呆住了，也忘记擦头发了，只是傻傻地看着许美景。

许美景微微一笑，上前接过顾良辰的毛巾，温柔地给他擦头发，轻声道：“都跟你说过好多次了，不要头发湿漉漉的就出来，很容易感冒的。”

许美景虽然表现得很大方，什么事都没过问，但内心却无比疼痛，她以前只觉得抓奸什么的只会在小说和电视剧里出现，女主表现出来的歇斯底里也都是假的。可现在事情发生在她身上，她居然无法用语言来形容自己的伤心和难过，她觉得这是一种特别特别难受的事情，难受到你不去想，只是看着眼前这个男人，都不自觉的会难过，会掉眼泪，会觉得心特别特别疼，无法形容的疼。

眼泪吧嗒吧嗒落在顾良辰的手背上，顾良辰一开始以为是头发上的水珠，但越看越觉得不对劲，而且许美景还在压抑自己的声音。顾良辰一下子紧张起来，连忙握住许美景的手，关切地问道："美景，你怎么了？"

许美景特别想质问顾良辰他和温可人到底是怎么回事，但说实话，现在的她是懦弱的，她不敢问，怕得到的答案是她所想的那样，那她就真的彻底崩溃了。以前看电影的时候，女主在面临这样的问题时就直接选择逃避了，问都不问，一走了之。那时候她觉得女主太傻，为什么不问？难道产生误会很好吗？可现在她才知道是为什么，因为太爱了，所以无法问出口，宁愿自己难过，也不想知道真相。

许美景深呼吸，温柔一笑，轻声道："没什么，只是见到你太激动了，你也知道，我们很久没见了。"

顾良辰把许美景揽进怀里，笑得特别温柔和怜惜，柔声道："傻丫头，这样你就哭了？这也太不符合你的性格了，傻瓜。"说着，顾良辰就要去吻许美景，许美景突然觉得好恶心，一把推开顾良辰，离得远远的。

顾良辰有些诧异，颇为奇怪地望着许美景，不明白她这是怎么了，好端端的为什么推开他？顾良辰瞄到温可人还在，这下就明白是怎么回事了，知道许美景是害羞了，连忙让温可人离开。温可人也只是笑笑，什么也没说，直接穿着浴袍开门出去了，留下诧异的许美景，这更加证实她的猜测了。

现在房间就剩下他们俩了，顾良辰一把抱住许美景，直接往床上一带，一脸坏笑地看着许美景，笑道："现在你别想逃出我的魔爪了。"说着，顾良辰就开始动手解许美景的衣服，同时俯下头想要亲吻许美景。

许美景在心里给自己做心里建设，告诉自己没问题的，但当顾良辰的大手碰触她的皮肤的时候，她浑身的鸡皮疙瘩就起来了，胃里翻江倒海的难受。她没办法接受这样的事情，想起来就觉得恶心，觉得顾良辰太渣，他们太不要脸了。许美景紧紧地闭上眼睛，浑身都在发抖，眼泪默默地流出来了。

顾良辰也发现许美景不对劲了，连忙停止手上的动作，见许美景哭得伤心，心疼地亲吻许美景的脸颊和眼泪，他不明白许美景这是怎么了，之前还好好的，今天怎么就这么不对劲了呢？

"老婆，宝贝，你这是怎么了？"

许美景抽了一下鼻子，推开顾良辰的脑袋，坐了起来，认真地看着顾良辰，心越发地往下沉了，轻声道："我们离婚吧。"

顾良辰一怔，怎么也不会想到许美景会说出"离婚"这两个字，拧眉诧异地看着她，微怒道："离婚？你爱上别人了？"

许美景只觉得顾良辰这句话是对她的侮辱，她爱上别人了？她能爱上谁？除了顾良辰，她还会爱别人吗？许美景只觉得好笑，冷冷地看着顾良辰，质问他："你说我爱上别人了，那你呢？你做了什么事？"

顾良辰头疼不已，觉得眼前这个许美景再也不是以前那个许美景了，现在的她如此多疑、敏感、尖锐，像一个不懂事还无理取闹的小孩，这让他心力交瘁。他那么尽力地维护他们的感情，每天一通电话，结果呢？她现在质疑他的忠诚了。

“许美景，我不想和你吵架，你来看我我很开心，很感动，但如果你是来吵架的话，那么抱歉，我不会奉陪的。”

顾良辰的话让许美景越发觉得可笑，他什么时候变得如此冷漠且没耐心了？以前的他可不是这样的，果然变心的男人对待自己的旧爱是没一点耐心了。许美景冷笑，倔强道：“好，话不投机半句多，既然我们已经这样了，那就离婚吧。也没什么好说的了你做你的大明星，去走你的阳光大道。”

许美景没有歇斯底里，只是觉得可笑至极，隐婚这么多年，最后居然以离婚收场，这是多么可笑的事情，真是让人觉得这是天大的讽刺。

“离婚？对，离吧，离婚了你就恢复自由了，也符合你内心所想的。好，我成全你。”顾良辰愤怒地道。好好的一次见面，居然就让许美景搅和成这样了，他特别失望，他都不知道许美景为什么会变成这样，他最深爱的女人居然变成了他不认识的人，这太可怕了，他想维护珍惜的感情和婚姻，抵不过许美景的一句话。

顾良辰抱着脑袋，无力地垂着头，喃喃自语道：“你上次和我说过一次做幕后的事情，我仔细考虑过了。做偶像明星吃的是青春饭，我不是专科出身，还是比专业的要稍微差一点，我觉得你说的是对的，所以最近一段时间我也在学习一些新的东西，我想多挣点钱，然后给你做一个小说网站，让你做你喜欢做的事情，然后我从中选择优秀作的品运营，这样咱们都可以做自己喜欢的事情，我觉得这样很好。我打算在我三十岁这一年就结束现在这份工作，转移到幕后，我们就可以整天在一起了，我可以牵着你的手去逛街，去餐厅吃饭，我们还可以一起去旅游。我可以对外宣布我的妻子是谁，我们可以共同养育我们的孩子，陪伴他一起成长。我在幻想着这些美好的事情，我想和你白头偕老，你却告诉我你要离开我……”

说到最后顾良辰再也说不下去了，声音哽咽，竟然像个孩子一般呜呜地哭了出来。这辈子他最爱的人，唯一爱的人就是许美景了，他从来没想过要离开她，没想过要和她分开。但是怎么也没想到是她要先离开他，要远行。

顾良辰哭得很伤心，这是许美景认识顾良辰以来第二次见到他哭。第一次是她答应他求婚的时候，他激动地抱着她，当时他哭了，他握着她的手，认真无比地说“许美景，我会爱你一辈子，对你好，给你最好的生活，谢谢你答应我的求婚”。那时候他的哭是欣喜、开心和激动，现在，他的哭却是那么的伤心和绝望，像失去心爱玩具的孩子一般，是那么的无助。

许美景心里特别难受，眼泪不受控制地流了出来，说出那两个字的时候，她也特别难受，但她更无法接受顾良辰背叛了她，这边说爱的是她，那边却和别的女人同居，想到这种事情，她就已经痛得无法呼吸了，但她不想纠缠不放，只想成全他，成全他的背叛。

许美景擦掉眼泪，起身就要走，谁知顾良辰一把抱住她的双腿，像个孩子一般呜咽，哀求着，“老婆，求求你了，能不能不要离婚？能不能不要抛弃我，你离开我，我都不知道以后要怎么办了。”

顾良辰如此可怜，在卑微地祈求他的爱情，许美景的心抽疼，她特别想说我们不离婚了，我们回家吧。但她怎么也说不出来，见顾良辰哭得那么伤心，她真的很舍不得，真的想就这样算了，但她无法接受他的背叛，无法想象他背着她做的这些事情，这些只会更让她心痛，她宁愿自己一个人默默地哭泣。

许美景拨开顾良辰的手，轻叹一声，头也不回地狠心离开了，顾良辰最后伏在床上默默地哭泣。他以为许美景是来给他惊喜的，但怎么也想不到她是特地来告诉他要离婚的，这到底发生了什么事？好端端的为什么要离婚？顾良辰擦掉眼泪，找出姚默初的手机号给他打电话，除了姚默初，他不会想到第二个人了，这个人整天缠着许美景，朝夕相处，他又不在身边，许美景肯定被他骗了。

小柯得知许美景过来了，连忙从剧组跑回来找许美景，却见许美景在顾良辰隔壁的房间收拾东西准备离开，整个人哭得异常伤心。小柯皱眉表示不解，怎么刚来就吵架了？小柯连忙冲进去抓着许美景的行李，连忙问道："嫂子，你又和我哥吵架了？"

许美景没说话，想要继续收拾东西，她东西原本就不多，只是包包里装了一些简单的换洗衣服，现在小柯按住不让她动，她只好放弃，坐在旁边默默地抹眼泪，一言不发。

"嫂子，有什么事你就告诉我，我替你教训顾良辰，你千里迢迢跑过来看他，他居然惹你生气。你千万别生气，我告诉你，我永远是站在你这边的，我绝对是帮理不帮亲。嫂子，你就别生气了，好不容易来一趟，吵个架就回去多折腾啊。再说了，你现在回桐城，到了都凌晨了，一个人多不安全。你先在这里住一晚，明天我亲自送你回去，好不好？"

小柯极力劝着许美景，怎么也不能让她现在就回去，一回去那准得出事，而且许美景在顾良辰隔壁开了房间，可见她是真心想过来的，还带了换洗的衣服，绝对是要过这个周末的啊。这个顾良辰到底哪根筋不对，居然把许美景惹恼了，要是换成他，千里迢迢过来被惹恼了也会生气走人的。他对他这个哥哥也是彻底无语了，看着挺聪明的一个人，怎么就这么笨呢？

许美景轻叹一声，无力道："小柯你也别劝我了，我和你哥要离婚了。"

如晴天霹雳一般，小柯彻底呆住了，完全没反应过来。他没听错吧？许美景和顾良辰居然要离婚？天哪，好端端的为什么要离婚？两个人结婚这么久了，虽然不是整天黏在一起，但感情一直很好，怎么现在就要离婚了？这也太天方夜谭了吧？

小柯觉得这事情有不对劲的地方，立刻询问许美景，无论如何他得把他们俩给调解好了，要不然舅舅、舅妈非打死他不可。小柯连忙问许美景到底是怎么回事，但许美景无论如何也不愿意说，倔强不已。小柯也是无语了，什么都不说，他怎么帮他们解决这个问题呢？

小柯让许美景别走，连忙去隔壁喊顾良辰，但他怕许美景趁机走掉，把打扫房间的清洁人员喊过来堵在门口，连忙冲进顾良辰的房间找顾良辰，一进去就见顾良辰冲着手机嚷嚷着什么。他也是无语了，老婆都要跑了，他还在这里打什么电话？小柯二话不说给他挂了电话，拖着他往隔壁房间去，却无意中瞥到房间里的东西，愣了一下，突然想到什么似的，他可能知道这两个人离婚的原因是什么了。

小柯拽着顾良辰到了隔壁的房间，连连对清洁人员说谢谢，随即就关上了门。他把夫妻二人凑到一起去，便说道："好了，现在当面锣对面鼓，你们俩说说为什么要离婚吧。你们不会无缘无故地就离婚吧？"见两个人都不说话，小柯就点名了，"哥，你说。"

顾良辰擦了一把眼泪，沉声道："我不知道。"他要是知道就好了，就不用这么被动了，就可以想办法劝许美景不要离婚了，但许美景不说，他怎么可能知道？就算他猜测许美景爱上别人了，他也不会告诉小柯的，无论如何他都要维护许美景的形象。

小柯又问许美景原因，许美景也一句话也不说，只是默默地流眼泪。顾良辰看了十分心疼，想要给许美景擦眼泪，但抬起的手犹豫了一下最终还是放弃了。小柯服了这两人了，他觉得此时顾良辰霸气一些，直接把许美景揽进怀里一番安慰亲吻，肯定就没问题了，但顾良辰性子温和，又要顾忌许美景的情绪，肯定不会做这样的事情的。

现在两个人都不说话，事情就没办法解决。小柯恨不得抽两个人一顿，这都什么时候了还这么任性，又不是别的事情，赌气不愿意说话就算了，现在这个可是大事情啊，离婚的事情啊！小柯扶额，觉得已经没办法和这对夫妻沟通了，真是愁煞他了。

现在两个人都这么伤心难过，可能也不是很理智，要是现在就解决事情的话，可能会适得其反，根本解决不了，他还是先稳住他们俩的情绪再说。事情总归是要解决的，要不然就这么离婚了，岂不是要郁闷死了？这个世界上可没有后悔药啊。

小柯抽了纸巾给许美景擦了眼泪后笑道："嫂子，我带你下去参观一下，楼下好多明星呢，这边还有个剧组，等大哥这次巡演结束后，还有一个古装剧要拍，楼下的剧组有你最喜欢的男明星哦。"说完，小柯也不管许美景是否同意，拉着她就往外走，同时给顾良辰使眼色，摇了摇手里的手机。

许美景其实并没有心情参观剧组，更没心情去见男明星，但实在是拗不过小柯的坚持，许美景也就跟着他走了。一路上两个人也没怎么说话，许美景收拾了一下自己的情绪，虽然没心情见人，但好歹也得有点形象，要不然惨兮兮的多可笑。

小柯先带许美景去参观了酒店，酒店的一楼是一个游泳池，旁边树荫葱葱，亭台水榭，阁楼成群，看上去特别美，而且还有人在里面游泳，不亦乐乎。虽然已经是半夜了，但似乎夜生活才刚刚开始。

泳池旁边就是自助区，有水果、酒水、糕点等，来回走过的人许美景基本上都认识，都是当前比较红的明星，这些人还一一和小柯打招呼。这些明星都没见过许美景，见是小柯带着，只以为是顾良的粉丝，也都没放在心上。

酒店虽然能随便出入住人，但想要到这一楼的休闲游泳区那就不太可能了，这里基本上是明星的根据地，除非有通行证或者别人领进来，否则连门口都别想靠近。许美景刚进来的时候不是很清楚，现在便清楚了，心里不得不感慨，有钱人的生活和他们这些普通百姓完全不是一个层次的。

小柯知道许美景不会喝酒，就给她倒了鸡尾酒，领着她到一旁没人的角落里，刚坐下还没说话，小柯的手机就响了，是一个制片人约见小柯谈顾良辰新片的事情。小柯有些为难，他想要陪许美景聊聊天，开导她一下，不过这个事情又很重要，小柯一时之间不知该怎么办了。

许美景不甚在意地挥了挥手，让小柯忙自己的事情，她在这边等他回来就可以了。小柯不太放心，再三叮嘱许美景在这里一定要乖乖的，千万别乱走，他很快就回来了。许美景点头表示明白，还催促小柯快点去，别让人家制片人等太久了。

小柯走后，许美景一个人坐在角落里发呆，观察着整个酒店。这酒店的确高档，她平时肯定不会入住这样的酒店，一天的消费恐怕也是很吓人的。再想想她和顾良辰的区别，她现在就是过着普通人的生活，但顾良辰呢？出入的都是高档奢侈的地方，他的消费观也已经和她完全不同了，这样看来，其实他们俩已经有很大的区别了，已经不是在同一个世界的夫妻，也不可能再继续走下去了。

许美景心里还是有些难受的，毕竟现实是摆在这里的，只有相爱又怎么能够呢？许美景正想着这些事情的时候，温可人端着一杯鸡尾酒和一块蛋糕来她这边了，此时她已经换上了一件乳白色的裙子，大波浪长发，高跟鞋，笑盈盈地站在许美景面前，微微挑眉看她，“我能坐在这里吗？”

许美景抬头看温可人，非常漂亮大气的女孩子，长得也很美，举手投足之间都很风情，这和之前给她的印象完全不同。以前就感觉她特别像一个漂亮的邻家女孩，但现在看，却那么像女神，不知是不是因为和顾良辰在一起的缘故，许美景心里犯嘀咕，有些酸楚。

温可人坐在了许美景的对面，不动声色地打量了一番许美景，眼睛红肿，脸色惨白，整个人都有些不在状态。她在隔壁房间可是听得很清楚，没想到许美景居然会提出离婚，说实话，这完全超出她的预料，不过她还是蛮开心的，毕竟离婚了，顾良辰可就彻彻底底是属于她的了。不过现在看来，他们想要彻彻底底地离婚断掉还不太可能，不过没关系，她再加一把火就可以了。

第十一章　离婚给她看

温可人优雅地喝了一口鸡尾酒，淡淡一笑，从兜里掏出一个东西给许美景，许美景一看，颇为诧异，不解地看向温可人，不知她递给她一个验孕棒是什么意思，难道是说她怀孕了，孩子是顾良辰的？仅是这么一想，许美景就觉得浑身冰凉，拿着验孕棒的手都在发抖。

“我听良辰说他爸妈都在催他早点要孩子，但是你一直不肯，也不愿意生孩子，你是不爱顾良辰所以不愿意给他生孩子吗？不过没关系，你不愿意，还是有很多女人愿意的，顾良辰对你怎样你很清楚，但你对他呢？女人不仅仅要索取，懂得付出才会有回报，而且男人也是有需求的。”

许美景咬唇不说话，微微低头看着酒杯。不知她到底有没有把温可人的话听进去，温可人也不管她，只负责说，听不听是许美景自己的事情，她肯定会衡量这些利害关系的。

温可人顿了一下，又继续说道：“其实，你和顾良辰配不配你自己很清楚，像上次的事件，你是完全没办法的，你对这个行业也不了解，就算知道也不过是一些八卦帖子加上自己的猜测罢了。这个行业的道道只有接触了才会明白，你认为如果你还在他身边，你能帮助他多少？”

温可人见许美景没说话，又继续说道："是，你们认识很久，青梅竹马快三十年了，但这并不代表你们感情就一定很要好，你以为顾良辰真的那么幸运，非专业出身，一出道就大红大紫？当初他和我父亲谈签约的时候，我对他一见钟情，但那时候我就知道他有女朋友了，我在想我不能夺人所爱，我应该帮助他完成他自己的梦想。于是我默默地付出，一直帮助他经营他的粉丝，帮助他发展事业，我想他一定能看得到我的付出，这些时候请问你都在做什么？"

温可人的质问让许美景有些不好意思，是啊，她什么都没为顾良辰做，只是享受着成果，享受着顾良辰给她买的奢侈品和房子，享受着顾良辰的付出。身为妻子最后还要被情敌质问，许美景又觉得很可笑，无奈地摇了摇头，轻声道："谢谢你为他付出的这些，我相信你也会得到你想要的，我只是想确认，你给我这个是什么意思？是顾良辰告诉你我不愿意生孩子吗？"

顾良辰出轨也罢，别的事情也好，她都不会太计较，男人的通病而已，但他居然把他们夫妻间的私事告诉别人，这是绝对不能原谅的。也是，人家已经和温可人相亲相爱了，现在还有她什么事呢？她再伤心难过也是没用的，男人变心了，那会比洪水猛兽还要可怕。

温可人歪着脑袋看许美景，反问她，"你觉得呢？"

许美景倏地站起来转身就走，她已经不想和温可人再继续待下去了，温可人是赤裸裸地炫耀，这种感觉让她很不舒服，而且她觉得温可人说话有点前言不搭后语，她不能只听她的一面之词，她得找顾良辰去问问。她不能就这么算了，就算是要死，也得死得明白不是吗？

而且她和顾良辰现在还是夫妻，只要她不说离婚，就算温可人再和顾良辰相爱又怎样？她始终是第三者，她不能就这么放弃，让第三者如此逍遥，怎么说也得和顾良辰沟通过了再做决定。除非顾良辰亲口承认不再爱她了，否则她一定不会放手的。

许美景知道自己这样出尔反尔不好，刚才还很坚定地要离婚，放顾良辰自由，但现在听了温可人的话，她反而不那么坚持要离婚了，就算要说这些事情，也得由顾良辰来说不是吗？这是他们夫妻间的事情，为什么要涉及别人呢？许美景不由得加快了脚步。

许美景回房间的时候顾良辰正趴在床上写东西，许美景不敢打扰，也想知道顾良辰在写什么，就悄悄地走过去，或许是顾良辰写得太认真了，压根就没发现许美景进来了，歪着脑袋，一边写一边擦鼻子，看样子是哭得很伤心。许美景有些不忍心了，静静地站在顾良辰身后看他写。

顾良辰在做最后的努力，他不想和许美景离婚，但现在这个情况许美景又不愿意和他沟通，他没办法了，只能选择这种方式。信中先是和许美景道歉，表示不知道哪里惹她不开心了，让她想要离婚，如果她喜欢上别人，请跟他说，他会很努力尽到一个丈夫的责任，甚至愿意放弃工作，不当明星，只想和她在一起，希望她能够再给他一次机会。而后又回顾了两个人的感情，从小到大，洋洋洒洒地写了很多，勾起了许美景很多回忆。

她童年的记忆除了顾良辰再无其他人，每一天他们都黏在一起，可以说除了她没出生的那两年，之后的日子里他们彼此相伴，成为对方的支柱，像空气一样对彼此如此重要且习惯，一旦离开对方，恐怕都是无法呼吸的，他们已经融入彼此，成为彼此的一部分。

许美景看着看着眼泪就掉下来了，她特别难过，难过自己的任性和顾良辰的单纯，如果他真的做了对不起他的事情，那么他不会像现在这样什么都不知道，一定是这样的。许美景心里有些懊悔，觉得自己太任性了，伤了顾良辰的心。

顾良辰听到声音，回头见许美景站在身后抹眼泪，心疼得不行，把许美景揽入怀中，胡乱地亲吻着她的脸蛋，柔声道："宝贝不哭，老婆不哭，都是我不好，我不该惹你生气，我不该让你伤心难过，让女人流泪的男人都不是好男人，我好好反省……"

顾良辰语无伦次地说着，虽然没什么甜言蜜语，却让许美景哭得更加厉害了，像个伤心的小孩子。顾良辰现在更没办法了，束手无策了，他从来不知道女人的眼泪会有这么多，像坏掉的水龙头一样。她哭得不能自已，完全没有停下的迹象。

"老婆，我哪里做错了你告诉我，我一定改好不好？真的求你别哭了，你哭的我都难受了，我心里特别疼，你知道吗？特别疼！"顾良辰捂着胸口，可怜兮兮地看着许美景，不停地哀求她。许美景抽泣着，红肿的眼睛看着眼前这个一脸痛苦的男人，在别人面前他那么的高高在上，不可触及，但在她面前，此时此刻，却这么的卑躬屈膝，毫无尊严可言，他这样，难道对她不是爱吗？

许美景擦掉眼泪，平复了好半天才不哭。顾良辰那叫一个心疼啊，打电话给小柯让他准备煮好的鸡蛋，他要给许美景消肿。许美景连忙摇头说不要，她拉着顾良辰坐下来，静静地看着他，想要问他和温可人的关系，但始终问不出口，最后轻叹一声，"我来的时候，为什么温可人会在你房间啊？"

顾良辰愣了一下，有些疑惑，仔细地想了想之前的事情，脑子一炸，终于知道是怎么回事了。他当时被许美景说离婚的事情惊到了，完全没想到是因为温可人引起的，原因要是这个那就好办了，他和温可人一点关系都没有，他不担心了，心里还有些窃喜，这说明许美景很爱他啊。

顾良辰无奈极了，摇头轻笑，轻声道："宝贝，你真是冤枉我了，这和温可人一点儿关系都没有。她下飞机到酒店楼下被雨水从头浇到尾，她就上来洗澡了，我能说现在酒店一个房间都没有了吗？她只好在我房间洗澡。而我刚刚录了一个美食的节目，身上的油烟味很大，所以等她洗完了我又进去洗。"

这样的解释看起来似乎是没什么问题的，但仔细想想怎么就会有那么巧的事情呢？那房间里的行李箱和东西怎么解释？许美景还是忍不住问了顾良辰。顾良辰拍着脑袋，抵着许美景的额头，轻叹："宝贝，你是真的冤枉我了，那是我和小柯的行李箱，以前我们都是住标间或者套间，但这次主办方就订了一个大房，我和小柯只能同床共枕了。"

顾良辰无奈地解释，这次主办方是个特别小气的家伙，他的行程和活动是早早定下来的，结果人家一直没定酒店，等他过来的时候才定酒店，而且还只有一间。他当时已经无力吐槽了，后来想想他和小柯一起住也没关系，毕竟都是男人嘛。谁知道现在就出了这么乌龙的事情，还让许美景误会了，要离婚，幸好两个人都舍不得，要是真离婚了，他得哭死。

"确定吗？"许美景狐疑地盯着顾良辰，总觉得事情未免太过于巧合了，为什么她订酒店就能订到，而温可人就没订到？这么高档的酒店哪里会那么快住满人了？想到温可人的举动，许美景只想到了一个可能，这一切都是温可人自编自导自演的，她借口酒店没房间，就堂而皇之地进了顾良辰的房间，孤男寡女共处一室，肯定是会出事的啊。

这个温可人，看着温柔可爱，知性大方，没想到心机这么重，太可怕了，她刚刚差点就要被她骗了，差点就要失去顾良辰了。想到可能发生的这一切，许美景还有些心有余悸，揽住顾良辰的肩膀，无声地叹息一声。现在看来，是不能把温可人放在顾良辰身边了，这个女人太可怕了，谁知道将来会发生什么事情呢。

她的公关能力以及策划能力都这么强，很有可能将来她就看到顾良辰和女助理滚床单的新闻了，到时候温可人再挟天子以令诸侯，她这个名正言顺的妻子还是一样得让位。想到这个女人，许美景无力地摇了摇头，想到她在一楼说的话，顿时就恼火了，一把推开顾良辰，怒道："是不是你做长舌妇，和温可人说了我不想要孩子的事情？"

顾良辰无辜极了，连忙摇头，"我和她又不熟，干吗和她说这些事情？而且这是我们夫妻俩的私事，我干吗要告诉别人？"

夫妻俩对看一眼，就想到了一个可能。顾良辰立刻打电话把小柯喊过来。小柯还在和制片人聊天，从电话里听到顾良辰有点生气，也不知是什么事，只好和制片人道歉，火速往楼上去赶去，一进去差点就被顾良辰的拳头打到了，还好许美景在一旁拉着顾良辰。

小柯一脸不解，连忙问发生了什么事，好端端的干吗要打他。难道只是因为他没把鸡蛋及时送过来？也不是啊，顾良辰没这么暴力的，而且现在制片人还在一楼的咖啡厅里等着呢。

顾良辰差点气死了，怒道："你这个见色忘义的家伙，你说，是不是你把你嫂子不想生孩子的事情告诉温可人的？"

小柯愣了一下，脸微微一红，有些不好意思地点点头，又连忙解释道："不是我八卦主动说的，是可人问我的，说你们结婚那么久了，怎么还没孩子，我就告诉她了。可人怎么了？”小柯看向许美景和顾良辰，心里有种不太好的预感，觉得有不好的事情要发生了。

许美景无奈极了，只好把温可人在泳池旁说的话重复了一遍，重点强调温可人怀孕了，拿了验孕棒给她看。说完许美景就看向了小柯。小柯则震惊不已，嘴巴张得大大的，下意识地吞了一口口水，颇为无奈，“温可人是傻子吗？谎话终究会被揭穿的，她这样做也不见得会把你们分开啊。”

当初因为那次洪水事件，温可人扭转乾坤，他觉得温可人很有能力，而且还是粉丝会会长，就向顾良辰推荐让温可人做助理。顾良辰没任何意见，不过说这得征求许美景的同意，他身边有个女人，得许美景同意才行。小柯也和许美景沟通了，许美景当时立刻就同意了。但怎么也没想到温可人的目的这么不简单，居然是奔着顾良辰去的，小柯都要哭了，他可是喜欢温可人很久了。

“温可人不要再留了，而且我们也请不起她，绯闻这些事情我都没管，现在想来，也很有可能是她一手策划的。”顾良辰摇摇头，忽然间觉得女人果然是很可怕的生物，还是他的老婆大人比较好。顾良辰把许美景揽进怀里，亲了亲，讨好地笑着，“老婆，还是你最好了。”

许美景无奈地翻了一个白眼，虽然比较赞同顾良辰的话，但还是有些担心，毕竟温可人的身份摆在这里，她是华娱公司老板的千金。她成为顾良辰助理后的确在顾良辰的事业上帮助很大，万一不和她合作了，就怕她到时候倒打一耙，到处黑顾良辰怎么办？毕竟圈子里的一些事情只有他们自己知道，大家看到的只不过是热闹一场而已，而且温可人在泳池边的时候还特意强调了她的重要性。

“我觉得嫂子的想法是对的，我们现在不能贸贸然辞退她，她现在是一个比较重要的角色，起到了关键性的作用，哥，你得好好考虑一下。”小柯也表示担忧，这件事弄好了还好，弄不好的话，顾良辰就真的无法翻身了。

“那我就从娱乐圈退出来，反正我现在也不是很想干了。”顾良辰无奈道。这样的事情他是比较讨厌的，既然现在自己都不是自由的了，还在这里待着干吗？不如早点退出，回家让许美景养着好了，在家做一个合格的煮夫，不要提日子有多开心了。

“顾良辰，有人挖你吗？要是有的话，你就和人家谈谈，到时候和华娱解约，让对方帮你打官司，这件事应该就没问题了吧。”许美景提出意见来，如果能和平解约最好，哪怕赔点钱都没关系，但如果对簿公堂的话，那就是没办法的事情了。

顾良辰点点头，觉得这个办法可行，之前就有一家公司来找他，是一家当时还是上升期的公司，希望能够和顾良辰合作，让他入股进来一起创办公司。当时顾良辰在拍戏，根本没时间顾及这些事情，就让小柯去了解了一下，后来也就不了了之了。现在他因为上次洪水事件再度爆红，又有很多公司抛出橄榄枝，到现在还有人在不断地约他见面，要是这样的话，他就可以考虑一下了。

许美景从来没想过事情会这么复杂，心里有些难过，不过既然是他们夫妻间的事情，她还是要和顾良辰一起面对和解决的，不过当前是要先稳住温可人，不能让她察觉，其他的事情也要暗中进行，等水到渠成后再提出和华娱解约，这样相对来说会安全一些。

“顾良辰，那咱们再继续吵架闹离婚吧。”许美景摊摊手，无奈地笑了。许美景觉得这次事情之后她也可以去混娱乐圈演戏了，这也是要考验演技的，没想到小说中出现的情节现在就活生生地发生在她身边，她不知道自己是该哭还是该笑，其实想想，也是挺无奈的。

对于许美景的提议，顾良辰也是蛮无奈的，但现在是一点办法都没有，为今之计也只能这样了。顾良辰把许美景拉入怀中，很不舍，两人黏了一阵子才分开，同时顾良辰也警告小柯不要胡说八道，不要再透露任何消息给温可人了。

小柯举双手表示什么也不会再透露给温可人了，原本很喜欢人家的，但现在得知她的为人，也不敢再喜欢了，要不然铁定会出事的。想来这段时间温可人对他的好，想必也是利用他，他心里不免有些难过，不过到底是暗恋，镜花水月而已。

顾良辰帮许美景收拾了东西，依依不舍地与她分别，许美景再三叮嘱他不要乱来，否则有他好果子吃。因为这一点误会都要离婚了，顾良辰哪里还敢乱来？小柯站在门口，见温可人从电梯里出来了，立刻给顾良辰和许美景示意，让他们俩准备好。温可人袅袅走来，小柯一挥手，许美景就拿着包包往外走，顾良辰跟着追出来，“美景，你听我解释，你听我解释。”

许美景一甩包，差点打到了顾良辰，许美景怒吼，“我不听，我不听……”

顾良辰一把抓住许美景的手，轻声道：“你就听我说好不好？你能不能不要这么无情、残酷、无理取闹？”

天呐，经典台词啊，许美景差点就要笑场了，顾良辰不愧是演员啊，这种经典台词信手拈来。说实话，她都有点招架不住了，都不知道要怎么回答了，但好在她是编辑，小说这一块儿接触很多，稍微想一下就知道该怎么回答了，而且这个经典台词可是很流行的，好歹她也算熟悉。

“对，我就无情、冷酷、无理取闹了，但是我再无情、冷酷、无理取闹，也比不上你无情、冷酷、无理取闹。”

“我哪里无情、冷酷、无理取闹了？分明是你无情、冷酷、无理取闹！你还说我无情、冷酷、无理取闹，你简直就是太无情、冷酷、无理取闹。”

许美景汗颜，一旁的小柯听得也满头黑线，这种吵架也是吵出一定高度、一定境界了，是非常人能达到的。小柯不得不佩服这夫妻俩，不过现在到他出场时候了，小柯从里面钻出来，拉着两个人的手，劝道：“你们俩别吵了，这大半夜的，容易吵到别人。嫂子，现在天色这么晚了，你就在这边休息一晚上，明天我亲自送你回去好不好？”

“不要！”许美景直接拒绝，冷眼看着顾良辰，“我坚决不会再在这里待着了，我要换一家酒店，我现在看到你就觉得恶心，顾良辰，我们玩儿完了。”说着，她大力甩开顾良辰和小柯的手，直奔电梯而去，正好和温可人迎面而来。温可人想要和许美景打招呼，却只说了一个“哎”字，许美景就一溜烟跑了。顾良辰气得跺脚，直接跟过去，但电梯已经下去了，顾良辰抚着额头，头疼不已，不停地按着另一部电梯，希望它快点上来。

温可人来到小柯面前问他们俩是怎么了，一副很关切的模样。小柯就说两个人闹分手，要离婚，吵架吵了半天了，他特地过来劝都没劝住，看来这次是真的要玩儿完了，他没办法向舅舅、舅妈交代了，他的好日子也要到头了。

温可人略微担心地看了看在电梯前徘徊的顾良辰，微微抿唇，轻声道：“你别担心，这里交给我就好了，你下去追许美景吧，我好好安慰一下良辰，不能就这样让两个人分手了，也不能让顾良辰耽误工作，咱们分工行事吧。”温可人声音十分温柔，说出来的话也很有道理，如果不是了解了她的为人，小柯恐怕早就相信了，也会感动得一塌糊涂，但现在只会越发觉得温可人太虚伪了。

小柯点点头，表示赞成温可人的话，冲到顾良辰的面前交代了几句，就搭乘另一部上来的电梯下去了。顾良辰狠狠地捶了一下拳头，似乎很郁闷，很不甘心。温可人微微扬眉笑了起来，缓缓走向顾良辰，柔声道：“良辰，想必美景也是一时生气而已，你别太放在心上了，有误会要说明白，而且我已经让小柯去找她了，我想事情肯定会解决的，你别太担心了。时间不早了，我扶你去休息。”说着，就伸手去扶顾良辰的肩膀。

顾良辰不动声色地避开温可人，叹息一声，回房间了。温可人也跟着进去了，见顾良辰双手放在脑后躺在床上，便倒了两杯红酒端给顾良辰，柔声道：“你和许美景到底怎么回事？我听她的意思好像厌烦了这样的生活。”

顾良辰挑眉，倏地起身，十分激动地抓着温可人的手，“她是这么和你说的？她果然是变心了，我早就该想到的，早就该想到的。”

“唉，其实这些话我是不应该和你说的，但是我不想看到你继续被她欺骗，付出这么多却得不到回报。她的确已经变心了，爱上了别的男人，至于那个男人是谁，我真的不太清楚，她也没说，她只是说很喜欢现在的生活，可以和相爱的人在一起，手牵着手去逛街、看电影，不用担心会被一群不认识的人围攻。良辰，既然这样，你们不如好聚好散得了，说实话，我都替你难过。”

顾良辰垂着头没有说话，只是双手紧紧地握着，似乎很愤怒，又很伤心，又压抑着自己的情绪一样，温可人不动声色地笑了笑，觉得这件事居然会这么轻松就成功了，看来现在只要顾良辰放手一切就都办成了，现在就坐等他们离婚了。

“我知道了，既然这样，我只能放手了。出了这样的事情，我也很难过，不过毕竟这种事情是无法避免的，我工作忙，她自己一个人也是挺孤单的，我理解她，原谅她了，只不过现在不会再继续下去了，给彼此一个机会吧。”顾良辰轻叹一声，却不愿再说什么了。

温可人的目的达到了，也没有再继续说下去，有些事情适可而止就可以了，不必太强求，否则会适得其反。而且她会很有耐心地等顾良辰的，待顾良辰离婚后，她就可以发动进攻，一举拿下顾良辰了。

小柯很快就进来了，一脸的汗珠，气喘吁吁的，无奈道：“哥，嫂子跑得太快了，我压根就找不到她，打她手机还关机，你说现在怎么办？”

顾良辰垂着头一言不发，像睡着了一样，温可人看了看，便把小柯拉到一旁去，“算了，许美景那么大的人应该不会有事的，别担心了。良辰累了，让他好好休息吧，这毕竟是他们夫妻之间的事情，咱们就不要参与太多了，我先回去休息了。”酒店有人退房了，她正好就开了一个房间，好在她有地方住了。

温可人一离开，顾良辰立刻从床上跳下来把门反锁上，连忙问小柯许美景现在怎样了。他刚刚可是把手机打开放在通话模式的，藏得还算隐蔽，温可人应该没发现。他没想到真的是温可人在挑拨离间，这种女人最可怕了，他要早点离开她，省得再有类似的事情发生。

“嫂子我已经安排在隔壁的酒店了，她情绪还算稳定，就是有些担心你，她怕给你惹麻烦，所以打算明早就回桐城。”小柯连忙告诉顾良辰，省得他担心，谁知顾良辰拿了外套就往外走，小柯连忙拦住他问他要干吗去。

“我去陪她。”顾良辰如是回答，不管怎样，他今晚都要和许美景在一起，两个人好好聊聊天，计划一下将来的事情。而且他很想念许美景，想好好地和她温存一下，促进夫妻感情，更重要的是他得确认一下许美景是否怀孕了。从上次她生日到现在都一个月了，也该有动静了，许美景也没说她例假来没来的事情，他还是想确认一下。

小柯哪里能让他离开，现在正在关键时刻，说不准温可人就在外面盯着，所以还是得忍着，让顾良辰打电话就行了，有什么在电话里说就好了。顾良辰想了想也就作罢了，现在事情还没处理好，他要是问许美景，再给她心理压力怎么办？顾良辰准备事情处理完了再和许美景说这个事情。

顾良辰用小柯的手机给许美景打电话，这边让小柯抓紧下去和人家制片人继续谈事情，别耽误太久了。小柯都要哭了，现在才想起来，早干吗去了？小柯欲哭无泪地下楼去了。

顾良辰在电话里和许美景聊了一会儿，温可人说的那些话她也听到了，表示很无语，原来现实生活中真的有这样的人。许美景觉得自己的智商堪忧，完全不是温可人的对手。

“明天我就回去了，你别担心，我没事的，我们俩要好好的，彼此信任，不要相信任何一个人，不受别人挑拨，我们齐心协力。”许美景安慰顾良辰，现在也只能暂时这样了，等事情处理好了再做打算吧，温可人这个人还是防着一点比较好，省得出乱子。但顾良辰心里还是有些不舒服，觉得自己让许美景伤心了，现在能不能处理好还不知道呢。

“你别担心，不管发生什么事情，我都会在你身边的，只要你不离我便不弃。”许美景继续安慰顾良辰，再三表示自己没事，顾良辰这才放心，两个人又黏糊了好一会儿，最终在许美景的催促下，顾良辰才依依不舍地挂了电话，望着洁白的墙壁思考一些事情。他是得好好考虑一下以后的事情了，一个温可人能解决掉，以后若是再出现第二个、第三个温可人，那该怎么办？简直是防不胜防，这样下去肯定是不行的，顾良辰最终下定决心了。

许美景天一亮就退房去车站改签车票回桐城，但她怎么都没想到居然会在车站看到温可人，她似乎是专程来等她的，还很客气地邀请她去喝一杯咖啡。许美景敬谢不敏，说要赶车就不去了。温可人也看得出来许美景对她的抵触，无奈一笑，从包里拿出一个信封给许美景，许美景疑惑地看着她，表示不解。

“这是顾良辰委托我给你的，里面有五百万，请你放手，你也知道，我现在有了他的孩子，但你们现在还没离婚，这对我和孩子来说都不太公平，所以希望你能够尽快和顾良辰离婚，让我的孩子名正言顺地生下来。”

许美景快要被温可人恶心吐了，她真是想打死她，天底下怎么会有这么不要脸的人呢？居然说出这种让人恶心的话，也真是够了。许美景接过信封，笑道:“这真的是顾良辰给我的吗？”

温可人点点头，谁知许美景直接把信封还给温可人。

“让他亲自交给我吧，再见。”说完，许美景就往候车室走去，不想和温可人再有什么牵扯，谁知温可人却叫住个她。

“许美景，你不要敬酒不吃吃罚酒，顾良辰现在什么身份你比我清楚得多，他的影响力有多大你也很清楚，万一哪天我不小心说漏了嘴，告诉媒体记者说顾良辰隐婚多年还婚外情招惹我，还让我怀孕，你说他以后该怎么办？趁着现在事情还没发展到那一步，还是可以解决的时候，咱们就好好解决，不要再节外生枝了好吗？”温可人温柔地看着许美景，说着特别大气的话，好像凡事都是站在顾良辰的角度为他考虑一样。

许美景差点要笑死了，她见过无耻的人，但第一次见到这么无耻的人，简直是太可笑了。看似是为顾良辰好，其实就是来威胁她的，这个温可人，还真是厉害得很呢。许美景微微扬眉，轻声道：“你这个意思是威胁我了？”

温可人连连摇头，笑道：“你曲解我的意思了，我怎么可能威胁你？我们俩都是顾良辰的女人，都深爱着他，都不想看到他出事。如果现在你怀孕了，我肯定会退出的，毕竟孩子是无辜的，但现在是我怀孕了，我只能请求你离开。我知道之前顾良辰把钱都交给你了，想必你以后生活也是无虞的，但这五百万是作为一个补偿，总归是要对你有个交代，我希望我的孩子在出生的时候就见到他的父亲，他毕竟是无辜的。”

瞧瞧这话说得，许美景真心要笑死了，明明受害者是她，现在人家一句话，就从第三者变成了受害者，而且还说得如此冠冕堂皇，让人觉得可笑。这个女人啊，许美景无奈地摇了摇头，反问温可人，“如果我说我不同意，我不接受呢？明明我才是他的妻子，我们是合法的，你作为第三者要求我离开，你不觉得好笑吗？”许美景是坚定地要撕开温可人虚伪的面目，如今她的话都说到这个地步了，她倒要看看温可人还有什么话好说，是否还会如此的淡定。

温可人轻叹一声，还是有点奇怪，昨天都闹成那样了，她怎么还不松口离婚呢？是觉得钱少了吗？还是发现其他的问题了？应该不是，毕竟他们俩这么久都没联系，分隔两地长久不联系的夫妻是会出现问题的，他们正是这样，所以她的成功概率已经是很大的了，但为什么许美景就是死活不同意呢？这是温可人想不通的事情。

不过事情已经发展到这个地步了，也不允许她半途而废了。温可人冷笑一声，面色阴冷，不再是刚才那么温和了，冷声道："许美景，这支票你要也得要，不要也得要，你必须得要了，否则我一定会宁为玉碎不为瓦全，哪怕让顾良辰身败名裂我都不怕，如果你不相信的话，可以拭目以待。"现在温可人说的话可就是赤裸裸地威胁了，貌似许美景不接受也是不太可能的。

许美景咬着牙，倔强地看着温可人，两个人对峙良久，最终许美景败下阵来，拿过支票就进了候车厅。温可人望着许美景离去的背影，扬眉笑了起来，不管怎样，许美景拿了支票就好了，哪怕以后她们发生争执和冲突，她都可以说是许美景为了钱勒索她，到时候许美景就万劫不复了。

温可人得意的时候并没发现许美景也得意着，她把手机从兜里拿了出来，关掉录音功能。还好她聪明，用手机录音防备温可人，否则她哪里敢要那支票，而且她得让温可人亲口说出来这支票的缘由，要不然就真的得被她欺负死了。

许美景上了车后就把这段录音发给了顾良辰，顾良辰听完差点气炸了，恨不得现在就冲出去找温可人算账，但最终被小柯拦了下来。这种事情现在不宜过早地打草惊蛇，要不然他们就会错失良机，从主动变成被动了，到时候这些事情都不好处理了。顾良辰没办法，只好忍了下来，让小柯暗中联系其他影视公司，而他自己也开始做前期的准备工作了。

这次事件之后，许美景照旧上班，好像什么事情都没发生一样，其实她还是在等着某些事情发生，不过她知道时机没有成熟，肯定还需要时间，只好耐心等着了。

不过公司却发生了一件很奇妙的事情，她发现黄诗意和梁芮芮居然闹掰了，两个人不说话了，也不像以前那样一唱一和的。黄诗意反而有点向她靠拢，有意讨好她，每天中午约她一起吃饭，这让李琳琳很不满，让许美景离黄诗意远一点。

中午李琳琳喊许美景去吃麻辣烫，黄诗意也跟在后面，李琳琳再一次要发飙赶她走，不过又被许美景给制止了。毕竟是同事，一起吃饭又没有什么关系，但李琳琳总觉得黄诗意跟她们在一起，她们就不方便吐槽了，而且谁知道她是不是间谍呢。

第十二章　两个男人的伤

“黄诗意，你怎么不和梁芮芮一起吃饭了？”李琳琳实在憋不住了，问道。

提起梁芮芮，黄诗意就一肚子火，怒道：“你们没发现她最近和姚总走得很近吗？他们中午一起吃饭，下午还一起下班呢。”黄诗意说的时候咬牙切齿，充满恨意。她完全没想到梁芮芮如此小人，乘人之危，她去跟踪姚默初，居然和姚默初好上了，之前还再三保证不会喜欢姚默初的，结果呢？现在人家两个人双宿双飞了，她能不生气吗？

李琳琳翻了一个白眼，这个事情她早就知道了，只是没告诉许美景，怕许美景伤心，毕竟姚默初一开始对许美景还蛮有意思的，谁知最后和梁芮芮好上了。

这个也不难理解，许美景对人家一直很冷淡，男人自然没耐心了，再说了梁芮芮长相甜美，能说会道，又会来事，在男人面前撒撒娇，没一个男人能招架得住的，也不知道黄诗意生什么气，她又不是和人家姚默初谈恋爱被梁芮芮抢了，激动个啥。

“人家男未婚女未嫁，谈恋爱不是很正常吗？”

“正常什么？”黄诗意激动不已，双手握拳，气得眼珠子都红了，“你们都不知道梁芮芮多阴险，之前她说美景和姚默初是一对，让我跟着美景，她去跟踪姚默初，看他们俩是不是去约会的，结果我看到美景上了去京都的高铁，我就回来了。”

许美景一脸黑线，她居然被人跟踪了她都不知道，幸好她第二天就回来了，要不然还不知道又会出什么事。李琳琳八卦不已，连忙问后来的事情。

“后来？后来我给梁芮芮打电话，她说她不方便接电话，等周一上班才和我说，原来她和姚默初是老乡，父母还认识，周末就在一起吃了个饭。姚默初的父母很喜欢她，就撮合他们俩在一起了。你们说梁芮芮阴不阴险？”黄诗意激动得都快要哭了，她当时气得一整天都没吃饭，最后没办法也只能放下了，只是心里这股怒气，怎么也咽不下。

李琳琳扑哧一声笑了，摇摇头，黄诗意和梁芮芮两个人半斤对八两，谁都不是好东西。当然这次梁芮芮做得稍微过分了一些，实在是有些不太道德，就算人家没在一起，也不能这样半路杀出来。不过感情这回事也不好说，得两人看对眼了才算。

不过李琳琳很八卦，问许美景去京都干什么，跑那么远，第二天又回来了，实在是太不正常了。许美景想了想，就随便编了一个理由，说是大学的班长生孩子了，所以去看看，没事了就回来了。李琳琳虽然觉得有些不太合常理，不过许美景不就是这样的性格吗？哪有她做不出来的事情。

“美景，姚默初不是你学长吗？你帮我问问他和梁芮芮到底是怎么回事。”黄诗意攥着手，实在是不甘心，越想心里越郁闷。她已经好几天没和梁芮芮说话了，两个人虽然现在合租，但已经形同陌路了。

许美景颇为无奈，不管姚默初和谁在一起，跟她都没任何关系。她现在还一个脑袋两个大呢，哪有心情过问别人的事情。

但黄诗意一直哀求，许美景心软，耐不住她的请求，也就同意了，“好吧，我找个时间帮你问问。”黄诗意感动不已，连连感叹许美景是全世界最好的人了。

许美景对这样的话已经有免疫力了，哪有什么全世界最好的人，恐怕有的只是利益关系，以前她和梁芮芮关系那么好，好到一个鼻孔喘气，后来呢？还不是因为一个男人闹掰了。

现在又来夸赞她了，这完全是没意义的，不过许美景并不打算给黄诗意难堪，毕竟冤家宜解不宜结，而且都是同事，脸面上过得去就好了，大家是怎样的人，心里清楚就可以了。

回去上班后，黄诗意就催促许美景去找姚默初，许美景快烦死了，上班时间聊什么私事，她才不会在这个时候去找姚默初呢，又不是闲着没事干。不过许美景表示会尽快问姚默初的，让她不要着急。

下午下班后大家都陆陆续续离开了，最近天气热，太阳大，又加上工作上的事情没完成，许美景就想加加班，等晚点再离开。不过她没想到姚默初也没离开，最后办公室的人都走光了，姚默初便坐在了许美景身边。许美景抬头看他，笑道：“听说你和梁芮芮谈恋爱了？”

姚默初无奈一笑，“你消息倒是很灵通啊。”

“是啊，毕竟这种事情是纸包不住火的，而且还是办公室恋情，大家早晚都会知道的。”

姚默初看了看许美景，没说话，许美景想了想，笑道：“你们怎么开始的？我都没发现你们居然这么就在一起了，速度好快啊。”

姚默初略带悲伤地看了一眼许美景，轻叹道：“许美景你不是这么八卦的人，是黄诗意让你问的吧？”姚默初的话让许美景很尴尬，只得点点头。姚默初苦涩地一笑，“我要是说我这么做是为了你，你相信吗？”许美景疑惑地看着姚默初，有点不太明白姚默初说的是什么意思。

“你刚才也说了是办公室恋情，通常公司是不允许发生办公室恋情的，既然这样的话，肯定就有一个人会辞职，你觉得我和她谁会辞职？”姚默初看向许美景，许美景一愣，心中的答案呼之欲出，却不敢相信姚默初会这么做，简直太让人震惊了，而且还有些耸人听闻。他为什么要这么做？还说是为了她，太可笑了吧？

“你不必说得这么好听，你这么做，也不过是男人的本性而已。姚默初，你不要说什么都是为了我，我们已经没有任何关系了，就算有关系的话，也是学长和学妹，或者是同事上下属的关系，再无其他。你也不要总说为了我，我承受不起。你刚才说我不是八卦之人，我的确是受黄诗意所托帮她问的，你想回答便回答，不想回答就算了。”许美景关机，收拾东西准备回家，她觉得自己已经没办法和姚默初沟通了。

姚默初按住许美景忙碌的手，轻声道：“这两个女孩子明里暗里欺负你，我知道，她们俩分别跟踪我们俩，我也知道，我只是顺水推舟和梁芮芮好了而已，我的计划是让她辞职后就甩了她。”

许美景打断姚默初的话，冷笑道：“而后再如法炮制和黄诗意好上，等人家辞职后再甩了人家？姚默初，你现在怎么变成了这样？你真是让我觉得恶心。”

以前的姚默初绝对不是这样的，现在居然……许美景已经无法用语言来形容现在的姚默初了。

姚默初颇为痛苦地看着许美景，苦涩地一笑，摇摇头，无奈道："你让我说什么好？你觉得我恶心？许美景，我不希望你多看我两眼，这些都是我心甘情愿的，我想帮你解决一些麻烦。我知道你周末去京都找顾良辰了，但你为什么第二天就回来了？是因为温可人吗？"

许美景不想再和姚默初纠缠下去了，冷声道："是，就是因为她，她抢了顾良辰，你要是为我好，你现在去京都，去把温可人拿下，让她别再骚扰顾良辰了，成吗？你做得到吗？别为自己的花心找借口，也别把心思放在我身上，我谢谢你。"

她和黄诗意、梁芮芮只不过是工作上的小矛盾而已，哪个公司没有这样的问题？别说公司了，亲姐妹之间都会存在问题，更何况是同事。许美景合上电脑，包一甩，直接走人。她得考虑一下是否要辞职了，她完全不想和姚默初共处一室了。

许美景回家看新闻才知道顾良辰和华娱解约了，已经闹得满城风雨了，全世界都在讨论这件事情。微博热搜又出现了顾良辰的名字，而温可人的名字居然排在第二，点击进去的各种新闻，什么温可人是顾良辰的秘密女友啊，还为他打胎啊，各种黑料，什么都有。温可人接受采访时表示如果顾良辰不向她道歉的话，她就周一见。

呵呵，周一见，娱乐八卦记者通常会用的周一见，周一要爆大料呗。温可人要爆的大料可能和她有关系，这可怎么办？许美景有些担心，给顾良辰打电话，顾良辰的电话没接通，接通了小柯的。小柯安抚她说没事，他们那边已经采取了相应的措施，不会出问题的。小柯让她放心就好了。

"大哥这边一切都妥当了，我们准备工作做得挺好的，律师也请了，所以你真的不用担心。你就照常下班回家，不过陌生的电话别接，回家的时候最好结伴，大哥这边处理完事情后就会回去陪你的。”小柯在电话那边安抚许美景，不过还是比较担心温可人会暗中找许美景的麻烦，便细心地叮嘱许美景。

许美景倒是没关系，从公司到家也就几分钟的路程，而且都是闹市区，就算有人想要找她麻烦也不太可能，毕竟她也没那么愚蠢，不过为了不让顾良辰担心，许美景还是答应了小柯。

不过让许美景震惊的是隔天她爸妈就过来了，同时还带来了勤务兵。他们知道许美景在上班，就在隔壁商场等她。许美景的父亲许清晨帅气有型，母亲林宜洋大方端庄，非常有气质，加上身边还有一个当兵的，自然吸引了别人的注意。

许美景一下班就撇下李琳琳和黄诗意，急匆匆去隔壁的商城了，一见父亲一脸严肃的模样也是无语了，轻声道：“爸、妈，你们怎么来了？”

许清晨很不爽地哼了一声，军人自带的那种不怒而威的气势还是让许美景有点发颤，这些年她还没脱离父亲的阴影。她的童年除了顾良辰之外就没欢乐的时候。父亲总是太严肃，一板一眼，总把军人的作风带到家庭里来，许美景一直觉得自己的性格很大一部分是受到父亲的影响。

她小时候特怕父亲，总觉得父亲不喜欢她，觉得父亲想要一个儿子，然后弄进部队去，继承他的衣钵，但现在是一个女儿，所以那时候总见他皱眉，很惆怅的样子。她自小就很懂事，不敢和父亲太亲近了。现在长大了，似乎是年龄摆在这里，就没那么多奇奇怪怪的想法了，不过心里还是有点隔阂的。

林宜洋拉过许美景坐在她身边，打量了一番许美景，欣喜道：“女儿啊，你最近是不是胖了啊？我看你的脸都圆润了。”

许美景摸了摸自己的脸，她每天都跑步锻炼身体，并没发现自己胖了，穿衣服也没发现衣服紧了，难道是夏天穿衣服宽松的原因？她得去称称体重了，别胖太多了，那样就太难看了。

许清晨颇为不满地瞥了一眼许美景，粗声粗气道："要那么瘦干什么？女孩子还是胖一点比较好，天天吃饭像小猫吃饭一样。"

许美景嘿嘿一笑默不作声，拿着菜单让父母点菜。许清晨点了一桌子菜，都是林宜洋和许美景爱吃的，许美景比较感动，她从求学到现在一直都在外面，父亲在部队，两个人很少碰面，但没想到父亲还记得她爱吃的菜，许美景能不感动吗？觉得父亲还是蛮疼爱她的。

"在外面吃多浪费，还不健康，不如回家做饭。"许清晨嘀咕道。他是一个非常节俭的人，向来都是省吃俭用，一辈子清清白白的，存了点钱给许美景买了一套房子，这一辈子也就这样了，他只希望许美景健健康康、平平安安的就好了。

林宜洋瞪了一眼许清晨，警告他不要乱说话，好不容易和女儿吃一顿饭，还叽叽歪歪的，一个大男人，像老妈子一样啰唆，怪不得女儿不愿意和他亲近。

"爸、妈，我一会儿把家里的钥匙和门禁卡给你们，你们按照导航找过去就很行了，很近的，我下班后再陪你们，周末陪你们出去玩，好不好？"许美景抱着林宜洋的胳膊撒娇。父母第一次来桐城，她自然是要尽地主之谊了，桐城虽然是二线城市，但各种园林、名人故居、江南水乡，还是值得参观的。

"不用了，我们等你一起下班。"林宜洋拍了拍许美景的肩膀，柔声说着。她仔细地打量着许美景，越发觉得女儿胖了，而且坐下的时候居然有小肚子了。想起顾良辰的交代，林宜洋笑得更开心了。

许美景怪异地看了看自己的母亲，总觉得她的笑容过于诡异。好奇怪啊，父母不声不响地就过来了，还带了一个勤务兵，这是啥意思？许美景总觉得事情有些不太对劲，缠着母亲问是怎么回事。林宜洋想起女婿顾良辰的贴心，自然要跟女儿邀功一番了。

“良辰最近不是和华娱闹解约吗？他昨天打电话来说有个女人有点神经，怕她找你麻烦你爸一听就不乐意了，所以一大早就赶过来了，说要保护你，接送你上下班。反正你爸快退休了，现在也没什么事干，省得他闲的没事干总烦我。再说了，我们也快半年没见到你了，就来陪陪你。”林宜洋如是说。

许美景感动极了，不管是顾良辰还是父母，她都十分感动，感动他们的付出。“爸、妈，谢谢你们。”

许清晨不自在地咳嗽一声，脸色微红，显得很不自在，嘀咕了两句，谁也不知道他在说什么。林宜洋却很清楚，取笑许清晨，“哎哟，老头子还害羞了啊，怎么了，在自己女儿面前也会害羞啊。”许清晨的脸更红了，抓着一个服务员问洗手间的位置，随即就开溜了，惹得林宜洋哈哈大笑。

黄诗意拉着不情愿的李琳琳找了过来，连忙和林宜洋打招呼问好，并说自己是许美景的好姐妹。一旁的李琳琳一直翻白眼，对许美景无奈地耸了耸肩。许美景也很无奈，也不好把人赶走，只好留下她们。许美景的父母得知这俩女孩是女儿的同事，十分热情地招呼她们一起吃饭。

加上勤务兵，一共六个人坐在了长桌边，黄诗意很崇拜地望着许美景的父母，八卦地问东问西，林宜洋倒是很客气，有问必答，不过有一些答案是半真半假。一开始她还蛮喜欢这个女孩子的，活泼热情，但接触下来后就不是很喜欢了，也纳闷女儿怎么会和这样的人做朋友。

李琳琳倒是很客气，只是对许美景的终身大事很关心，悄悄提醒林宜洋。林宜洋捂嘴笑了起来，爱怜地看了一眼许美景，笑道："美景啊，随她好了，我们不管她。"好吧，人家父母都不着急，她着啥急。

饭后，许美景的父母就去逛商场了，而许美景则和李琳琳、黄诗意一起回公司了。黄诗意对许美景那是各种崇拜啊，一直说许美景太低调了，居然是官二代，一点儿都不显山露水。许美景也无语了，有点烦黄诗意，现在拍她马屁有什么用，她又不会给她带来什么好处。

许美景快走几步甩开黄诗意，但黄诗意像跟屁虫一样跟着许美景，下午的时候甚至还去肯德基买下午茶给许美景，这比讨好她主编还要殷勤。她甚至还去找穆喻说要调到许美景那组。许美景都要无奈死了，怎么还有这样的人呢？她也是服了黄诗意了。当穆喻问她意见的时候，许美景直接拒绝了，并且表示自己组的编辑正好，不需要调换。

穆喻比较尊重许美景的意见，也就同意了。许美景要离开办公室的时候，穆喻却喊住她，歪头看了她一眼，轻声道："姚总辞职了，你知道吗？"

"啊？"许美景愣住，完全没反应过来，姚默初辞职了，这是为什么？昨天不是还好好的吗？怎么今天就辞职了？许美景看向穆喻的时候发现穆喻也看向她，更加不解了。穆喻指着办公桌对面的椅子让许美景坐下，"你知道当初我为什么要力荐你做主编吗？"

许美景摇摇头，完全不知道为什么，她只以为自己是考核成绩好，然后晋级了。当时还有一个老编辑和她一起得高分，但只需要一个主编，照理来说肯定是老编辑胜出，毕竟人家资历、经验都摆在那里，但没想到的是她成了主编。她从小道消息听来当时苏总让穆喻定下来一个编辑，穆喻就推荐了她。后来公司有一段时间盛传她巴结讨好穆总才得到这个主编的位子，其实，许美景压根不知道是什么情况。现在穆喻主动提起了，许美景还是蛮有兴趣的。

“你像年轻时候的我，话不多，认真做事，我还是很相信我的眼光的，你好好干，我辞职之后总编这个位子就是你的了。”穆喻微微抿唇笑道。虽然她一脸严肃不怎么说话，但可以看得出来她心情还不错。

许美景还是有些呆愣，傻傻地道：“穆总，你不是干得好好的吗，为什么要辞职啊？而且我现在还不够资格当总编，我人际关系也处理得不好，所以你千万别跟我说这些，你还是带领我们一起做好网站吧。”

而且许美景也清楚职场上的一些规则，领导就善于画饼给你，但不管这饼是真的还是假的。许美景不希望穆喻离职，她没什么大志向，只想做编辑好好带作者，再无其他想法。

做领导什么的对她来说是一件非常困难的事情，她领导能力不行，人际关系也处理不好，她还是比较有自知之明的，所以对总编这个职位，不是很感兴趣。不过她现在比较好奇的是姚默初为什么会离职。

“你知道咱们集团公司是谁家开的吗？”穆喻问许美景。许美景点点头，连自家老大都不知道那是要被炒鱿鱼的。穆喻又接着问许美景，“那集团公司的公子你知道是谁吗？”

许美景看了看穆喻的表情，不太置信地问道：“难道是姚默初？”这是压根不可能的事情，姚默初怎么可能是集团的公子？

姚默初的父母离婚，他自幼跟着母亲一起生活，母亲后来远嫁到美国，他大学毕业后就直接去美国读研究生了，这些都是她知道的事情。

姚默初向来不谈他父亲的事情，她对姚默初的父亲也是一无所知，而且他们集团老总也不姓姚啊，怎么可能是一家人。难不成集团老总是姚默初那离婚的老爸？这未免太巧合了吧？难不成姚默初来公司上班只是为了体验生活？

穆喻点点头，轻声道："至于姚默初和咱们老总是什么关系我就不得而知了，但我确实清楚他就是老总的儿子，很有可能老总今年退休后他就继承衣钵了。他计划中是要把所有的网站合并了。许美景，他是为你来这里的，既然你们没成，他离职也是可以理解的，毕竟办公室恋情是不被允许的。"

许美景终于明白为什么梁芮芮今天看上去神情不太对劲了，中午吃饭的时候黄诗意还吐槽了一番，怎么也想不到姚默初居然是老总的儿子。怪不得梁芮芮说他们两家的父亲认识，梁芮芮的父亲也是生意人，能不认识吗？

不过姚默初现在的父亲应该是再婚的吧？难道没有再生孩子，所以要把公司给姚默初？许美景脑子里想了一些乱七八糟的东西，又觉得自己对姚默初有些太冷淡了，心里有些自责，轻叹一声，无力地摇摇头。

下班后许美景给姚默初打电话，电话没打通，又给他发微信也没人回，不禁有些诧异，怎么整个人像凭空消失了一样，根本联系不上，这也太奇怪了吧？现在联系不上许美景也没办法，只好等姚默初主动联系她了。

许美景给还在逛商场的父母打电话，得知他们在影院看电影，顿时羡慕不已，什么时候她和顾良辰也能一起出去逛街、看电影就好了。

许美景在商场等他们，却瞥见商场大屏幕上正在播报娱乐新闻，便瞥了一眼，却意外听到女主持人说顾良辰拍戏吊威亚的时候摔了下来，已经送往医院，现在不知伤势如何，剧组所有的工作都暂停了，都在处理顾良辰的事情。

女主持人接下来又分析顾良辰解约的事情，还说了什么，许美景一句也没听进去，整个人都傻了，脑袋都空了。周围的人都围在大屏幕前讨论顾良辰受伤的事情。

许美景立刻给小柯打电话，但怎么也打不通，顾良辰的电话也是无人接听的状态，许美景快要疯了，不管三七二十一直接奔出商场打车赶往车站，从桐城坐车到京都还需要五六个小时，许美景恨不得自己有一双翅膀飞过去。到火车站，她被告知当天到京都的票售完了，只有第二天的，许美景这才想起来到暑假了，学生放假了，怪不得没票了。

许美景急得像无头苍蝇一样哭了起来，实在没办法了，她给父母打电话，让他们暂时不要告诉顾良辰的父母这件事。她希望父亲帮帮忙，她要现在就去见顾良辰，一秒钟都不能耽搁。

她现在心乱如麻，脑子一片混乱，心一直在加速跳动，慌得话都说不清楚了，眼泪吧嗒吧嗒地往下掉。

许清晨一听这事也着急得不行，动车没票了，飞机现在买票也来不及了，为今之计只能动用私权了。许清晨让林宜洋安慰许美景，自己则去一旁打电话给部队领导，希望能够得到支援。

部队领导倒是也是好说话的人，知道这个事情，也就同意了，立刻申请军用直升机前去桐城接上许美景再飞往京都。

好在清江离桐城很近，不到半个小时直升机就在火车站广场的上方停下来了，所有的路人都在围观，还有人拿手机拍摄，他们都以为要做什么军事演练呢。

直升机无法降落，只放了软梯下来，许美景也不在意，奔过去爬软梯上去了。

其实这样很危险，软梯在半空中晃荡，许美景又担心顾良辰，浑身无力，爬了一半就爬不动了，挂在软梯上不动了，跟机的两名官兵把许美景和软梯一起拉上去了，随即就飞走了，留下一群诧异的人。

大家纷纷把拍下来的视频发到网上，一时间，爬软梯上直升机的女孩一下子上了热搜，只在顾良辰受伤的新闻下面。大家纷纷讨论这个女孩子是谁，要干吗？难道是富二代吗？各种声音都有。

黄诗意看到视频后就认出来那是许美景，心里嫉妒得不行不行的，之前一直讨好许美景，但许美景一直对她爱答不理的，各种高冷。她心里有股怨气，就直接把许美景的信息曝光了，不管是工作还是其他的，都曝光了，还爆料说许美景的父亲是部队高官，所以才动用私权调用直升机，总之全部都是负面信息。

网友们立刻被激怒了，各种谩骂，难听的话都骂出来了，各种仇富仇权。视频下面几乎没好听的话，并有人把许美景父母的信息也爆料出来了，大家都纷纷让他们退出部队，并且向大众道歉，说那军用直升机用的可是纳税人的钱，她一个小小的丫头怎么能私用直升机？总之网上吵得一片火热，很快就超过了顾良辰受伤的新闻。

许美景一心系挂顾良辰受伤的事情，哪里有心思关心这些事情。而且她也不知道网上已经掀起轩然大波了。到了京都，却不知道顾良辰在哪里，只好让直升机在空中盘旋。她给小柯打电话，打了半天终于接通了，小柯把医院的地址告诉了她，直升机便往医院的方向飞去。

许美景到了医院也是顺着软梯下来的，这一幕又让大家拍到了，接着又发到网上了。这还有后续啊，网友们特别兴奋，聪明的人发现了蛛丝马迹，顾良辰在此之前进了这家医院，难道许美景是来找顾良辰的？

此留言立刻得到大家的关注，纷纷去查顾良辰的资料，而后有了一个惊人的发现。两个人不但一起长大，还是同班同学，甚至大学还在一个班级，据说大学时候还是情侣，而且也有网友爆出来许美景每次都参加顾良辰的演唱会，而且都是高级的VIP区。顾良辰还有一首歌就叫《良辰美景》。而且猜测他在桐城演唱会上告白的应该是许美景，只是不知什么原因当时许美景不在现场。

神一样的网友把整个事件都还原了，顾良辰受伤进了医院，许美景买不到火车票就动用了直升机，一时间剧情就上演了反转，大部分网友都原谅了许美景，觉得这是很正常的，谁不紧张自己的老公？

如果出现这样的事情，谁都希望能够一下子飞到对方身边。而且顾良辰摔下来，事情可大可小，严重了可能都会要命的。但还有一部分网友依旧各种谩骂，依旧说着十分难听的话。网上现在分为两派，各种吵架，吵得快翻天了。

许美景进了医院后直奔抢救室，因为跑得太着急了，摔了好几次，赶到抢救室的时候，发现那里已经被里三层外三层的媒体记者堵住了，大家都在等着顾良辰出来，想要拍下来历史性的一刻。

院方为了维持秩序，请了保安把这一块包围起来，不让闲杂人等进来，许美景要冲进去的时候被拦下来了，保安死活不让她进去。

“我是顾良辰的妻子，放开，让我进去！”许美景大吼着。还在等候的媒体一听这话。立刻长枪短炮对准了许美景，各种拍，各种特写。

小柯听到声音连忙跑过来和保安同志解释，人家这才放行。小柯拉着许美景过去了，媒体全部凑到许美景面前采访她，还有人拿出网上的事件问许美景。

许美景现在满脑子都是躺在手术室里的顾良辰，哪里还有心思管这些事情，脾气也非常不好，显得有些暴躁。不过她清楚事情的严重性，暂时保持沉默，不给自己和顾良辰以及家人添麻烦。小柯把许美景挡在身后，和众多媒体说抱歉，让大家暂时先关注顾良辰的伤势，表示关于这件事稍后会给大家一个解释。

虽然小柯这么说，但媒体还是不愿意放过许美景，不停地拍，不停地问关于两人的事情，还有之前和温可人的绯闻，问题很多，也很尖锐。

所有人几乎都围着许美景，叽叽喳喳地问着，十分吵闹，护士提醒好几次了也没人搭理，最后也只得任由他们去了。

许美景躲在角落里，任由记者围攻，现在她心心念念的都是顾良辰，一颗心都悬在嗓子眼了，祈祷顾良辰千万不要出事，要不然她得懊恼死。她还想问小柯顾良辰是怎么摔下来的，难道剧组都没做防护措施吗？

但现在这么多媒体记者，她一句话都不敢说，只得等着顾良辰出来。越长时间不出来，大家等得越心急，尤其是许美景，脸色都煞白煞白的了，双手都发抖了。

等到夜里的时候，许家父母和顾家家长也都赶过来了，顾妈妈夏青几乎要昏厥了，抓着许美景的手泣不成声，一家人十分哀伤。但媒体记者依旧不肯放过这些画面，比明星真人秀跟拍还厉害，几乎是全程无死角紧追不放，还不停地问双方家长，两个人谈恋爱、结婚的事情。顾良辰的父亲顾飞愤怒不已，差点一个拳头就招呼上去了，他儿子现在不知什么情况，这些无良的记者就不能消停一会儿给他们点儿清静吗？

小柯连忙拉着顾飞，轻声劝慰他，让他不要在这一刻再出事端，还是等顾良辰出来再说。顾飞动手打记者的新闻很快就上热搜了，顾良辰和许美景的家庭背景以及双方父母的工作都上了热搜，微博十条热搜都被他们家承包了，所有人都在议论这件事。

许美景的同事们更加震惊，不曾想到这么低调的许美景居然是顾良辰的老婆，家世背景还那么厉害，真是真人不露相。黄诗意这下子彻底傻眼了，嫉妒得要抓狂了，怎么所有的好事都落在了许美景的身上，她不甘心，继续在网上发各种帖子黑许美景，说她又是虚伪，又是高冷，各种装。只要看到有人响应她，她就开心得不得了。

就在大家等得心焦力瘁的时候，抢救室的大门打开了，穿着手术服的医生率先出来，两家人冲上去抓着医生的手询问顾良辰到底怎么样了，为什么会这么久，会不会很严重，情况到底怎么样？

医生看了看着急的家人，以及外层围观的记者，摇摇头轻叹一声，惋惜道："病人的情况很复杂，从五米的高空摔下来，背部朝下，内脏破裂出血，肋骨摔断五根，脊椎断裂，右腿摔断，脑震荡，不过脑子没问题，身上还有其他不同程度的擦伤。"

医生的话几乎让大家昏厥，这是多么严重的伤啊！内脏破裂，天哪……大家完全无法想象到底摔成什么样了。

许美景连呼吸都不会了，紧紧地抓着医生的手，哭着问：“病人呢？病人现在是什么情况？我只想知道他现在到底怎么样了。”

不管受多严重的伤，只要人还在就好，人还在就什么都不怕，哪怕是瘫痪了，成植物人了，都没关系，怕就怕人不在了，那才是最大的悲哀。大家虽然都很悲痛，却都还劝着许美景，许美景的伤痛怕是谁都无法理解的。

医生轻叹一声，让许美景不要太激动，轻声道：“好在送来医院比较及时，我们已经做了抢救措施，现在的情况来看，病人的命是保住了，但摔得那么严重，还是无法避免一些遗憾。病人目前的情况不是很乐观，因为颈椎受伤，导致他目前瘫痪在床，不过没关系，脊髓并没有受损，经过我们及时抢救，已无大碍，只是现在需要好好休养身体，日后再做复健就可以恢复正常了。现在科技发达，医疗条件很好，病人不会有事的。但现在病人处于昏迷状态，你们尽量不要打扰到病人，等病人醒来后要注意病人的情绪，不宜过于激动，你们要安抚好病人，要引导他积极向上。”医生交代注意事项。

一家人都使劲地点头，表示明白，这已经是不幸中的万幸了，只要人还活着就好，其他的都不是问题，只是时间问题而已，他们一定会帮助顾良辰恢复健康的。医生一离开，一群记者就围住了医生，问东问西的，待护士把顾良辰推出来的时候，记者们几乎把整个走廊给围住了，水泄不通的，手术车压根没办法通过，就连他的家人都被挤到一旁去了。大家乱糟糟地拿着摄像机拼命地拍着，不管保安怎么维持秩序都没用。

许美景被挤到角落里，见顾良辰的车子不动，他就躺在那里任由这些人拍摄，一股心酸弥漫上来。多么的悲哀，这些人为了头条，为了爆炸性新闻，压根不管病人和家属的感受，这样做简直违背了他们的职业道德。许美景气愤不已，奋力地拨开人群，护着顾良辰，不让任何人拍他。顾良辰出现在镜头前都是帅帅的，什么时候这么狼狈过？

现在看看他，脸上还有伤痕，手臂上还有擦伤，腿上还打着石膏，整个人就安静地睡着，丝毫不知外界发生了什么事。这就是她深爱的男人，他在荧幕前活跃的时候大家都捧着他，现在出事受伤了，大家不但不给他安静的空间，还拼了命想拍他现在这个模样。越想许美景越心酸，无法控制地大哭起来，哭得撕心裂肺，真是闻者落泪，听者伤心。

小柯和两家父母都安慰许美景，只有她坚强了才能照顾好顾良辰，要不然顾良辰也泄气了怎么办。两人都这么年轻，可不能就此放弃啊。大家劝着，同时拨开这群记者，让他们腾出来通道让手术车过去，但基本上是无法行动的，比春运还凶猛，而且声音嘈杂，不停地有人问家人的感受。

顾飞直接爆粗口了，忍无可忍便无须再忍，挥起拳头就去打那个提问的记者，怒吼道："我现在倒是想问问你被打了是什么感受！滚，立刻给我滚！"大家现在又把焦点转移到顾飞的身上了，居然动手打人，真是岂有此理，一定要曝光他，让他道歉。所有的记者似乎一下子变得同仇敌忾了。

因注意力的转移，护士才能顺利地把顾良辰推走。许清晨把人群中的顾飞拉出来，对着紧追不放的记者怒道："你们都好自为之吧。"

第十三章　男人的小得意

小柯和两位母亲扶着许美景进了家庭病房，医生和护士过来帮顾良辰又做了一遍检查，除了受伤的地方，其他的都正常，身体机能也没问题，现在就看顾良辰的康复情况了。记者还守在门口，这彻底把两家人惹恼了，最后无奈只得打电话报警了。警察来了之后事情才有些好转，但被打的那个记者要控告顾飞打人，不依不饶的，警察又把两个人都带回去做记录，现场乱成一锅粥。

许美景压根没心思管外面的事情，她现在心里只想着顾良辰，别的什么事情都不想搭理。见女儿这模样，许清晨无奈地摇了摇头，去病房外守着了，不让任何一个人打扰到病房里的人，当真是一夫当关万夫莫开。

夏青也默默地哭着，病房里一时间只有哭声。小柯也担心得不行，表示要去买一些东西过来，不能人都在这里，而且病房里什么也没有。这个时候其他人都没心情，只有他去张罗了，要不然他在病房里待着也难受。

小柯要走的时候许美景喊住了他，“小柯，到底发生什么事了？好端端的怎么会从威亚上摔下来？吊威亚的时候没做防护措施，没检查一遍吗？”许美景知道这个时候不能光哭，哭是解决不了任何问题的，她要知道顾良辰是怎么受伤的，而且还要追究责任，她不能让顾良辰白白受伤。

夏青和林宜洋也忙问是怎么回事，她们可不是无知的妇孺只知道哭，顾良辰受伤的事情是一定要查清楚的。小柯抓着头发，纠结道："舅妈，我也不是很清楚，当时大哥是在试戏，替身已经走过一遍机位没问题了，大哥就上去试试，让我给替身买水去，他说大夏天的人家也挺辛苦的。我刚买水回来就见大哥从上面摔了下来，我立刻就叫急救车了，当时导演、制片都跟着上车了，他们说会把这件事调查清楚的。"

"不要让他们调查，报警，让警察查，谁知道他们会查出什么来。"许美景冷声道。替身吊威亚都没事，怎么偏偏那么巧顾良辰上去了就出事了？不敢说是有人故意为之，但肯定不是这么巧合的事情，"对了，当时还有谁在场？"

小柯仔细地想了想，剧组的工作人员都在，他当时去买水的时候还回头看了一眼正在绑威压的顾良辰，好像看到了一个戴着鸭舌帽的人在顾良辰旁边帮他固定位子，当时他还纳闷这么热的天戴着鸭舌帽也不觉得热吗？现在仔细想想，那个人好像有点眼熟，好像是……

"温可人，一定是她，大哥和华娱解约，她一直在闹，还威胁大哥如果敢离开华娱她就要大哥好看，一定是她，当时她乔装打扮就在现场。"小柯激动地喊着。

许美景冷冷道："报警吧，让警察来处理这件事。"

"嫂子，恐怕不会那么容易处理的，温可人是温老板的女儿，温老板认识那么多人，肯定不会让她女儿出事的。如果真的是温可人的话，恐怕我们胜算不大，而且现在网上那么多留言对我们都很不利，现在我还担心温可人会毁灭证据，到时候就更难办了。”

其实小柯的担心是有道理的，温老板的人脉那是相当的广泛，几乎是可以上天入地了，想要把他唯一的女儿告坐牢，估计是难上加难，而且也非常难处理，但如果因为害怕就不去做，那才是懦夫呢。许美景面色一冷，吩咐小柯，“你打电话给顾爸爸，告诉他现在这个情况，让他报警，如果能找人的话最好找人，网上关于我们的事情暂时不要管，不过他们能黑我们，我们为什么不反击，任由别人黑呢？小柯，如果能够确定是温可人做的话，那么立刻上网爆一些关于温可人的黑料，她不仁就不要怪我们不义了。”

小柯点点头表示明白，然后离开病房去买东西并联系顾飞去了，许美景这边又给苏总打电话，表示自己有事情，希望能够请假。苏总是一个胆小怕事的人，许美景这个事情他也有所了解，支吾了半天希望许美景能够辞职，很委婉地说“咱们编辑工作和别的不一样，你每天要统计数据观察数据和辅导作者，你丢下一天工作就耽误了很多事情，要对作者负责”等等。

许美景相当无语，这就是职场啊，不管你做的成绩多么出色，老板一句话，说不要你就不要你了，真是可笑。许美景耐住性子，低声道：“好，我知道了，谢谢苏总，我会抽个时间回去办离职的。”

苏总在电话那边尴尬地笑着，“你那么忙就好好照顾你老公吧，电脑先不给别人用，等你回来拷了资料再说。至于你的东西，我会让小美收拾好放好，等你回来再拿，你就安心照顾你老公吧。”苏总说完，不等许美景说话，就立刻挂了电话。许美景对着电话苦笑不已。

林宜洋翻了一个白眼，气愤道：“你们老板也太没同情心了吧！遇到这种事情，本应该体谅你的，结果直接把你辞退了，给你补偿吗？什么人啊！真是的，资本家，黑心的资本家！”

许美景无奈地笑了，只好安慰自己的母亲。“妈，苏总这么做也是为我好，他担心我没办法好好照顾良辰，怕工作牵扯到我。这样也好，没了什么可牵挂的，我也能一心一意照顾良辰了。”望着病床上的顾良辰，她心疼不已。

夏青也替许美景不值，心里略有不爽，哼道：“你以前放假的时候在家还不是在工作，也都是可以在线工作的，现在为什么这么苛刻？再说了，良辰还有我和你妈妈呢。”

“妈，别生气，别为了一个工作生气，不值得的。现在是他不要我了，不是我要辞职的，没关系的，我就好好照顾良辰，也当是放假了，等良辰康复了再考虑工作上的事情，也许那时候就要生孩子了呢。”许美景原本想哄两位母亲开心的，谁知不说还好，一说两位母亲都抹眼泪了。

夏青是觉得顾良辰这样子怕是好不了了，孙子也不指望抱了。而林宜洋觉得女儿太委屈了，要是顾良辰一辈子都瘫在床上，难不成许美景还得照顾他一辈子？那大把青春不都要耽误了吗？这件事回去之后得和许清晨好好商量一下。

小柯很快买了日用品回来了，还给大家打包了消夜，不管怎么样，好歹得吃点东西，省得顾良辰还没好，他们又倒下了。夏青和林宜洋倒是吃了一点，许美景一看那汤面上油花花的，顿时犯了恶心不想吃，挥挥手让小柯把面拿走。

“嫂子，你这不吃不行啊，必须得吃一点啊，要不然身体扛不住的，大哥还等着你照顾呢。”小柯劝着许美景，夏青和林宜洋也都跟着劝，说人是铁饭是钢，多吃少吃那也是要吃的。

“吃不下去，犯恶心，我喝点白开水就好了。”许美景有气无力地说着，低头看了看顾良辰，试了一下他额头的温度。

医生走之前交代他们一定要观察病人的体温，千万不能发烧，发烧就不是好现象了。好在现在他没发烧，体温也比较正常，许美景放心一些了。

林宜洋看了看许美景，想起一件事来，心里一惊，觉得要完蛋了，怎么在这个节骨眼上怀孕了呢？要是没怀孕的话，劝许美景离婚也成，这怀孕了，许美景肯定不会离婚的，当初她还追着要她生孩子，这可怎么办？

小柯把东西收拾好之后就去外面换许清晨，守在外面的记者就立刻上来采访小柯。小柯倒还好，和记者聊了一番，并告诉大家顾良辰现在状态很好，这段时间好好静养就可以了，让大家不要太担心。采访完后小柯就让大家回去休息了，毕竟已经是夜里了。他还保证顾良辰这边有什么进展一定会第一时间通知大家的。得到了想要的资料，一群记者浩浩荡荡地离开了。

一时间各大视频网站、门户网站都在报道顾良辰出事的新闻，铺天盖地，所有人见面的第一句话就是“你知道那个顾良辰吗？听说瘫痪了。”大家聚会的内容也都聊到顾良辰，似乎不谈论顾良辰的事情就与这个世界脱节了似的。

顾良辰睡了一觉，第二天早晨就醒了，精神状态蛮好的，意识也是清醒的，就是不能动弹，这也让人挺郁闷的。不过大家心态都很好，也一直在说着开心的话逗顾良辰，希望他不要往坏的方面想。

顾良辰的心态还是可以的，表示会好好养伤的。大家见他一直抓着许美景的手，也都明白了这夫妻二人有话要说，就先离开了。毕竟一夜都没怎么睡，大家都回房间去休息了。天亮的时候顾飞回来了，事情他都安排妥当了，说如果真的是温可人所为，绝对不会让她有好日子过的。

“对不起，老婆。”顾良辰柔声向许美景道歉，早晨一睁眼就见她趴在床边，眼睛红肿，脸色苍白，别提他有多心疼了。他摔下来的那一刻其实是胸口朝下的，他真怕自己会摔死，这样就再也见不到许美景了。当时他都没犹豫，很困难地翻了一个身，才让背部摔下来，断了肋骨、断了颈椎都没关系，只要活着就好了。

“干吗和我说对不起，又不是你的错。不过你放心，这件事我绝对会追查到底的，不会让伤害你的人逍遥法外的。”许美景握着顾良辰的手，笑道。正要继续说话，穆喻就打电话来了。她早晨到公司听苏总说了许美景辞职的事情后特别生气，把苏总骂了一顿后就立刻给许美景打电话，让她放心，她的工作不会丢的，说主编的位子永远给她留着，让她好好照顾顾良辰，等顾良辰康复了再回来上班。

对于穆喻的支持和理解，许美景很感动，但说实话，她确实不适合再回去上班了，苏总那样对她，她是有点寒心，但最主要还是不想耽误工作、耽误作者。她和穆喻解释了一番，穆喻没办法，只好尊重许美景的决定了。

顾良辰在电话那边听得一清二楚，无奈地翻了一个白眼，对许美景的老板彻底服了，不过他还是要好好安慰许美景，“别担心，等我康复了，我就退居幕后，资助给你开网站，干掉你们的苏总，我之前和你谈过吧，等我康复了我们就这么做。”

许美景呵呵笑了起来，点着顾良辰的鼻子，“你真是小孩子，跟他计较什么，老板自然想到的是自己的利益，不过他不会把握机会，我现在是红人啊，网上都在说我呢，这个时候更应该把我留下来，大家都会慕名而来的，然后利用你这层关系，把公司的影视做出去，真不知道他是怎么想的。”许美景无奈地摇了摇头。

“傻呗，管他做什么，只能说活该他的公司被人家收购了。”顾良辰鄙视不已，第一次见那个苏总就很不喜欢，没想到现在这么小人，居然落井下石。也罢，本来他也不想许美景继续上班，觉得她太累，伤身体。现在看来，自己受伤也不是坏事，好像有点因祸得福了。

“医生还担心你心态不好呢，怕你会抑郁呢。顾良辰我告诉你，你一定要好好的，早点康复，我还想和你一起手牵手去看电影、逛街，哪怕走在街头被人家认出来都没关系的，你一定要积极配合治疗，知不知道？”

顾良辰嘿嘿笑了起来，表示会积极配合治疗的。他的心态一直都很好，从来没说过要放弃，更何况现在许美景因为他工作都没了，他自然会好好治疗的。他还年轻，许美景也还年轻，他们将来还有很长的一段路要走，所以他必须得是健康的，他要保护好许美景和他们的孩子。

林宜洋敲了敲门，露出脑袋来，指了指许美景，轻声道：“有人找你。”许美景诧异，指了指自己，林宜洋点头，许美景只好出去了，出门前又不放心地叮嘱了顾良辰一番，见他乖乖的，才离开。林宜洋见状，拉着有些别扭的许清晨进来了。

找许美景的人居然是姚默初，许美景诧异不已。两个人是在会客室见的面，姚默初直接把一个文件袋交给许美景。许美景一打开，里面有很多照片和一些文件，照片是温老板和不同女人的艳照，文件是关于温老板一些非法交易的内容。许美景微微拧眉，有点不太明白姚默初的所作所为，也不知道他的目的是什么。

“你不是说让我帮你解决温可人吗？这是我查到的关于她

父亲的一些非法交易的资料，你尽管放心大胆地去告温可人，她父亲一定不敢乱来的。”

“你从哪里弄来的这些资料？”许美景诧异的同时还有些担心，这些资料这么隐秘，她怕姚默初做一些不太好的交易，要不然怎么会有这些东西呢？

姚默初双眼深沉地看着许美景，良久才说道：“这是我拜托我一个同学找的，许美景，我虽然不能名正言顺地为你遮风挡雨，但我希望我能够尽我所能在你遇到困难的时候帮助你。”姚默初见许美景要说话，立刻制止她，“你什么都不要说，我知道自己在做什么，你放心，我绝对不会让你感到困扰的。当然，我也不是痴情的人，遇到合适的女孩子我也会考虑结婚的，只是希望你不要再那么冷漠地对我，哪怕把我当作你的兄长、朋友都好。”

话都让姚默初说了，许美景也无话可说了，想了想，便问道：“你为什么要辞职？咱们集团老总真的是你的父亲？”

姚默初点点头，苦笑，“我回来后知道你在这边的公司上班，我就想过来看看你过的怎样，没其他意思。你把话都说得那么明白了，我也是一个知趣的人，不能再给你带来困扰了。”

许美景愣了愣，又看了看手里的资料，最后低声道：“谢谢你。”

“希望你能够成功，也希望顾良辰早日康复。他不想看到我，我也就不去烦他了，我走了。”姚默初走了两步，又回头看了看许美景，最后头也不回地走了。

手里有了有力的证据，许美景心情好得不得了，快步回到病房，却见父母和顾良辰面色一怔，母亲就拉着父亲离开了，一脸心虚的模样。许美景愣了愣，扭头看顾良辰，笑道：“你们聊什么呢，我一来怎么就不聊了？”

顾良辰看了看许美景，把脸扭一边去了，不愿再说话。许美景只当顾良辰闹小孩脾气，也就没搭理他，就忙着去拉窗帘，开窗户换换气，而后坐下来要给顾良辰削苹果吃，谁知顾良辰突然来了一句“离婚吧”。许美景一怔，水果刀直接削了手指头，鲜血直流。

许美景浑然不觉得疼，拧眉看顾良辰，怒道：“你抽什么疯？离什么婚？你是脑子摔坏了吗？”

顾良辰始终扭着脸看外面，不愿意看许美景，也不说话。许美景气得不行，如果不是看在他受伤的份上，铁定狠狠地抽他一顿，好端端的不知发什么疯。许美景让顾良辰看她，但顾良辰就不看她，许美景无奈，只好绕到对面去，伸手要打顾良辰，顾良辰却瞥见她受伤的手，顿时心疼不已，但还是忍住了，把脸扭过去了。

许美景最后只得放弃了，叹了一口气，握着手去包扎。出病房的时候看到父母鬼鬼祟祟的样子，联想到刚才的事情，许美景心里明白得七七八八了。她知道是怎么一回事了，气得跳脚。她先去包扎伤口，回来再和她父母算账，不帮忙也就算了，居然在这里添乱，真是气死她了，一点儿都不省心。

许美景刚离开，就有一群粉丝抱着鲜花、水果等礼物来看顾良辰，小柯怕打扰到顾良辰的休息，就和大家说抱歉，表示顾良辰现在还在休息，不适宜和大家见面，待康复一些再安排见面会和大家见面。小柯是一个称职的经纪人和助理，事情做得面面俱到，从来不会得罪任何人，哪怕只是粉丝。大家也都很喜欢小柯，听小柯这么说，还是比较担心顾良辰的，把东西交给小柯后，也就离开了。

林宜洋和许清晨坐在沙发上有些惴惴不安，女儿离开时那眼神他们可是看见了，特别犀利，好像洞察了一切似的。两个人一直挺心虚的，现在看许美景回来了，更是心虚得不行，连忙扭过脸去装作没事人一样的。许美景决定还是要跟父母好好沟通一下，现在顾飞和夏青去处理顾良辰的事情了，已经有证据证明就是温可人动的手脚，所以顾家父母是无论如何也不会妥协的，是一定要替儿子讨回公道的。

所以照顾顾良辰的重任就落在了他们的身上，但怎么也没想到父母居然做出这样的事情来，这简直是让人气愤，也不知道他们是怎么想的，真的想让她离婚吗？而且离婚了对他们有什么好处呢？她坚持不离婚，父母再面对顾良辰的时候不会觉得尴尬吗？

许美景也不愿多想，一屁股坐在父母对面，看他们心虚的样子，更加生气了，便问道："你们是不是和顾良辰说什么了？"

林宜洋一脸尴尬，连忙笑道："我们就让他好好养身体，别的什么也没说啊。"

"还不说实话，你们非要我离婚，变成二婚你们就开心了？再说了，顾良辰又不是终身瘫痪了，只是暂时性的而已，我们照顾好他，他肯定就会康复的，你们这么做太伤人心了。他好歹是你们的女婿，半个儿子，从小看着长大的，这样做会不会太无情了？"许美景义正词严地说着，看着父母，觉得母亲不可理喻也就算了，怎么父亲也跟着胡来呢？

林宜洋有些不自在地搓着手，捣了一下丈夫许清晨的胳膊，让他说话。许清晨也很无奈，她惹出来的祸还让他收拾烂摊子，不过这是他老婆，他不收拾谁收拾呢？许清晨想了想，咳嗽一声清嗓子道："许美景，这件事是我和你母亲慎重考虑的结果，是，我们这么做是有些自私，不近人情，但你是我们唯一的女儿，我们希望你快乐、幸福，而不是这么辛苦。说是能康复，但谁知道是什么时候？现在他伤得这么厉害，就算治好了，也是有后遗症的，你还这么年轻，我们希望你还有选择的机会。我们想你肯定是不可能做这样的事情，我们便找良辰谈了一下，良辰觉得这是对的，所以他愿意提出来离婚。”

许美景无语，父母的出发点是为她考虑，可以理解的，但也考虑一下她和顾良辰的感情好吗？更何况是在这个时候，她更不会离婚的。本来她对顾良辰的感情就很深，也决定帮助他一起恢复健康，从来没想过离婚，哪怕以前提出来过，也只是被气得而已，她想牵手过一辈子的人也只有顾良辰而已。

许美景只得向父母表决心，“无论如何我是不会离婚的，除非良辰不治身亡了，我可能会考虑再结婚，但现在是绝对不可能的，你们也别这么想。而且，良辰是公众人物，这件事爆出来的话，让大家怎么想？良辰怎么想？我的公公、婆婆怎么想？你们好歹也是多年的老朋友了，还都在一个部队，抬头不见低头见，父亲你不会臊得慌吗？”

许清晨老脸一红，更加不好意思了，许美景说得对，这么做不符合他的一贯作风，都是林宜洋把他带坏了。许清晨瞪了一眼林宜洋，连忙向许美景表决心，“女儿，我全力支持你，做你自己想做的事情，不要管任何人，哪怕真的以后出了什么意外，嫁不出去了，爸妈养你一辈子。”

许美景感动不已，不管怎么说，只要身边有家人的支持，她还是有很大的动力的，她对父亲微微点头表示感谢。林宜洋一看这父女俩成一个战线了，她自己孤零零的十分可怜，而且好像还显得都是她的错似的，叹了一口气，无奈道：“好吧，既然这样，我们就去和良辰道歉吧，怎么说也是我们的不对，作为长辈，这个时候说这样的话，实在是不太合适。”

许美景抿唇笑了起来，拉着父母的手进了病房，顾良辰还歪着脑袋看着外面，默默地流眼泪，小柯一看他们进来了，连忙放下苹果和水果刀，凑到许美景的面前，有些无奈又有些心疼道：“嫂子，你好好劝劝老哥吧，他心情很不好，也不知为什么，就是哭，我怎么劝都没用。嫂子你好好劝劝他，让他别担心，身体好了还是能继续工作的。”

许美景知道顾良辰是因为什么哭的，但她并不打算告诉小柯，她怎么着也不能让父母出丑，就让小柯先离开，表示会处理好这件事的。小柯自然是相信许美景的，和许家父母打了招呼便离开病房出去休息了。

“良辰，别一直保持着那个姿势了，小心转不过来啊，我们换个方向吧。”许美景笑嘻嘻道，装作什么事情都没发生一样，绕过去把顾良辰的脑袋转过来，同时还把他的眼泪擦掉。许家父母站在一旁尴尬不已，立刻向顾良辰道歉，表示之前说的话欠考虑，希望顾良辰不要放在心上，他们现在向他道歉，希望他能够原谅他们，而且要好好养好身体之类的。

顾良辰轻叹一声，柔声道：“爸、妈，其实我可以理解你们的，的确，我这个身体如今这样了，哪怕以后康复了，也不会是很健康的人，我这样只会拖累美景，也许十年后我就死了，那样美景年纪轻轻的就守寡了，对她实在是不公平。哪怕以后她再结婚，恐怕年纪也不合适了，与其那样的话，不如现在离婚，趁着美景年纪还小，肯定能找到合适，比我优秀的人。放心，这本来就是我提出来离婚的，我对外也会这么说的，哪怕是离婚了，我也会保护好美景的。”

许家父母尴尬不已，脸上一阵燥热，顾良辰说的这些话就是在打他们的脸啊，现在人家一心要离婚了，这让美景怎么办啊？许清晨看向许美景，一脸的无奈和求助。许美景赶紧让自己的父母消失，他们的任务是来道歉的，道完歉就可以走了。剩下的自然是交给她了，这是她和顾良辰之间的事情。许家父母立刻离开，病房里只剩下这夫妻二人了。

许美景拉着顾良辰的手，但顾良辰很固执，挣扎了一下，但没拧过许美景，也就任由许美景了。许美景拉着他的手往自己的肚子上贴去，扬眉笑道："感觉到什么了吗？"

顾良辰的大掌贴在许美景平坦的小腹上，说实在话，什么都感受不到，但许美景这个行动让他震惊了，他诧异地望着许美景，不太确定地问道："你怀孕了？"

"宾果。"许美景甜滋滋地笑道，"很聪明嘛，我的确怀孕了，就是我生日之前你回来的那次。"说到这里，许美景羞赧不已，都不太好意思说了，当时两个人在客厅……许美景突然发现了好像有疑点，不过现在这些都不太重要，重要的是让顾良辰别傻乎乎地离了婚。许美景见顾良辰震惊的模样，不禁哼道："当然，你想让你的娃叫别的男人爸爸我也是没意见的，我想愿意养我和娃的人还是有的，例如姚默初，例如李然。"

许美景只是开玩笑想要刺激顾良辰，别说是这两个人了，所有的男人都不在她的考虑范围之内，自己的孩子凭什么让别人养呢，人家又不是冤大头。再说了，以她家的条件也不是养不起孩子的。如果顾良辰执意要离婚的话，她还是会把孩子生下来的，说她执拗也罢，想不开也罢，但这个孩子是她和顾良辰的骨肉，也是唯一和顾良辰有关系的人，她肯定会生下来，好好地爱着他，教育好他，哪怕是在单亲家庭长大，她也要把他教育成身心健康的人。

许美景的一番话让顾良辰有些愤怒，有些生气，孩子是他的，凭什么让别的男人来养。但是自己提出来离婚的，还没开始兴风作浪就被许美景一招给打回去了，他的脸面往哪里放呢？顾良辰心里有些纠结，不过还是拧不住自己的心，本来也只是不忍提出来的，现在又有孩子了，他更不可能离婚了。

顾良辰纠结了一下，反扣住许美景的手，霸气而不失温柔地道："你敢，我的孩子当然是我来养，我的女人当然是我自己来保护了。"

许美景扬眉笑眯眯道："那不离婚了？"顾良辰摇头，坚决不离婚，打死也不离婚。许美景见他现在这么坚决的样子，真想一巴掌抽死他，让他刚才别扭，学人家假装大方，现在呢？不过这些都不是重点，日后再和他算账，现在有一个更重要的事情要和他讨论。许美景笑眯眯地看着顾良辰，"顾良辰，我问你一件事，你一定要诚实回答我，好不好？"

许美景的笑容太过于温柔了，顾良辰有些胆战心惊的，觉得她有什么阴谋似的。但他现在沉浸于要当父亲的兴奋中，压根就想不出来会有什么事情，连连点头道："嗯，我一定会知无不言言无不尽的。"

"好，很好，那我问你，那次你明明带套了，做了防护措施，为什么我还会怀孕？"许美景拧眉看向顾良辰，十分生气的样子，似乎顾良辰不给她一个满意的答案就不会罢休的样子。

顾良辰这才反应过来，立刻讨好地笑着，拉着许美景坐下，柔声道："老婆大人，你千万别生气啊，你现在怀孕了，不能动胎气，那件事嘛，我可以解释的，可能是套套出问题了，你可以上网看看，很多人就是带套了还怀孕了呢，这说明孩子和咱们缘分很大嘛。这些都不重要，你告诉我你是怎么发现怀孕的？”

说实话，许美景怀孕，顾良辰自然是开心的，也是在他预料之中的。但现在他这个情况，还在病房上躺着，许美景再怀孕就不合适了，而且压力也会很大的，如果她一直在医院里待着，对胎儿也不是很好。顾良辰有些气恼自己怎么就这么不小心，偏偏让她在这个时候怀孕呢？他都不能参与孩子的成长了。

“我刚才不是削了手了吗，就去护士站包扎，一个年纪大一点的护士告诉我我怀孕了，以后不能再让自己受伤了，我有点奇怪，就去买了那个验证了一下。”许美景把兜里的验孕棒拿给顾良辰看，上面果然是两条红杠杠，十分明显，可见许美景是真的怀孕了。不过许美景自己也很诧异，例假没来她居然都没发现，可能当时也是忙晕过去了，加上和顾良辰的一些误会，也就没心思在意了，谁知就这样，一条小生命就出现了。

“顾良辰我告诉你，我现在怀孕了，金贵着呢，我可没时间来医院照顾你了，你必须得早点康复，我还等着你照顾我呢，我可是孕妇啊。”许美景睨了一眼顾良辰，警告顾良辰。她这么做也是希望顾良辰好好配合治疗，早日出院，别整天想一些乱七八糟的事情，这样反而会影响了康复。

顾良辰自然是知道许美景的良苦用心，连连点头，嘿嘿笑道：“你放心，我肯定会配合治疗的，要是生女儿，我保护你们娘俩，要是生儿子，我们爷俩保护你，不过我还是希望生一个女儿。”

许美景翻了一个白眼，娇嗔道：“就你会背台词说好听的话，换点新鲜的好吗？对了，这件事暂时不要告诉咱们的爸妈，等他们处理完你这边的事情后再说。我觉得你这事问题不大了，早晨我还把温可人威胁我的录音交给了爸爸，让他去处理这件事，我相信爸爸一定会处理好的。”

顾良辰此时此刻特别想抱着许美景亲一下，但无奈现在自己压根起不来，只能紧紧地扣着许美景的手，以表达自己的情感。许美景微微低下头，亲了一下顾良辰的额头，柔声道：“顾良辰，记得我们结婚时候说的话吗？”

顾良辰使劲地点头，他们结婚的时候顾良辰都已经出道成为明星了，考虑到顾良辰的身份，他们只是去领了证，并没有办结婚典礼，不过两家人坐在一起吃了一顿饭，就把这件事定了下来。当时顾良辰握着她的手说不管将来发生什么事，他们都要手牵着手共同迎接，走过风雨，走向幸福。这番话许美景一直记着，虽然不是什么甜言蜜语，也不是感天动地的话，但对许美景来说，是最暖人心让她想要掉眼泪的话。

“现在，我们正在经历风雨，所以我希望我们就像现在这样手握着手共同面对，为了这个家庭，为了我们的孩子。”许美景说的时候，眼睛禁不住就酸涩了，有时候并不明白这些话的意义，但当你正在经历这件事的时候，你才会发现，这些话对你的重要性，可能就是支撑你走下去的理由和坚强的后盾。所以人也是需要信仰的，需要座右铭，需要前进的榜样。

“嗯，我们一起面对。”顾良辰感动的已经说不出什么话来了，这个小女人为他付出这么多，到现在还这么坚强，从来不在他面前掉眼泪示弱，一直给他信心和鼓励，相比之下自己做的这些事情，他是真心鄙视自己的，太没担当了，自以为是的深情，以为是为她好。就算要离婚，那也得是许美景提出来才是，他还有什么资格吗？

顾良辰反省了一番，越发坚定了要好好配合治疗，积极康复的信念，不过他还是比较震惊许美景怀孕的事情，现在想起来，他都偷偷在笑，觉得老天爷太眷顾他了，对他实在是太好了。许美景见顾良辰窃喜的模样也是无语了，想着可能是初为人父，开心也是应该的，也就不管他的神经质了。

“哎呀，老婆，你还是回家养着吧，这边让小柯来照顾我就好了，医院环境不好，你还需要营养，千千万万不能有什么意外。”顾良辰见许美景忙东忙西的，紧张得不行，生怕会出什么事，连忙喊住许美景。而且小柯还能应付那些媒体和粉丝，现在人这么多，他真担心会出什么意外。

“没事啊，我没那么娇气，等你拆了石膏，医生说可以出院了，我们就一起回家，而且小柯现在就在外面，你好歹也让人家好好休息一下，人家又不是铁打的。”许美景翻了一个白眼，觉得顾良辰使唤小柯使唤习惯了。小柯已经很辛苦了，跑上跑下，里里外外的都打理得特别好，她只不过在病房陪一下而已，也没做什么事。

看着许美景的伤口，顾良辰又纠结了一番，给自己做了心理建设才没事，幸好他没傻到酿成大祸了，要不然许美景真的带球跑了他非得哭死不可。顾良辰一想到几个月后就可以抱娃了，别提多开心了，整天念念叨叨地跟着娃聊天。许美景直接无视他了，不想打击他的积极性。胎儿才两个月，还没成形，对外界是没任何感知的，所以说了也是白说。

第十四章　愿得一心人

日子就这么一天天地过去了，顾良辰的伤势恢复得不错，腿上的石膏拆了，全身也做了检查，目前除了还躺在床上外，其他都没什么大问题，只有脊椎还是需要一定时日的恢复，要慢慢来，不能过于急躁。顾良辰心态还是不错的，一直很积极向上，所以医生也就安排顾良辰准备出院了。

也就在这个时候众人才发现许美景的肚子居然在悄悄地变大，等发现的时候，已经显怀了，这下子不得了，所有人都异常激动，尤其是两家父母，恨不得现在就把许美景带回家去，她这可是在医院待了好几个月啊。天哪，他们居然都没发现，幸好没出什么事，要不然后悔都晚了，众人想起来都有些后怕。

“哎呀，美景，你以后千万别再这么做了，我们都老了，可经不起这样的惊吓了，来来来，你现在可是我们家的宝贝啊，千万要小心啊。”夏青扶着许美景，恨不得把她揣在兜里，简直就当成国宝了。众人都围着许美景转悠，没人搭理顾良辰了，顾良辰那叫一个郁闷啊，瞬间在家里的地位就下降了，也终于明白为什么之前许美景不让他说了，要不然他能得到这么悉心地照顾吗？不过现在看大家对许美景这么紧张，顾良辰还是很感动的，哪怕没地位也不重要了。

顾飞一直操办顾良辰的事情，法律程序也走了，也打了官司，因为手里有不利于温可人的证据，温老板也被拿住把柄不敢乱来，只得眼睁睁看着自己的女儿被判刑坐牢。判定结果一出来，网上又瞬间一边倒了，各种谩骂温可人的话都出来了，现在大家都很同情顾良辰和许美景，也理解许美景想要隐婚的苦衷。大家对许美景被辞退的事情义愤填膺，把苏总骂得是狗血淋头，网站的流量瞬间少了一半，高峰期暑假的流量居然比平时少了一半，这是多么恐怖的事情啊！

苏总意识到事情的严重性，立刻带上穆喻前来请许美景再回去上班。许美景对苏总还是比较和善的，只是说现在自己怀孕了，不适合再上班了，她要好好养胎。苏总不肯妥协，说生了孩子之后再回来上班，而且还给她产假，这段时间就当是休假了。许美景也是无奈了，表示不会再回去了，她现在的重心是孩子。

说来也奇怪，以前没孩子的时候，她对于怀孕生孩子是很抵触的，甚至无法想象生孩子这种恐怖的事情。但现在，孩子在她的肚子里，她每天都能感受到孩子的变化，那是一件很奇妙的事情。而且孩子非常乖巧，她去做产检的时候，医生都说孩子特别乖巧，她到现在都没出现孕吐现象，而且精神状况也比较好。想来肯定是一个女儿，知道心疼妈妈，小棉袄啊，许美景想起来心里就美滋滋的。

苏总见状，也知道没办法了，只好作罢。穆喻始终都没说话，临走的时候深深地看了一眼许美景，转身和苏总离开了。顾良辰表示不太理解穆喻最后那个眼神，问许美景什么意思，许美景也不是很清楚，觉得可能是舍不得吧，毕竟之前穆喻还是比较看中她，还想着离职之后推荐她做总编呢。但谁能想到会发生这些事情呢？她当初还打算在公司做一辈子呢，毕竟她还是很喜欢和作者打交道的。

“别难过，等生了孩子后，你轻松了，咱们就着手做这件事，回清江来，把桐城那边的房子租出去或者卖掉，咱们专心做自己的事情。”顾良辰见许美景心情有些低落，便轻声安慰她。

许美景捂嘴笑了起来，睨了他一眼，“你舍得放弃你明星的光环吗？别忘了你的粉丝还一直在等你哦。”顾良辰受伤的这段时间，除了媒体跑得勤快外，就要数顾良辰的粉丝了，每天总有两三个人过来看顾良辰，送鲜花、水果、营养品。

后来居然还有一个大妈给送来了排骨营养汤，每天定时过来送。不管大家怎么劝，这位阿姨风雨无阻，每天都来。最后她老公受不了了，甚至怀疑她了，一路跟到医院，发现是给顾良辰送的汤，两个老人家居然结伴一起来，一直到顾良辰出院。当然顾飞和夏青还特地买了礼物去看望人家，礼尚往来，总不能寒了人家的心。

许美景也是可以理解顾良辰的，他对粉丝的感情可能比她对作者的感情还深厚，顾良辰又是正面健康的形象，年轻人喜欢，年纪大的也喜欢。这样看来，也是很不错的事情，而且很多粉丝，包括医院的医护人员都经常发帖子、发留言说感觉顾良辰的家人都特别好，特别的温柔，而且还很有礼貌，客客气气的。粉丝送礼物过来，夏青总会准备礼物回送，通常还把人家送到医院楼下。夏青总觉得顾良辰有这么多人喜欢和照顾，是上天的恩赐，所以对粉丝都是很客气的。

尽管顾良辰在住院，但粉丝数还在上涨，大家都表示很喜欢顾良辰，有人担心顾良辰会因此退出娱乐圈，还组成了一个啦啦队，叫良辰挺住。“我们都在”的帖子，一直挂在微博的头条上，大家纷纷给顾良辰留言，希望顾良辰治好身体，他们都在等着他回来，不管多久，他们愿意一直等下去。

称赞许美景的也很多，毕竟这个时候不离不弃是值得表扬的，网上又一波相信爱情的帖子出现了。许美景每天刷帖也是很开心的，其实大家都是很善良的，比她想象的要好很多。而且现在她已经曝光了，也习惯被大家热议了，这样的感觉似乎也不坏。不过许美景觉得作为公众人物一定要有强大的内心，千万不能玻璃心，喜欢你的人自然会称赞你，不喜欢你的人到处黑你，还会说特别难听的话。不过现在她特别淡定，风轻云淡了已经。

许美景的话让顾良辰陷入了沉思，良久才说道："我现在当然还是以养身体为主，不过我会考虑退出的，毕竟我还要陪你和孩子。"

许美景微微笑了起来，轻声道："没关系的，大家都这么喜欢你，你就继续做下去吧，你想要我当你的助理也好，其他的也罢，你以前那么支持我的工作，我现在当然也会支持你的工作。你好好养身体，早日回到你的粉丝身边，千万别让他们伤心了。"

顾良辰完全没想到许美景如此理解他，感动不已，得此贤妻，夫复何求？顾良辰紧紧地握着许美景的手，两个人相视一笑，默契十足。

顾良辰出院后就回到了清江父母家里，住在大院里相对来说也是很安全的，没有媒体整天想方设法想要拍摄一些隐私之类的。不过顾良辰现在会主动和粉丝互动，经常拍一些照片配上文字发在微博上和粉丝互动，让粉丝知道他现在很好，正在积极地做复健。脊椎做过手术之后基本上问题不大，主要就是看康复情况，能下床就更好了。

桐城那边的房子小柯去帮忙打理了，把他们的东西都搬出来了，只留下了家具，边边角角小柯彻底地检查过了，就怕到时候有人入住进来寻思着要挖点隐私就很不好了，好在并没有其他的东西。小柯就让搬家公司把他们的东西搬到清江市这边的新房了，桐城的房子租出去了，他们也算是和桐城说再见了。

许美景觉得有些事情还挺有意思的，他们桐城的房子租出去，居然被粉丝炒到了天价，一个月租金居然比同样的房子要贵出一倍，小柯还调侃说别墅的房子也可以涨价了，以后他们不用工作，仅靠房租都可以过一辈子了。对于这种事情许美景也是挺无奈的，那房子顾良辰又没住几天，真是明星效应啊。

李琳琳周末休息的时候会来看她，和她说一些公司的八卦事情，尤其是黄诗意。许美景走了之后黄诗意就代替了许美景成为主编，作者都不是很喜欢她，稍有人埋怨黄诗意没有许美景好的时候，黄诗意就断人家作品的推荐，给人家小鞋子穿，导致作者走的走，换马甲的换马甲，现在她们组的业绩直线下降。不过也没人说什么，毕竟整个网站的业绩都在下降，也就不以为然了，而且她和梁芮芮又和好了。

说到这里，李琳琳和许美景都很无语。李琳琳对于之前给许美景安排相亲的事情还有点愧疚，私下和许美景道歉。许美景表示理解，李琳琳也是好意，而且她并没有生气，当初是她隐婚没有告诉大家，这也不怪李琳琳，让她以后不要再提这事就好了。李琳琳呵呵笑着，对许美景怀孕的事情也表示挺震惊的。

“我整天让你早点结婚，早点生孩子，结果你事事都比我早，结婚也是，生孩子也是，你看我现在还没动静呢。”李琳琳捂嘴笑了起来。许美景也是挺无奈的，怀孕生子的事情也是无法控制的，谁能知道什么时候娃娃就会突然出现呢？而且这次她还是被顾良辰设计的，对此，她也就不追究了，毕竟已经有孩子了。

她也庆幸这个时候有孩子了，否则被父母一搅和，说不定倔强如牛的顾良辰真的会离婚，那时候想要再挽回也不太可能了。所以她也很感谢这个孩子的到来，有时候种下什么因，就会结出什么果。

李琳琳比较惋惜许美景不上班了，对苏总也是一番鄙视，不过她还是比较关心许美景以后打算做什么。许美景和顾良辰早已计划好，按照之前两个人说好的去做，不过现在毕竟她怀孕，顾良辰还躺着，这计划就暂时搁浅了，她目前的主要任务还是好好养胎，待产。事情搁浅，她也就不打算告诉李琳琳，等时机成熟了再说吧。

李琳琳陪着许美景在外面逛了好久，见时间不早了，亲自把许美景送到大院门口，小柯来接的时候，李琳琳才放心离开，并答应许美景隔会三岔五来看看她。许美景有些感慨，虽然说职场如战场，职场上从来都没有真朋友，但也不是一概而论，主要也是看立场和价值观，如果没有利益冲突，又兴趣相投，就很容易成为朋友了。

从夏到冬，许美景的预产期就在即将到来的春节，大家都做足了准备，除了要置办年货，最重要的事情就是许美景生娃了。而媒体和粉丝也是操碎了心，都在眼巴巴等着许美景生孩子，还在掰着手指头算着预产期到底是哪一天，想着那一天顾良辰能不能站起来陪许美景进产房。

许美景把粉丝操心的留言都告诉了顾良辰，还笑着问顾良辰到底能不能陪她进产房。其实这段时间顾良辰已经能站起来了，去医院做康复的时候医生也说他恢复得挺好的，照这种情况下去，站起来是绝对没有问题的，也许就在最近这段时间里。

“没问题啊，我还要给我闺女剪脐带呢。”顾良辰笑着，看着许美景越发浑圆的肚子，顾良辰的心情越发的激动和复杂，激动的是他即将和孩子见面了，但比较郁闷的是他现在还不能正常行走，甚至不能陪许美景去做产检、散步，只能坐起来，出门都要依靠轮椅，他很不喜欢这样的生活。

当然他很感动许美景的不离不弃，一直鼓励他，给他信心，忙前忙后的，还担心他会得褥疮热，每天都让小柯带着他出去，勤换被褥等，总之把他照顾得很好，人都胖了一圈了。这一切他都记在心上，他会以千倍万倍回报许美景，用尽此生对她好。

“那你要努力啊，千万别让你的粉丝操碎了心，他们都很忙的，还在我微博下面劝我千万不要离开你，然后又到你的微博下面给你加油鼓劲，接着再去温可人和温老板的微博下面痛骂一顿，总之忙得很。不过我也很感动，毕竟大家都这么善良和可爱，你一定不能辜负大家的期待，一定要好好对他们哦。”许美景俏皮地笑着。

顾良辰紧紧地握着许美景的手，柔声道：“此生做到不负你就可以了，我上辈子一定是拯救了银河系才让我今生遇到你，一定是这样的。”

“别说俏皮话啊，我不是那么容易买账的，你现在的主要任务就是尽快康复，要站起来陪我进产房，我没别的要求了。”许美景靠着顾良辰的胳膊，温柔地笑着。顾良辰紧紧地抓着她的手，不愿松开。

接连下了两场鹅毛大雪，外面的世界已经银装素裹了，大院里的小孩子在空旷的场地堆雪人、打雪仗，银铃般的笑声充斥着整个大院，大人们的心情似乎颇受感染，笑眯眯地看着小孩子们闹腾，脸上都挂着笑容，顾良辰坐在落地窗前看着外面的世界，想着小时候他也曾带着许美景打雪仗，如今一眨眼，他们的娃都要出生了，时间真是不等人啊。

顾良辰心受感动，自己转着轮椅到了院子里，看着小孩子嬉闹地玩着，不禁咧嘴笑了起来，不远处就看到一个红色的身影向这边走来。许美景散步回来了，深一脚浅一脚的，顾良辰皱眉，爸妈呢？怎么就许美景自己回来了？这手里怎么还提着重物呢？许美景都快生了，走路都相当费劲，怎么还能提东西呢？

见许美景颤悠悠的声音，顾良辰担心不已，提心吊胆的，视线一直盯着许美景，见她一步一步走过来，慢慢靠近他，还和他挥手打招呼，心里这才稍微放心一些。刚要松一口气，就见一个熊孩子朝许美景跑去，顾良辰额头都冒冷汗了，大喊一声“美景当心”。话音一落，那孩子就直接撞上许美景了。顾良辰的心倏地一下子提到嗓子眼，想也没想，下意识就冲过去抱住差点摔倒的许美景，轻叹一声，好在没事。

许美景诧异地盯着顾良辰，瞪大眼睛，指着他不敢置信地道:“顾良辰，你？”说出这几个字后许美景再也说不出任何话来了，激动地直掉眼泪，如今顾良辰居然能跑了，她那么大的心理压力瞬间没了，瞬间就喜极而泣了。

被许美景提醒，顾良辰这才反应过来，完全没想到自己居然站了起来，更重要的是还能跑了，虽然距离只有几米远，但他是跑过去的，还跑得那么快，连顾良辰自己都觉得是奇迹。

许美景抓着顾良辰的手连忙让他活动一下身体，看看是否有哪里不太舒服，如果不舒服的话一定要及时说出来。顾良辰做了一下舒展运动，并没有不良的反应。许美景不放心，拉着他要去医院做检查，只有医生检查确定说没问题她才放心。

“好好好，我去检查，但你不要去了，在家待着，别乱跑，我可不放心你再出去。”顾良辰牵着许美景的手，瞪了一眼那个熊孩子，这才和许美景回家，打电话给小柯说要去医院。

大家进屋一看顾良辰在客厅里走来走去的，惊讶得下巴都掉了，尤其是夏青，直接就哭了，大家等了大半年了，他终于站起来了。夏青抱着顾良辰的肩膀，激动得说不出话来，顾飞也是一脸的开心，连忙让小柯和顾良辰去医院检查一下，确保没事就庆祝一下，今晚吃大餐，还亲自给亲家打电话让他们快点过来。

许美景和顾良辰回到大院后，她的父母每天都过来看望女儿，离得近，也方便，正好今天夫妻俩都去置办年货去了，压根就没过来看女儿，这一听说顾良辰恢复了，连年货都不买了，直接跑去许家了。两人家都开心不已，一直压在心里的大石头彻底放下了，现在唯一的心事就是许美景生产的事情了。

顾良辰和小柯从医院回来，把顾良辰彻底康复的好消息告诉了大家，但医生也叮嘱顾良辰一定要注意休息，前期还是要继续进行复健，平时要注意锻炼身体，不能做剧烈运动。总之就是能站起来了，恢复正常了，而且还没有后遗症。这下子别提大家多开心了，众人都异常兴奋，而小柯也把这个好消息告诉了媒体和粉丝，网上又是一片热论，顾良辰再次上了热搜。这简直就是正能量的榜样啊，大家都纷纷发来贺电，祝贺顾良辰康复。

“啊呀，顾良辰，这微博的头条被你承包了，隔三岔五就来一次，别的明星肯定要嫉妒死你了。”许美景取笑还在走来走去的顾良辰，“你怎么一直走来走去的，医生不是说了要多注意休息吗？”

“我躺了大半年了，终于能站起来了，这躺下的空气和站起来的空气是完全不一样的，上层的空气是最好的。”顾良辰俏皮地笑着，伸手拉着许美景，把她拥入怀中，抵着她的额头，亲吻着她的脸颊，“谢谢你老婆，谢谢你。”千言万语汇成一句话，顾良辰却什么也说不出来，一切尽在不言中吧。

“傻瓜。”许美景温柔地笑着，娇嗔不已，内心着实也是感动的，紧紧地抱着顾良辰，但硕大的肚子却是不乐意，没一会儿许美景就觉得累了。顾良辰扶着她坐下休息，不停地和肚子里的娃娃说话，趴在许美景的肚子上听着里面的动静，这是他一直都想做却不能做的事情，如今能动了，他自然要做很多事情了。

顾良辰行动自如后，就有很多节目包括媒体都邀请他出席活动，甚至连真人秀节目都出来了。顾良辰只出去开了一次新闻发布会，首先感谢了大家在他受伤这段时间对他的支持和照顾，不过呢，他最近要陪老婆待产，等孩子出生后再复出。对于顾良辰的决定，大家都很支持，还表示一定要共同见证孩子出生。

很快网上就出现一个帖子，《有种爱情叫良辰美景》，这帖子大篇幅渲染了顾良辰和许美景的爱情，共患难，互相扶持，大家纷纷留言“娶妻应娶许美景，嫁人要嫁顾良辰”。帖子不仅在微博上火了，朋友圈也是各种刷屏，大家各种赞美，这夫妻二人很快又承包了热搜榜。小柯作为经纪人和助理，不知有多开心，双眼都放光了，似乎看到满盆金钱在向他招手。

不过大家开心的同时也有点郁闷的，都过年了，娃娃也迟迟不愿意出来，大家都调侃娃娃应该是想过年吃点好的再出来，去医院检查了，医生表示一切正常，孕妇的情况也非常好，只等娃出来了，让他们不要着急，时候到了，自然就出来了。作为很有经验的夏青和林宜洋都比较淡定，毕竟生过孩子了，也都安慰许美景。

“我倒是不担心这些，就怕他大过年地跑出来，人家都在家里过年，谁给他生产呢。”许美景十分无奈。

“放心啦，娃娃这么听话，整个孕期都没闹你，你应该开心才是，他这么贴心，肯定不会选择在大年夜出生的。”顾良辰安慰许美景，拉着她坐下来吃年夜饭，吃完饭还要看春晚呢，毕竟这是一年当中比较重要的事情了。

两家人包括小柯都围在一起吃饭，说着开心的事情，今年真是波折的一年，但也是开心的一年，很多事情见证了亲情、友情和爱情，也验证了这个社会的善良，总之一切都是好的，也一切向前看，风雨过后，总会看到彩虹的。

大家都对小柯表示感谢，如果没有小柯，可能事情处理得没这么顺当，小柯功不可没啊。大家纷纷向小柯敬酒，小柯受宠若惊，弱弱道：“我一直挺愧疚的，没照顾好我哥，害得他这半年来这么辛苦。我让大家都这么辛苦，尤其是嫂子。”

小柯说的话大家都很明白，尤其是许美景的父母，更是自责愧疚不已，对顾良辰也是越发的好了。许美景心里很感动，大家相亲相爱，但说实话，她很不擅长这种煽情的画面，有些害羞，让大家抓紧吃饭，一家人就不要见外说两家话了。顾良辰知道许美景的性格，也叫大家就此打住不要说了。夫妻间遇到事情互相扶持是很好的事情，两个人以后继续相亲相爱就好了，这么大的困难都克服了，以后天大的事情都不怕了。

顾良辰的手机一直在响，都是粉丝向他发微信祝福新年快乐，还给顾良辰发红包。顾良辰礼尚往来，包了一个大红包让大家抢去，许美景的手机也响了起来，QQ群里的作者也给许美景发红包，祝她新年快乐，早生贵子。许美景也很感动，辞职这半年来，作者们很多都是顾良辰的粉丝，都不离不弃，给她鼓励，还说着要等她回来，这让许美景十分感动。纵使没见过面，但情感是真的，往往这网上认识的朋友要比现实中的真实许多，这也不知是为什么。

“瞧这夫妻俩，一人捧着一个手机乐儿，别娃娃出来后，也跟着捧手机瞎乐呵。”顾飞无奈地笑着。

顾良辰瞪了一眼，怒道：“要是从小玩手机，揍死他。”

许美景刚要问顾良辰揍死谁，谁知肚子就一阵阵地疼，阵痛很有规律，难道要生了？许美景都要哭了，早不生晚不生，偏偏在这个节骨眼出生，医院哪里还有医生和护士啊，刚才还说这个娃贴心来着，这哪里贴心了？

许美景嚷着要生了，一家人手忙脚乱地把许美景送到医院去，同时小柯也联系了预约的医生，得知消息的记者、粉丝连年都不过了，直接在医院堵着了，从晚上七点一直到十二点，新年的钟声敲响了，伴随着鞭炮声，娃才生出来，大家都开玩笑说许美景太伟大了，生孩子生了一年，把大家都折腾得不行。顾良辰开心的同时却很郁闷，明明说好的是女儿，怎么转眼间就变成带把的了？

护士给孩子填出生证明问孩子的名字，之前准备的可都是女孩子的名字，压根就没准备男孩的名字，顾良辰直接告诉护士，“叫初一。”大年初一出生，真是够折腾人的。

大家听到这个名字也是无语了，小名叫初一还好，大名也叫初一，以后娃娃长大岂不是要哭死了？许美景觉得还好，顾初一这个名字不错，很有小说男主角的范儿，许美景禁不住大笑起来。顾良辰也是无奈了，握着她的手，给她擦脸上的汗珠。

“你就别笑了，生了好几个小时，你不累吗？”顾良辰心疼不已，没想到生个孩子那么痛苦，许美景还是顺产，那撕心裂肺的哭喊声让他听着都害怕，而且他胳膊还被许美景抓破了。原本还想多生几个孩子的，现在看许美景那么痛苦，想都不敢想了，一个就罢了，太辛苦了。

“还好啊。”许美景温柔地笑着，看着红彤彤、皱巴巴的儿子，许美景觉得一切都值得了，这是一种生命的延续，看着长得像顾良辰的儿子，她心里是满满的感动，母爱使得她的心变得异常的柔软，“长得真像你，大眼睛，长胳膊长腿的，手指还那么长，将来肯定弹琴很好。”

顾良辰瞥了一眼在许美景身边睡着的顾初一，一脸的嫌弃，哼道：“我有这么丑吗？”刚生出来的小孩子真丑，皱巴巴的像个老太太，脸还那么红，就像猴子屁股一样，也不知许美景怎么看出来这孩子长得像他。

夏青凑过来连忙点头，“像像像，特别像，你刚生出来也是这个样子，还没初一好看呢。”

顾良辰都快哭了，连忙让父母把孩子抱走，长得这么丑，他才不想看到呢。小柯给记者、粉丝发完红包就回来了，笑呵呵地开始给顾良辰安排工作了，等初一大一点，就可以和顾良辰去参加父子真人秀节目了，到时候许美景和顾良辰也可以参加明星真人秀节目，收视率肯定会破表的。

顾良辰才不管小柯的计划，现在他满心都是许美景，再也装不下其他人了，两个人久久地深情凝望，千言万语最后也只剩下深情了，这辈子，拥有彼此，也是值了。

愿得一人心，白首不相离。